GEBROKEN fluisteringen

NEVA ALTAJ

Auteur: Neva Altaj
Oorspronkelijke titel: *Broken whispers*

Copyright 2022: Broken whispers by Neva Altaj
Copyright © 2023 voor de Nederlandse taal: Sisters Press
Vertaling : Missy Veerhuis

www.sisterspress.com

NOTITIE VAN DE AUTEUR

Beste lezer, er worden in het boek een paar Russische woorden genoemd, dus hier zijn de vertalingen en verduidelijkingen:

Solnyshko – солнышко (weinig zon; zonneschijn); gebruikt als liefkozing.

Zayka – зайка (konijn); gebruikt als liefkozing.

Lenochka —een verkleinwoord van Lena.

Piroshki – пирожки (hand pies); dit zijn kleine gebakjes die hartig (gevuld met gehakt en/of groenten) of zoet (gevuld met fruit of jam) kunnen worden gemaakt en kunnen worden gebakken of gefrituurd.

Dusha moya - душа моя (mijn ziel, zielsverwant); gebruikt als liefkozing.

'Ya lyublyu tebya vsey dushoy, solnyshko … Ya ne pozvolyu nikomu zabrat' tebya'. – 'Ik hou van je met heel mijn hart, zonnestraaltje… Ik laat niemand je bij me weghalen.'

'Ty luch solntsa v pasmurnyy den'' – 'Je bent een lichtstraal op een bewolkte dag.'

Gebroken fluisteringen

PROLOOG

Twaalf jaar geleden.

EEN DEUR KNALDE OPEN EN HAALDE ME UIT MIJN dagdroom, gevolgd door het gevoel in slow motion te vallen. Ik hoorde ergens ver weg, onbekende stemmen fluisteren. Ze worden geleidelijk luider, totdat ik alleen maar gehaast geschreeuw hoor.

Een snik aan mijn linkerhand, 'Lieve God.'

Ik probeer mijn ogen open te doen, maar het lukt me niet. Het kost me een paar pogingen voordat ik erin slaag om mijn oogleden van elkaar te krijgen, maar het enige wat ik kan zien zijn wazige vormen.

En dan komt de pijn.

Het voelt alsof ik door duizend messen ben gestoken, en de lemmeten nog in mijn vlees zitten. De scherpe, schroeiende sensatie omvat alles.

Ik stik tijdens het ademhalen en probeer te praten, maar

het enige wat eruit komt, is een piepende en hijgende ademhaling. De leegte sluit zich weer om me heen, de geluiden vervagen langzaam en ik laat mezelf wegzweven. Het laatste wat ik me herinner zijn gebroken zinnen, die mijn vervagende bewustzijn nog weten te bereiken, totdat er niets meer over is. Alleen de pijn.

'Roman!… Mikhail leeft nog!'

'Jezus… druk iets op zijn gezicht…'

'Ik weet niet zeker of hij het gaat halen…'

'Is er verder nog iemand?'

'Nee, ze zijn allemaal dood.'

jukbeenderen, haar volle lippen, langs haar slanke hals, en dan weer omhoog over de omtrek van haar ogen, die rechtstreeks naar me lijken te kijken. De grote letters bovenaan de poster kondigen de show van vanavond aan als haar laatste optreden. Het lijkt erop dat het seizoen ten einde loopt.

Soms stel ik me voor dat ik haar benader, misschien na een van haar shows. We zouden een paar woorden wisselen en ik zou haar voor een etentje uitnodigen. Niets bijzonders, misschien bij die gezellige herberg in het centrum. Ze hebben de beste wijn en… Ik zie mijn weerspiegeling die zichtbaar is in het glas dat de poster bedekt, en laat onmiddellijk mijn hand vallen, met het gevoel alsof mijn aanraking haar op de een of andere manier heeft besmet. Ik denk dat dit zo dichtbij is als iemand als ik — zowel vanbinnen als vanbuiten afzichtelijk — in de buurt van zulke perfectie zou moeten komen.

Ik open voorzichtig de grote houten deur en glip stilletjes naar binnen. De enige lichtbron is afkomstig van het podium komt, waardoor de ruimte nogal duister is, maar ik blijf nog steeds op de achtergrond, waar het het meest duister is. Ik ben uiterst voorzichtig geweest in het volgen van mijn obsessie, er altijd voor zorgend dat ik aankom nadat de show is begonnen en dat ik voor het einde vertrek. Het is beter om me op de achtergrond te houden. Zeggen dat ik niet tussen de menigte pas zou een understatement zijn.

Mijn uiterlijk heeft me nooit echt gestoord. Hoe enger je eruitziet, hoe makkelijker het is om mensen aan het praten te krijgen in mijn soort werk. Soms hoefde ik alleen maar de kamer binnen te komen en ze begonnen meteen alles te vertellen wat ze wisten. Mijn reputatie heeft daar ook bij geholpen.

Het vinden van een geschikte *fuck buddy* was meestal lastig, maar het had niets met mijn gezicht te maken. Veel vrouwen uit onze kring wilden graag de Bratva's beul in hun bed lokken, maar ze waren aanzienlijk minder enthousiast als ik hen de regels presenteerde: alleen genoeg kleren uittrekken om de klus te klaren, alleen van achteren, en geen aanraking van welke aard dan ook.

De gemiddelde burger had verschillende reacties. De meesten vermeden het om me rechtstreeks aan te kijken. Anderen vonden het leuk om te staren. Ik vond beide benaderingen prima.

Waarom zit het me verdomme nu dan dwars? Waarom verstop ik me in donkere hoeken, en ben ik als een psychopaat een meisje aan het stalken dat ik alleen van veraf heb gezien? Ik vraag me af of ik mijn gezond verstand verloren ben als het stuk met de vioolsolo begint en mijn ogen weer naar het podium schieten. Ik weet niets van muziek, maar ik heb al maanden niets van haar shows gemist, en ondertussen weet ik precies wanneer haar entree komt. Als mijn blik haar naar het midden van het podium ziet glijden, voel ik mijn adem in mijn borst stokken.

Ze is een visioen, ze draait in haar lange gaasachtige rok over het podium, en ik ben gebiologeerd terwijl ik elk van haar bewegingen volg. Haar lichtblonde haar zit in een soort knot aan de achterkant bij haar nek, maar in plaats van haar er streng uit te laten zien, accentueert het harde kapsel alleen maar haar perfecte poppenachtige kenmerken. Ze is net als een vogeltje — gracieus en fragiel — en god… zo pijnlijk jong. Ik leun tegen de muur achter me en schud mijn hoofd. Als ik niet uit deze waanzin ontsnap, dan word ik gek.

Nadat haar deel is afgelopen, vertrek ik, maar in plaats van direct naar de uitgang te gaan, maak ik een omweg naar de grote tafel die bij de deur staat die backstage leidt. Hij staat boordevol bloemstukken die bezoekers hebben achtergelaten om naar de kleedkamers van de dansers te worden gestuurd. Het is een vreemde opstelling, maar komt mij wel goed uit. Zoals altijd laat ik een enkele roos achter en ga ik naar de uitgang.

Bianca

'Je vader wil met je praten,' zegt mijn moeder vanuit de deuropening.

Ik negeer haar en wikkel het laatste van mijn kostuums in dun wit papier, waarbij ik met mijn vingers langs de gaasachtige stof van de tule rok ga. Dan stop ik het in de grote witte doos die op mijn bed ligt, waar ik de rest van mijn podiumoutfits al heb opgeborgen, en plaats de deksel erop. Het enige wat overblijft van mijn carrière als professioneel danser, klaar om stof te verzamelen. Ik had nooit verwacht dat het zo snel zou eindigen. De ster van het Chicago Opera Theater, die op haar zestiende naar de positie van hoofddanseres in haar gezelschap opklom, is nu op amper eenentwintigjarige leeftijd met pensioen. Vijftien jaar hard werken gewoon weg door een domme blessure. Terwijl ik me omdraai om de doos onder in de kast te zetten, wil ik huilen, maar ik zorg ervoor dat de tranen niet komen. Wat heeft het trouwens voor zin?

'Hij is in zijn kantoor,' vervolgt mijn moeder. 'Laat hem niet wachten, Bianca. Het is belangrijk.'

Ik wacht tot ze weggaat, dan begin ik richting de deur te lopen, stop voor mijn kaptafel en kijk naar de kristallen vaas met een enkele gele roos erin. Meestal doneer ik alle bloemen die ik na een optreden krijg aan het kinderziekenhuis. Dit is de enige die ik heb gehouden. Ik steek mijn hand uit en ga met mijn vingers langs de lange steel zonder doornen, die in een geel zijden lint met gouden details gewikkeld is. De afgelopen zes maanden is er na elke voorstelling één voor me achtergelaten. Zonder berichtje. Niet ondertekend. Niets. Nou, dit is de laatste die ik ooit zal krijgen.

Ik verlaat mijn kamer en ga naar beneden, naar het verste deel van het huis, waar de kantoren van mijn vader en broer zijn gevestigd. De doffe pijn in mijn rug is nu bijna weg, maar ik ben maanden geleden gestopt met mezelf wijs te maken dat het slechts een voorbijgaand iets was. Ik zal nooit meer in staat zijn om vijf dagen per week zes uur training te doorstaan.

De deur van mijn vaders kantoor is open, dus ik ga zonder te kloppen naar binnen, sluit de deur achter me en ga voor zijn bureau staan. Hij doet alsof hij me niet gehoord heeft, en blijft notities krabbelen in zijn lederen organizer. Bruno Scardoni geeft mensen die hij als ondergeschikt beschouwt geen seconde eerder dan hij nodig acht zijn aandacht. Hij geniet ervan ze te zien friemelen terwijl hij zijn macht over hen uitoefent. Helaas voor hem hebben zijn verdomde machtsspelletjes me nooit iets gedaan, dus ga ik zonder te wachten op een uitnodiging in de stoel tegenover hem zitten en sla mijn armen over elkaar.

'Slecht gedrag, zoals altijd, zie ik,' zegt hij zonder zijn hoofd op te tillen. 'Ik ben blij dat je ongehoorzaamheid binnenkort iemand anders zijn probleem wordt.'

Mijn hartslag versnelt bij zijn woorden, maar ik houd mijn gezicht in de plooi. Vader is als een roofdier, wachtend tot zijn prooi zwakte toont, zodat hij aan kan vallen, op de halsslagader mikkend.

'We tekenen een wapenstilstand met de Russen,' zegt hij en hij kijkt me aan. 'En volgende week ga je met een van Petrovs mannen trouwen.'

Het kost me een paar seconden om van de schok te bekomen, dan kijk ik mijn vader recht in de ogen en mime met mijn mond "Nee".

'Het was geen vraag, Bianca. Alles is al overeengekomen — een dochter van een capo voor een van zijn mannen. Gefeliciteerd, *cara mia*.' Er verschijnt een giftige glimlach op zijn gezicht.

Ik pak een stuk papier en een pen van zijn bureau, schrijf snel de woorden op en geef het aan hem. Hij kijkt naar het briefje en knarst met zijn tanden.

'Kan ik je niet dwingen?' snauwt hij.

Ik probeer op te staan, maar hij leunt naar me toe, grijpt mijn arm vast en slaat me zo hard in mijn gezicht dat mijn hoofd opzij schiet. Mijn oren suizen, maar ik haal diep adem, draai me weer naar mijn vader toe en pak langzaam het papier van waar hij het aan de andere kant van het bureau heeft gegooid. Ik maak de randen van het papier glad, leg het op het bureau voor hem neer, wijs met mijn vinger naar de woorden die daar zijn geschreven en loop naar de deur. Ik zal niet worden uitgehuwelijkt, vooral niet aan een of andere Russische bruut.

'Als je het niet doet, dan geef ik ze Milene.'

Zijn woorden houden me tegen. Hij zou niet durven. Mijn zusje is pas achttien. Ze is nog een kind. Ik draai me om, kijk mijn vader in de ogen en ik zie dat hij het meent. Dat hij het zou doen.

'Ik zie dat dit je aandacht heeft getrokken. Mooi.' Hij wijst naar de stoel die ik net heb verlaten. 'Hier komen.'

De vijf stappen die ik naar die stoel zet zijn waarschijnlijk het op één na moeilijkste wat ik in mijn leven heb gedaan. Mijn benen voelen de hele weg terug aan alsof ze van lood zijn.

'Aangezien dat nu geregeld is, zijn hier een paar regels. Je zult een volgzame, plichtsgetrouwe vrouw zijn voor je man. Ik weet nog steeds niet wie het zal zijn, maar het maakt niet uit. Wat belangrijk is, is het feit dat hij iemand uit Petrovs vertrouwenskring zal zijn.'

Ik kijk naar hem terwijl hij achteroverleunt in zijn stoel en een sigaar uit de doos voor zich pakt.

'Je houdt je temperament in bedwang, laat hem je zo vaak neuken als hij wil en zorgt ervoor dat hij je vertrouwt. Hij zal je waarschijnlijk onderschatten, zoals mensen meestal doen als ze erachter komen dat je niet kunt praten, en hij zal zich open gaan stellen, over zaken gaan praten.' Hij wijst met zijn sigaar in mijn richting. 'Je zult alles onthouden wat hij zegt, elk detail over hoe ze zijn georganiseerd, welke routes ze voor distributie gebruiken, alles wat hij zou kunnen noemen.'

Hij opent een la in zijn bureau, pakt er een wegwerptelefoon uit en schuift die over het bureau naar me toe. 'Je zult me alles sturen wat je ontdekt. Ieder ding. Is dat duidelijk, Bianca?'

Alles viel op zijn plek. Wat heeft hij een perfecte opzet gemaakt: Ontdoe je van je problematische kind, en kom in goede gratie bij de Don door een van je dochters aan de Bratva op te offeren, terwijl je er ondertussen voor zorgt dat jij degene bent die *inside information* over de Russen krijgt. Briljant, echt.

'Ik heb je wat gevraagd!' gromt hij.

Ik houd mijn hoofd schuin en kijk naar hem, wensend dat ik een pistool had, en ik beeld me in dat ik tussen zijn ogen

richt en de trekker overhaal. Ik zou niet missen. In de loop
der jaren heeft mijn broer ervoor gezorgd dat mijn schot onberispelijk is door me stiekem mee te nemen naar zijn schiet-
lessen. Ik weet niet zeker of ik het lef zou hebben om mijn
vader te vermoorden, maar het me inbeelden voelt in ieder
geval goed.

Ik knik, pak de telefoon van het bureau en verlaat het kantoor en zie vanuit mijn ooghoek zijn tevreden glimlach. Laat
hem geloven wat hij wil. Ik trouw misschien in de Bratva, maar
ik doe het voor mijn zusje, niet omdat hij het me opdraagt. En
ik ga niet zijn spion spelen. Ik ga niet weer dood door hem.

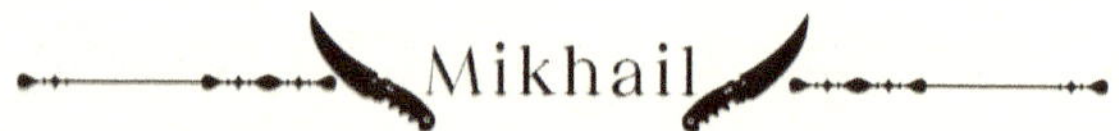

Mikhail

Als Roman Petrov, de *Pakhan* van de Bratva, de eetkamer binnenkomt, blijft iedereen staan tot hij aan het hoofd van de tafel
zit. Hij leunt met zijn wandelstok in de hand op zijn stoel en
knikt dat we weer kunnen gaan zitten. De eerste stoel rechts
van hem blijft leeg. Zijn vrouw voelt zich waarschijnlijk weer
niet lekker. Ik dacht dat zwangere vrouwen alleen 's ochtends
ziek waren, maar op basis van wat ik in de keuken heb gehoord, heeft Nina Petrova al weken non-stop overgegeven.

Roman draait zich naar de dienstmeid en beweegt met
zijn hoofd naar de deur. 'Ga weg en sluit de deur, Valentina.
Ik bel je als we klaar zijn.'

Ze knikt snel, rent de kamer uit en sluit de dubbele deuren
achter zich. Het lijkt erop dat we voor het diner zaken gaan
bespreken. Roman leunt achterover in zijn stoel en ik vraag
me af wat voor bom hij vandaag zal laten vallen. De laatste

keer dat hij ons bij elkaar had geroepen, vertelde hij ons dat hij twee dagen nadat hij zijn vrouw had ontmoet met haar was getrouwd.

'Zoals jullie al weten, sluiten we een wapenstilstand met de Italianen,' zegt hij. 'Ze hebben ingestemd met mijn voorwaarden en ik heb met die van hen ingestemd, en het enige wat overblijft, is het organiseren van een bruiloft om de deal te bezegelen.' Hij trekt zijn wenkbrauwen op. 'Dus, wie zou zich als de gelukkige bruidegom willen opgeven?'

Niemand zegt een woord. We doen in de Bratva niet aan gearrangeerde huwelijken. Dat is altijd al een Italiaans ding geweest, en niemand wil met een Trojaans paard opgezadeld worden. Dat is wat de vrouw zou zijn, en iedereen weet het. Ik vraag me af wie hij zal kiezen. Ik zal het niet zijn, want Roman kent mijn problemen te goed. Het zal Sergei ook niet zijn. Niemand met een beetje gezond verstand, zou die gek met een broodrooster vertrouwen, laat staan met een mens. Maxim is te oud, dus ik wed op Kostya of Ivan.

'Wat, wil niemand een mooi Italiaans meisje? Misschien helpt dit jullie om van gedachten te veranderen.' Hij reikt in de zak van zijn jas, pakt een foto en geeft die door aan Maxim. 'Bianca Scardoni, de middelste dochter van de Italiaanse capo Bruno Scardoni, en tot voor kort de prima ballerina van het Chicago Opera Theater.'

Ik voel m'n lichaam verstijven. Dat is onmogelijk.

'Ze willen deze alliantie echt.' Roman glimlacht. 'De mooiste vrouw van de Italiaanse maffia ligt voor het grijpen.'

Maxim geeft de foto door aan Pavel, hij slaat zijn armen over elkaar en kijkt naar Roman. 'Wat is het addertje onder het gras?'

'Waarom denk je dat er een addertje onder het gras zou zitten?'

'De Italianen zouden nooit de dochter van een capo, vooral niet een die er zo uitziet, aan de Bratva geven. Het maakt niet uit hoe graag ze een alliantie willen. Er moet iets met haar aan de hand zijn.'

'Nou, er is een klein addertje, maar ik noem het liever een bonus.' Roman grijnst.

Ik pak de foto aan die Pavel aan me doorgeeft en kijk ernaar. Ze is nog mooier met haar losse haar dat haar perfecte gezicht omlijst, terwijl haar lichtbruine ogen in de camera glimlachen. Ik knarsetand en geef de foto door aan Ivan. Als ik er alleen al aan denk dat een van m'n kameraden haar krijgt, word ik woedend... en ik pak met al m'n kracht de armleuningen van de stoel vast... zodat ik niet begin te slaan.

Ivan kijkt naar de foto, zijn wenkbrauwen zijn omhooggetrokken, port dan Dimitri met zijn elleboog en geeft hem de foto.

'Ze ziet er niet... extreem Italiaans uit.' Dimitri knikt naar de foto in zijn handen. 'Ik dacht dat alle Italiaanse meisjes donker haar hadden. Is ze geadopteerd?'

'Nee. Haar grootmoeder van moeders kant was Noors,' zegt Roman.

Sergei is de volgende, maar hij geeft de foto alleen maar door aan Kostya, zonder er zelfs maar naar te kijken.

'Fuck, ze is sexy.' Kostya fluit en schudt zijn hoofd. 'Heb je nog een foto? Bij voorkeur met minder kleren.'

Me op de muur tegenover me concentrerend, knijp ik nog harder in de stoel en ik probeer de drang te beheersen om op te staan en Kostya in zijn gezicht te slaan of iets ergers te doen, zoals haar voor mezelf opeisen. Kostya blijft naar de foto kijken en voor even stel ik me voor dat hij zijn handen op haar legt. Mijn zelfbeheersing valt in een fractie van een seconde uiteen.

'Ik neem haar wel,' zeg ik.

Een absolute stilte vult de kamer als alle ogen zich op mij richten, verrassing en ongeloof staan op elk gezicht te lezen. Ik wend me tot Roman, die me met opgetrokken wenkbrauwen aankijkt.

'Een interessante ontwikkeling,' zegt hij. 'Ik was van plan om haar aan Kostya te geven als niemand zich vrijwillig aanbood. Hij zit het dichtst bij haar leeftijd.'

'Nou, hij krijgt haar niet.'

'Je hebt het addertje nog niet eens gehoord, Mikhail. Misschien verander je wel van gedachten.'

'Ik zal niet van gedachten veranderen.'

'Nou.' Roman haalt zijn schouders op en neemt een slok van zijn drankje. 'Dat is dan geregeld.'

Het diner gaat in stilte voorbij, wat ongebruikelijk is. In plaats van zakelijk geklets en hier en daar een lach, lijkt iedereen vanavond met zijn maaltijd bezig te zijn, maar ik zie de jongens van tijd tot tijd blikken in mijn richting werpen. Ze vragen zich waarschijnlijk af wat me bezielt om het Italiaanse meisje voor mezelf op te eisen, maar het kan me niet schelen wat ze denken. Ze is van mij, wat er ook gebeurt.

Nadat de maaltijd voorbij is, geeft Roman me een knikje en ik volg hem door de lange gang naar zijn kantoor. Hij gaat op de fauteuil in de hoek zitten terwijl ik blijf staan en tegen de muur achter me leun.

'Ze is eenentwintig. Je bent te oud voor haar, Mikhail.'

'Tien jaar is niet veel. Jij bent elf jaar ouder dan je vrouw.'

'Ik heb een extreem jeugdige persoonlijkheid,' zegt hij en glimlacht.

'Tuurlijk.'

'Welbespraakt als altijd.' Hij schudt zijn hoofd. 'Ze is nauwelijks een volwassene. Wat ga je doen als ze je begint lastig te vallen dat ze elke avond uit wil gaan? Wat als ze wil gaan feesten, en je haar moet vertellen dat je moet werken? Je zult haar elke week mee moeten nemen om naar tienerfilms te kijken. Zelfs Nina houdt van die onzin. Ik kan haar vragen om je wat aanbevelingen te sturen.'

'Dank je wel. Ik pas.'

Roman zucht en leunt achterover. 'Meisjes van haar leeftijd willen een man die meer dan vijf zinnen per dag spreekt, Mikhail. Ze verwacht het om gekust te worden, te knuffelen. Heb je daarover nagedacht?'

'We komen er wel uit.'

Stilte. Hij kijkt naar me en ik weet precies waar hij over nadenkt.

'Ze is niet een van je normale *fuck buddies*. Hoe verwacht je dat een eenentwintigjarig meisje met je… problemen omgaat?'

'Dat zal ze niet hoeven te doen. Ik zal zelf mijn problemen afhandelen.'

'O? Wanneer heb je voor het laatst vrijwillig iemand anders dan Lena aangeraakt?'

Ik staar hem zonder te antwoorden aan. Niet omdat ik het niet wil, maar omdat ik het me niet kan herinneren. 'Ik regel het wel, Roman.'

'Weet je het zeker?'

'Ja.'

'Goed dan.' Hij zucht en vervolgt: 'Je weet dat ze ons waarschijnlijk zal bespioneren en verslag zal uitbrengen aan de

Italianen. Jij bent verantwoordelijk voor de meeste van onze drugsoperaties, dus ik wil dat je heel voorzichtig bent met wat je zegt waar zij bij is. Zorg er ook voor dat je alle gevoelige informatie uit je kantoor verwijdert voor het geval ze besluit om rond te neuzen als je er niet bent.'

'Dat zal ik doen.'

'Er is nog één ding dat je over haar moet weten en als je besluit om van gedachten te veranderen, zadel ik Kostya met haar op.'

'Ik zal niet van gedachten veranderen.'

'Ze praat niet, Mikhail.'

Ik verstijf en kijk naar Roman, niet zeker of ik hem goed heb gehoord.

'Ze kan niet doof zijn,' zeg ik. 'Ze is een danseres.'

'Ze is niet doof. Ze heeft een auto-ongeluk gehad toen ze een tiener was. Maar ik weet geen details. Het is het enige wat Scardoni heeft gedeeld.'

'Hoe communiceert ze?'

'Ik heb geen idee. Ik veronderstel dat ze in een notitieboekje schrijft of gebarentaal gebruikt. Wil je het nog steeds?'

'Ja.'

Roman trekt een wenkbrauw op, maar geeft geen commentaar op mijn beslissing. 'Wil je dat ik eerst een ontmoeting regel voordat we de bruiloft houden?'

Ik voel dat ik verstijf. 'Nee.'

'Waarom niet?' vraagt hij, alsof hij het antwoord op die vraag al niet weet. 'Ze kan geen nee zeggen. Alles is al geregeld.'

'Geen ontmoeting.'

Roman kijkt naar me en schudt dan zijn hoofd. 'Laten we dan maar de bruiloft gaan organiseren.'

Hoofdstuk
2

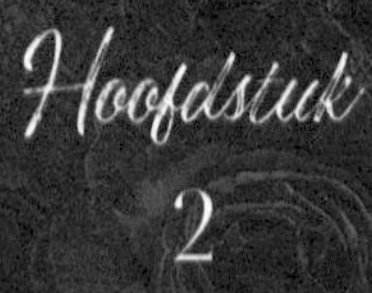 Bianca

OCHTENDLICHT SIJPELT DOOR DE GAASACHTIGE GORDIJNEN die voor de ramen hangen de kamer binnen, en baadt het in warmte. Het zou zo'n perfecte dag zijn voor een bruiloft, als het niet die van mij was. Het is misschien warm buiten, maar in mij woedt een ijsstorm.

Ik leun naar voren, plaats de punt van de eyeliner in de hoek van mijn oog en trek een lange dunne lijn over mijn ooglid. Misschien had ik weg moeten lopen. Ze zouden me uiteindelijk gevonden hebben, maar het zou het waard zijn geweest.

'Je bent zo mooi!' roept Milene vanuit de deuropening en ze rent mijn kamer binnen. 'Ik ga huilen!'

Ik glimlach naar mijn zus en blijf make-up aanbrengen. Voor iemand die bruiloften haat, is ze ongebruikelijk enthousiast over de hele gebeurtenis, dus ik kan mezelf er niet toe zetten om haar de waarheid te vertellen.

'Ik wou dat Angelo hier was om je te zien, hij was zo boos toen papa hem naar Mexico stuurde.'

Ja, ik wou ook dat mijn broer vandaag hier was. Hij is het enige familielid, naast Milene, dat echt om me geeft, en ik ben er vrij zeker van dat vader hem expres heeft weggestuurd.

'Ik heb Agosto me vanochtend om zes uur naar de ontvangsthal laten brengen. Het is geweldig. Ik kan nog steeds niet geloven dat je met een gearrangeerd huwelijk hebt ingestemd. Ik heb altijd gedacht dat we samen oude vrijsters zouden blijven en alleen met een stel katten zouden leven.'

Ze begint met mijn jurk te rommelen en het materiaal glad te strijken. 'Ik leef vandaag indirect met je mee. Het is het dichtste dat ik van plan ben om in de buurt van een bruiloft te komen. Ooit.' Lachend bukt ze zich om de zoom van de jurk te controleren terwijl ik in de spiegel naar haar kijk.

Milene heeft geen idee hoe dicht in de buurt ze was om vandaag in mijn schoenen te staan. Ze is van plan om na de middelbare school naar de universiteit te gaan. Verpleegster worden is het enige waar ze over praat sinds ze acht is, en het is het enige wat ze ooit heeft gewild. Ik hoop dat haar wens uitkomt. Wetende hoe koppig Milene is, zal ze het waarschijnlijk wel halen, tenzij onze vader besluit om haar ook uit te huwelijken voordat ze aan zijn klauwen ontsnapt.

'Dus, vertel me over hem. Ik wil alles over je toekomstige man weten! Waarom heb je hem niet meegenomen om ons te ontmoeten?'

Ik laat de eyeliner op de kaptafel liggen en draai mijn stoel naar Milene toe, mijn lieve kleine zusje die uren van haar vrije tijd op YouTube heeft doorgebracht en voor mij gebarentaal heeft geleerd. Mijn moeder en broer hebben ook de basis geleerd, maar ze hebben net genoeg geoefend om eenvoudige zinnen te begrijpen. Mijn oudere zus, Allegra, en mijn vader hebben nooit de moeite genomen.

'*Zijn naam is Mikhail Orlov,*' gebaar ik. Milene is de laatste jaren zoveel beter geworden in gebarentaal, dat we een normaal gesprek kunnen voeren, maar ik moet het nog steeds langzaam doen.

'En? Hoe ziet hij eruit? Is hij knap? Hoe oud is hij? Kom op, vertel het me.'

'*Dat is alles wat ik weet.*'

'Oh, doe niet zo geheimzinnig,' lacht Milene en ze knijpt in mijn bovenarm. 'Vertel het me.'

'*We hebben elkaar nog nooit ontmoet. En ik weet niets meer dan zijn naam.*' De waarheid is dat het me niet kan schelen, dus ik heb het nooit gevraagd. Wat zou het voor nut hebben? Of ik het nu wel of niet wil, ik ga met die man trouwen.

'Wat! Ben je niet goed wijs? Ik dacht dat je hem op zijn minst had ontmoet en had besloten om met dit huwelijk door te gaan, omdat je hem leuk vond.'

'*Ga je omkleden. We komen te laat.*'

'Bianca?' Ze legt haar hand op mijn schouder. 'Heb je met het huwelijk ingestemd? Of dwingt vader je om dit te doen?'

'*Natuurlijk heb ik ermee ingestemd.*'

'Je hebt ermee ingestemd om met iemand te trouwen die je nooit hebt ontmoet? Lieg niet tegen me, liefje.'

'*Ik lieg niet. Ga je alsjeblieft omkleden.*'

Ze kijkt me met samengeknepen ogen aan, maar uiteindelijk weg. Ik maak mijn make-up af, trek mijn hakken aan en ga op weg naar mijn "ze leefde nog lang en ongelukkig", biddend dat Milene niet hetzelfde lot tegemoet zal zien.

Mikhail

De bruiloft zal in de ontvangsthal van het luxe Four Seasons hotel in het centrum van Chicago plaatsvinden, en zodra we aankomen, draaien alle hoofden zich naar ons toe. Tientallen blikken volgen ons pad terwijl Roman en de rest van de groep in de eerste twee rijen aan de rechterkant zitten. In totaal zijn we maar met z'n achten, terwijl de linkerzijde, waar de Italianen zitten, vol zit. Alle twintig rijen zijn met grimmige gezichten bezet. Ik denk dat niemand er blij mee is dat een van hun eigen mensen in de Bratva trouwt, maar dat weerhield hen er zeker niet van om voor de roddels en het gratis eten te komen.

Italianen nemen hun feesten en het uiterlijk vertoon zeer serieus. Er zijn overal enorme, witte bloemstukken en om elke stoel zijn linten van zijde in een strik gebonden. Ze hebben zelfs een heleboel witte bloemblaadjes op de verdomde vloer gegooid. Voor Italianen gaat het er altijd om, om een geweldige indruk te maken.

Terwijl de anderen gaan zitten, staan Kostya en ik bij de eerste rij. De Italianen beginnen onderling te praten, ze porren elkaar met hun ellebogen en kijken naar ons. De meeste van hen kijken weg op het moment dat ze mijn gezicht zien en richten zich op Kostya, hem van top tot teen in zich opnemend. Met zijn lange blonde haar en ondeugende glimlach is Kostya een mooi jongen. Vrouwen hebben zich altijd voor zijn voeten geworpen, dus het is niet verwonderlijk dat deze mensen hebben geconcludeerd dat hij degene is die vandaag gaat trouwen.

Ik zet een stap naar voren en ga aan de voorkant staan, waar de huwelijksambtenaar aan de andere kant van de hoge tafel staat te wachten. Kostya, mijn getuige, volgt, maar stopt twee stappen rechts van me. Op het moment dat het duidelijk wordt dat ik de bruidegom ben, is er een collectieve zucht te horen, en dan valt er een stilte.

Ik kijk naar de menigte Italianen, die me met schok in hun ogen aanstaart en ga met mijn blik over hen heen totdat ik bij Bruno Scardoni aankom. Moet hij zijn dochter niet naar het altaar begeleiden? Hij zit in het midden van de eerste rij, met een zelfvoldane glimlach om zijn lippen. Interessant. De drie vrouwen rechts van hem, zijn vrouw en twee dochters, zitten doodstil, met een blik van afschuw op hun gezichten. Dat ligt in ieder geval in de lijn der verwachting. Ik vraag me af waar de broer is. Van de informatie die ik heb verzameld weet ik dat Bianca en haar broer *close* zijn. Het is vreemd dat hij de bruiloft van zijn zus mist.

Net op het moment dat ik me afvraag of ik die ontmoeting met Bianca voor de bruiloft had moeten hebben, vullen de geluiden van de trouwmars de kamer. Ik hoop dat ze er niet schreeuwend vandoor gaat als ze me ziet, want ik zal haar dan achternagaan.

Ik zie de witte deur voor me en vraag me af wat voor leven er aan de andere kant op me wacht. Catalina, mijn nicht en vandaag mijn bruidsmeisje, friemelt met de sluier en laat de plooien over mijn gezicht vallen.

Verkocht. Ik word als vee verkocht om ervoor te zorgen dat iemand anders er de vruchten van plukt. Er was niets dat ik had kunnen doen om dit te voorkomen, behalve in ruil voor mijn eigen leven het leven van mijn zus ruïneren. Ik kan niet terug, dus ik loop met mijn hoofd omhoog naar voren en laat mijn vader zien dat hij me niet gebroken heeft.

Hij kreeg zo'n driftaanval toen ik hem vertelde dat ik alleen naar het altaar zou lopen. 'Wat zullen de mensen zeggen?' had hij geschreeuwd.

Wat mensen zeggen, boeit mij niet. Ik ben niet van plan om de man die mij verkocht als vee, een zorgzame vader te laten uithangen. En ik ga zeker niet naar binnen met mijn gezicht bedekt alsof ik een of ander ingetogen bang slachtoffer ben.

Een man in een hoteluniform opent de deur als de eerste noten van de trouwmars beginnen te spelen. Ik pak de zoom van de sluier, verwijder het verdomde ding van mijn hoofd en laat de kanten stof op de vloer vallen. Catalina snakt achter me naar adem, maar ik negeer haar, haal diep adem, en stap de ontvangsthal binnen.

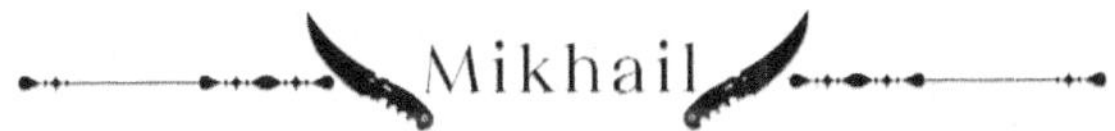

De vrouw waar ik al maanden door geobsedeerd ben, stapt de kamer in en ik voel mijn adem mijn longen verlaten. Ik wist dat ze mooi was, maar om haar zo dichtbij en in het echt te zien... Ik had het fout. Ze is meer dan mooi, dat woord schiet tekort. Ze draagt een lange witte jurk die over haar lichaam golft en in een korte sleep eindigt, en ze is adembenemend. Zachte blonde krullen hangen vrij aan weerszijden van haar gezicht en helemaal tot aan haar taille. Ik heb nog nooit een vrouw met zulk lang haar gezien. Ze doet me aan een elfenprinses denken. Ik vraag me af wat voor monster ik in dat verhaal zou zijn.

Met haar hoofd omhoog loopt ze met zekere, snelle stappen naar het altaar, recht op me af. Ze kijkt me aan en houdt mijn blik vast, ze huivert niet eens als ze mijn geruïneerde gezicht en de ooglap ziet, er is niet eens een aarzeling in haar pas terwijl ze nadert. Ik had een verlegen, timide meisje verwacht, dat bang zou zijn voor de situatie waarin ze is geduwt, maar er is geen spoor van angst in haar ogen te zien, alleen vastberadenheid.

Ze staat voor me, zo mooi en uitdagend, en ik heb een plotselinge, onverklaarbare behoefte om haar aan te raken. Om er zeker van te zijn dat ze echt is. Het is een vreemd gevoel. Ik hou alleen van huidcontact met Lena. Ik vind het niet prettig en ik ben ook nooit degene die het initieert.

De trouwambtenaar begint te praten, en terwijl we naar hem toe draaien, kan ik het niet laten om met mijn vinger over de rug van haar hand te strelen. Het is een kleine aanraking. Ik weet zeker dat ze het niet eens zal merken. De man voor ons blijft maar brabbelen, en ik kijk naar beneden om nog een blik op mijn bruid te werpen. Ze is aan de kleine kant en haar kleine hand ziet er naast de mijne zo delicaat uit. Breekbaar. Maar dan kijkt ze op, en er is niets breekbaars in de ogen te zien die zonder te knipperen naar me kijken.

Bianca

Hij is niet wat ik had verwacht.

Als de trouwambtenaar zijn deel begint te reciteren, hoor

ik geen woord van wat hij zegt. Mijn hele wezen is op de man gericht die aan mijn zijde staat. Toen ik de ruimte binnenkwam en mijn ogen op zijn enorme gestalte bij het altaar landden, struikelde ik bijna, en alleen de jarenlange training die ik op het podium heb gehad, zorgde ervoor dat ik vooruit bleef gaan. Mijn toekomstige echtgenoot is als een professionele vechter gebouwd, zijn brede schouders rekken het materiaal van zijn jas uit. Hij draagt een zwart shirt en een zwarte pantalon, en met zijn inktzwarte haar en die ooglap ziet hij eruit als een duistere wraakengel.

Ik merk de littekens niet meteen op, omdat ik te gefocust was op zijn imposante gestalte. Het grootste litteken begint boven zijn rechterwenkbrauw en loopt recht over zijn gezicht, verdwijnt onder de ooglap en gaat dan verder tot aan zijn kaak. Daarnaast zit er nog een, die ergens onder de ooglap begint en naar beneden loopt tot een punt net iets boven de hoek van zijn lippen. Degene aan de linkerkant van zijn kin loopt over de lengte van zijn nek en verdwijnt onder de kraag van zijn overhemd. Ik heb geen idee wat er met hem is gebeurd om zulke verwondingen op te lopen, maar het moet iets gruwelijks zijn geweest. De meeste mannen die ik ken zouden een baard hebben genomen om ten minste een deel van de littekens te verbergen die hun gezicht ontsierden. Het lijkt erop dat mijn aanstaande echtgenoot zijn littekens niet verbergt, aangezien hij gladgeschoren is, alsof het hem niets kan schelen wat andere mensen zouden kunnen denken.

De trouwambtenaar maakt zijn toespraak af, en de man die naast mijn bruidegom staat komt dichterbij en zet een kleine fluwelen doos met de trouwringen op tafel. Mikhail pakt de kleine en kijkt me aan, terwijl hij wacht. Ik hou mijn hand omhoog en kijk toe hoe hij de ring om mijn vinger schuift zonder mijn huid aan te raken. Het lijkt erop dat hij dit opzettelijk heeft vermeden. Ik pak de grote trouwring uit de doos en hou hem omhoog, maar in plaats van zijn hand aan te bieden, pakt hij de ring tussen mijn vingers vandaan en schuift hem zelf om zijn vinger.

De ambtenaar verklaart ons tot man en vrouw, en wijst naar het grote open boek dat op de tafel ligt. Er was geen 'je mag de bruid kussen' deel, en ik vraag me af of dat opzettelijk was of dat hij het is vergeten, want de man lijkt van streek te zijn, hij friemelt met zijn handen en hij kijkt overal naar behalve naar mijn echtgenoot.

Mikhail pakt de pen, zet zijn handtekening en biedt hem aan mij aan. Ik kijk op en zie hem naar me kijken alsof hij verwacht dat ik me om zal draaien en weg zal vluchten. Zonder onze blik te verbreken, trek ik een wenkbrauw op, pak dan de pen aan en zet mijn handtekening. Bianca Orlov. Het is gebeurd.

Ik zie de menigte van mensen zicht storten op de buffettafels, hun borden met eten vullend en luid pratend. Bianca staat naast me en observeert stilletjes de kamer en ik heb het gevoel dat ze geen fan van menigten is. Dat hebben we gemeen.

Roman komt naar me toe en zegt dat hij en Dimitri vertrekken. Hij wil waarschijnlijk graag terug naar zijn vrouw die thuis is gebleven. Ik ben verbaasd dat hij naar de bruiloft is gekomen, gezien hoe terughoudend hij is om haar uit het oog te verliezen. Hij wendt zich tot Bianca, stelt zich voor en biedt zijn hand aan. Wanneer hun handen zich verbinden, word ik door een vreemde behoefte verteerd om Romans hand weg te slaan, om te voorkomen dat hij mijn vrouw aan kan raken.

'Wil je weg?' vraag ik wanneer Roman uit het zicht is.

Bianca kijkt naar de menigte, ze tilt haar hoofd op om naar me te kijken en knikt. Ik ga naar de uitgang en beweeg met mijn hoofd naar Kostya en de rest van onze mannen. We zijn bijna bij de deur als ik voel dat Bianca's hand mijn onderarm aanraakt en er lichtjes in knijpt. Ik span me een fractie van een seconde aan, voordat ik mijn spieren dwing om zich te ontspannen. Ze kijkt naar de tafel waar haar familie zit alsof ze afscheid wil nemen, dus draai ik me om en loop in hun richting.

De jongere zus springt uit haar stoel en rent naar Bianca toe, ze houdt haar om haar middel vast en fluistert iets in haar oor. Bianca doet een stap achteruit en begint met haar handen te gebaren. Om ervoor te zorgen dat niets op mijn gezicht herkenning laat zien, kijk ik discreet toe hoe haar vingers de woorden vormen.

'We gaan. Alles is goed. Ik zal je morgenochtend een bericht sturen en dan zullen we praten. '

'Pap zal boos zijn als je zo vroeg weggaat,' fluistert haar zus.

'Je kunt tegen onze lieve vader zeggen dat hij naar de hel kan lopen.' Bianca gebaart dit langzaam, alsof ze ervoor wil zorgen dat haar zus elk woord begrijpt, dan pakt ze haar bij de hand en draait het meisje naar mij toe.

Het arme ding slikt moeizaam, maar ze heeft zichzelf snel weer in de hand en lacht. Ze biedt haar hand niet aan, en daar ben ik blij om. Als het moet, lukt het me wel om me te houden aan gebruikelijke sociale interacties, zoals handen schudden, maar ik vermijd ze liever.

'Ik ben Milene. Aangenaam kennis te maken, meneer Orlov.'

Het ontgaat me niet dat Milene de enige uit haar familie is die Bianca persoonlijk introduceert. Met de anderen wissel ik alleen knikjes uit, wat niet zo vreemd is, gezien het feit dat we elkaar een maand eerder hebben geprobeerd te vermoorden.

Milene draait zich om, om iets tegen Bianca te zeggen als er een schot door de kamer klinkt.

Nauwelijks een seconde nadat het geluid van het eerste schot de lucht doorboort, grijpt een sterke arm me om mijn middel. Voor ik het weet, lig ik op de vloer naast Milene, met Mikhail over ons heen gebogen, ons met zijn lichaam tegen de vuurlinie beschermend.

'De personeelsingang. Blijf laag. Nu!' blaft hij over het geluid van meer schoten en schreeuwende mensen heen.

Ik slaag erin om mijn benen uit de sleep van de jurk los te krijgen, pak de stof in een hand bij elkaar, en kruip zo snel als ik kan achter Milene aan naar de deur die zich een paar meter bij ons vandaan bevindt. Zodra ik in de smalle gang ben, leun ik achterover tegen de muur en neem Milene in een stevige omhelzing. Ze trilt als een rietje, haar ademhaling gaat moeizaam, en ik ben zelf ook niet bepaald kalm. Ik kijk naar de deur en verwacht Mikhail daar te vinden, maar hij is niet bij ons in de gang.

Er zijn nog twee snelle knallen voordat het vuurgevecht helemaal stopt, en het enige wat ik hoor zijn mannen die schreeuwen en vrouwen die gillen. Ik wacht een paar seconden en ga dan terug naar de deur en kijk in de kamer. Het is een chaos.

Mensen stampen naar de dubbele deuren aan de andere kant van de kamer, zonder aandacht aan anderen om hen heen te besteden. Een oudere man, die ik als een neef van mijn vader herken, ligt onbeweeglijk in een plas bloed. Niet ver bij hem vandaan zit een vrouw op de grond met twee mannen die geknield bij haar zitten, waarvan één haar bloedende arm vasthoudt. Er lijken meer mensen in de kamer gewond te zijn, hetzij door de kogels of door de stormloop van mensen, maar niemand anders ziet er dood of ernstig gewond uit. Verschillende mannen lopen met getrokken wapens door de kamer en controleren de gewonden. Ik herken een paar van hen als degenen die bij Mikhail horen, maar de rest zijn mannen van mijn vader.

Aan de zijkant, bij een muur, staat Mikhail met een groep bij het lichaam van een kelner dat op de grond ligt. Ik kijk toe hoe Mikhail zijn pistool in het holster steekt dat onder zijn jas verborgen zit en naast het lichaam hurkt. Hij maakt de rechtermouw van de dode los, trekt de mouw omhoog en inspecteert zijn onderarm. Mijn vader gaat naast Mikhail staan. Ze praten een paar seconden ergens over, dan draait Mikhail zich om en loopt naar me toe.

'Ga naar je vader, Milene,' zegt hij tegen mijn zus en dan draait hij zich naar mij om. 'Deze kant op.'

Hij leidt me door de lange gang en door de wasruimte

van het hotel, waar het geüniformeerde personeel van achter grote wasmachines staat te gluren. We gaan door een metalen deur en slaan rechtsaf naar de parkeerplaats. Het voelt alsof ik me door een vacuüm beweeg, waarbij ik niets hoor en me nauwelijks bewust ben van onze omgeving. Dit is de eerste keer dat ik buiten de schietbaan getuige ben geweest van een schietpartij, en ik verkeer misschien in shock.

Mikhail gaat naar een auto en opent de passagiersdeur voor me. Als iemand me naar het model of zelfs de kleur van de auto waar ik instap zou vragen, dan zou ik ze niets kunnen vertellen. Tijdens de rit belt hij iemand, maar het hele gesprek is in het Russisch, dus ik heb geen idee wat hij zegt of met wie hij spreekt.

Kort nadat hij het gesprek beëindigt, parkeert hij in de ondergrondse garage van een hoog modern gebouw. Ik heb niet opgelet waar we heen gingen, dus het enige wat ik weet is dat we ergens in de stad zijn.

Mikhail opent de autodeur voor me, en ik volg hem naar de zilveren lift en kijk toe hoe hij een sleutelkaart langs het kleine display haalt en vervolgens op de knop voor de boven-ste verdieping drukt. Even later openen de liftdeuren zich naar een kleine foyer met slechts één deur recht vooruit.

Ik haal diep adem. Hij heeft me mee naar zijn huis ge-nomen. Ik weet niet waarom dit feit me zo hard raakt. Natuurlijk zou hij me mee naar zijn huis nemen. Het was niet alsof ik had verwacht dat hij me bij mijn vaders huis af zou zetten, maar toch, het is alsof ik nu pas begrijp hoe an-ders mijn leven vanaf nu zal zijn. Ik haal nog een keer adem en ga Mikhails huis binnen.

'Woonkamer, eetkamer, keuken, gastenbadkamer.' Mikhail wijst in de enorme open ruimte rond die aan de andere kant over kamerhoge ramen beschikt. 'De kamer die ik als fitness-ruimte gebruik. Lena's kamer. Mijn kantoor.'

Wie is Lena? Misschien heeft hij een inwonende huishoudster.

Mikhail draait zich om en wijst naar de andere kant van de open ruimte. 'Mijn slaapkamer. Jij kunt de logeerkamer ernaast nemen.'

Ik staar hem aan en verwerk wat hij net heeft gezegd. Gaat hij me niet dwingen om met hem naar bed te gaan?

Hij kijkt op me neer, zijn ene blauwe oog kijkt me geïnteresseerd aan, en hij reikt met zijn hand naar een haarlok die voor mijn gezicht is gevallen en stopt hem achter mijn oor.

'Ik dwing vrouwen niet, Bianca. Is dat duidelijk?'

Ik knik.

'Goed zo. Ik moet nu gaan, en ik ben waarschijnlijk niet voor morgenochtend terug. Er staat eten in de koelkast. Eet. Neem een douche en ga slapen, je hebt de rust nodig. Geef me je telefoon.'

Op de een of andere manier heeft de kleine handtas die aan een dunne gouden ketting over mijn borst hing de gebeurtenissen van vanavond overleefd. Ik ga er met mijn hand in, pak mijn telefoon en geef hem met tegenzin aan hem. Ik had niet verwacht dat hij hem in beslag zou nemen.

In plaats van mijn telefoon af te pakken, begint hij te typen.

'Ik voer mijn nummer in, evenals het nummer van de beveiligingsbalie beneden. Als je iets nodig hebt, dan kun je me een bericht sturen. Ik kan je misschien niet meteen antwoord geven, maar ik zal het zo snel mogelijk doen.' Hij geeft me mijn telefoon weer terug, en ik breng langzaam mijn hand omhoog en pak hem aan.

'Voel je vrij om rond te lopen en te verkennen, maar mijn kantoor is verboden terrein. Al het andere is geen probleem. Is dat duidelijk?'

Ik knik opnieuw en blijf naar hem staren, verwachtend dat hij iets gaat zeggen als 'Tot morgenochtend' of 'Welterusten', maar in plaats daarvan steekt hij zijn hand uit en gaat hij met zijn vinger langs de achterkant van mijn hand. Zijn aanraking is zo licht als een veertje. Het duurt maar een seconde, en dan is hij weg zonder een woord te zeggen.

Wat een vreemde man.

Mikhail

'Hij had een tatoeage van een Albanese bende aan de binnenkant van zijn onderarm,' zeg ik tegen Roman. 'Denk je dat het Dushku is?'

'Zou kunnen. Misschien is hij erachter gekomen dat ik zijn vriend Tanush heb vermoord. Of misschien was hij boos, omdat we hem voor waren om een deal met de Italianen te sluiten.'

'Het kan allebei zijn.' Ik knik. 'Of iemand wil dat we denken dat het Dushku was. Ze hebben maar één man gestuurd, en de helft van de mensen in die kamer waren gewapend. Het was een zelfmoordmissie. En hoe handig dat hij een tatoeage had die hem met de Albanezen verbond. Er klopt iets niet.'

Roman leunt naar voren en trommelt met zijn vingers op het bureau. 'Het zouden de Italianen kunnen zijn die ons hebben bespeeld en de weg vrij hebben gemaakt voor iets groters. Zij waren verantwoordelijk voor de beveiliging van de bruiloft en een gewapende man is erin geslaagd om erdoorheen te komen.' Hij wijst met zijn vinger naar mij. 'Je moet je vrouw in de gaten houden. Houd haar heel goed in de gaten.'

'Dat zal ik doen.' Ik knik en verlaat het kantoor van de Pakhan.

Op de terugweg naar huis, denk ik na over wat Roman zei. Heeft hij gelijk? Kan Bianca een spion voor haar vader zijn? Het zou een geweldige kans zijn — ik was er zeker van dat een capo die zo meedogenloos is als Bruno Scardoni zo'n kans niet zou laten liggen. Toch heb ik het gevoel dat dat hier niet het geval is. De afkeer die ik in Bianca's ogen zag toen ze naar haar vader keek, kan niet gespeeld zijn. Ja, mijn vrouw heeft zeer expressieve ogen.

Ik vraag me af of ik haar moet vertellen dat ik goed ben in gebarentaal. Het zou de communicatie veel gemakkelijker maken, maar het zou tot dingen kunnen leiden die ik nog niet met haar wil bespreken. We moeten het voorlopig zonder gebarentaal doen.

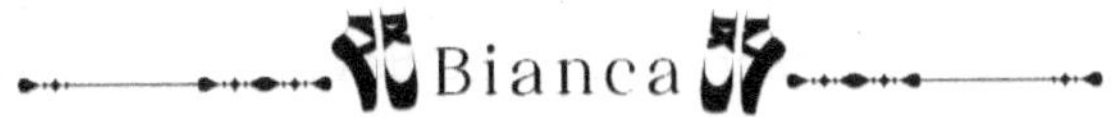

Bianca

Als ik gestrest ben, maak ik schoon of kook ik. Er is hier niets om schoon te maken. Alles is vlekkeloos. Dus ga ik naar de keuken en ga op zoek naar ingrediënten om mijn snelle kaaspasta te maken.

Ik heb al in de gastenbadkamer gedoucht en wat tijd doorgebracht met rondlopen in Mikhails huis. Het appartement is waanzinnig groot — het beslaat de hele bovenste verdieping van het gebouw en het is in een moderne stijl ingericht, voornamelijk glas en donker hout, gecombineerd met witte accenten. Ik heb eerst de keuken bekeken, wat de droom van een chef-kok is en hij is volledig bevoorraad. Ik ben op een paar interessante items gestuit, zoals cacao in de voorraadkast, kleine pakjes aardbeienyoghurt in de koelkast en een lade vol snoepjes. Mijn echtgenoot lijkt me niet die van zoetigheid en aardbeienyoghurt houdt, maar hé, mensen kunnen een vreemde smaak hebben.

De volgende was Mikhails slaapkamer. Het voelde verkeerd om daarbinnen rond te neuzen, dus ben ik naar zijn kast gegaan en heb het eerste T-shirt gepakt dat ik zag. Ik ga niet in een handdoek of naakt slapen. Geen slipje dragen is al erg genoeg.

Na Mikhails slaapkamer heb ik de kamer van de huishoudster overgeslagen en ben ik verward voor de deuropening van de fitnessruimte blijven staan. Ik had een aantal high-end bodybuilding machines verwacht, een loopband, en dat soort items. In plaats daarvan was er slechts een rek met ouderwetse gewichten van verschillende maten in de ene hoek, daarnaast een pull-up bar en een bokszak. Alles langs de muur tegenover de ramen was van vloer tot plafond bekleed, en het nam niet eens een vijfde van de kamer in beslag. Wat een verspilling van ruimte. Hij had hier met gemak nog een kamer kunnen hebben. Vanuit de fitnessruimte ben ik teruggegaan naar de keuken en heb de deur naar zijn kantoor genegeerd.

Als ik klaar ben met het bereiden van de pasta, schep ik voor mezelf een bord op en laat de pan met de rest op het aanrecht staan. Ik kijk om me heen, op zoek naar iets om mee te schrijven en wat papier, en uiteindelijk vind ik in een van de laden een pen. Maar geen papier. Ik pak de lege pastadoos, scheur één kant open, ga dan aan de eettafel zitten en begin op het karton te schrijven.

Als ik klaar ben, leg ik het briefje op de grond naast de voordeur, waar Mikhail het niet kan missen, en ga ik terug naar de logeerkamer.

Ik raap het stuk karton op dat op de vloer ligt en begin te lezen.

Ik heb pasta gemaakt. Ik heb het op het aanrecht neergezet.

Ik heb een van je T-shirts geleend. Ik hoop niet dat je dat erg vindt.

Na alles wat er is gebeurd, was ik vergeten dat ik bij mijn vader langs moest om een tas met mijn kleren op te halen. Kun je me morgen afzetten om het op te halen?

We moeten misschien langs een winkel waar ik andere kleren kan kopen. Ik kan niet met slechts jouw T-shirt aan naar mijn vaders huis.

Ik kon in de keuken geen koffie vinden. Mijn naam is Bianca en ik ben een cafeïneverslaafde. Als je het ergens hebt staan, stuur me dan alsjeblieft voordat je gaat slapen de locatie. Ik ben in de ochtend niet de meest aangename persoon voordat ik mijn shot heb gehad.

Mijn lippen krullen een beetje omhoog bij die laatste zin, en ik ga naar de deur van de logeerkamer, die op een kier staat. Bianca ligt onder een dik dekbed te slapen, haar haar zit als een warboel om haar hoofd. Ik leun tegen de deuropening en kijk hoe ze slaapt totdat het licht van de dageraad de kamer in begint te sijpelen.

Hoofdstuk

3

Bianca

HET IS BIJNA NEGEN UUR ALS IK WAKKER WORD, EN IK vind het nogal verrassend dat ik in het huis van een vreemde acht uur lang als een blok heb geslapen. Toen ik de vorige avond naar bed ging, viel ik in slaap op het moment dat mijn hoofd het kussen raakte. Misschien is het een bizar na-effect van beschoten worden.

Nadat ik gebruik heb gemaakt van het toilet om mijn volle blaas te legen, poets ik mijn tanden, en ga vervolgens naar de keuken. Op het aanrecht, naast het koffiezetapparaat, vind ik mijn briefje, aan de hoek van een zak ongeopende koffiebonen. Naast elk van mijn aantekeningen, zijn er in een net handschrift opmerkingen geschreven.

Dank je wel.

Ik vind het niet erg.

Ja.

Ik heb mijn huishoudster gebeld en heb haar gezegd iets voor je te kopen om morgen te dragen totdat we je spullen hebben gehaald. Ze zal het op het aanrecht neerleggen.

Uiterst rechtse kast, bovenste plank. Maar je kunt het overal neerzetten waar je wilt.

Naast het briefje ligt een papieren zak. Ik kijk erin en haal er een grijze yogabroek en twee T-shirts uit. Onderin vind ik ondergoed en sokken. Er zijn geen schoenen, dus het lijkt erop dat ik mijn hakken met bandjes met een yogabroek en een T-shirt aan moet trekken als we mijn spullen gaan halen. Deftig.

Na een kleine omweg naar de logeerkamer om wat ondergoed aan te trekken, maak ik een kop koffie, pak een banaan uit de fruitschaal en klim op een hoge stoel bij de ontbijtbar die de keuken en de eetkamer scheidt. Ik moet Milene een bericht sturen.

09:22 Bianca: Ik wil je alleen even laten weten dat alles in orde is. Heeft oom Fredo het overleefd? Is er gisteren nog iemand ernstig gewond geraakt? Ben je in orde?

09:23 Milene: Hij is er niet meer. Ik hoorde papa vanmorgen zeggen dat Fredo alleen maar het geld van de familie uitgaf en ik citeer: 'Er is tenminste iets goeds uit die bruiloft gekomen.' Agapito's geliefde heeft een kogel in haar arm gekregen, maar ik denk dat dat het wel is. Ik kan niet wachten om dit idiote leven te verlaten.

09:26 Bianca: Vader zal je college niet betalen, Milene.

09:28 Milene: Nonna Giulia heeft gezegd dat zij het zal betalen. Nog drie maanden en dan tot ziens Cosa Nostra onzin. Pap zal door het lint gaan, ha ha! Is alles in orde daar? Ik wil een volledig verslag. Hoe is het gegaan? Hoe is hij? Moest je met hem naar bed?

09:25 Bianca: Hij is wel aardig, denk ik. Een beetje vreemd. Praat niet veel. Hij heeft me gisteren afgezet en is toen ergens naartoe gegaan. Werk, denk ik. Ik heb hem sindsdien niet meer gezien.

09:26 Milene: WTF? Tijdens zijn huwelijksnacht? Ik denk dat je geluk had. Ik moet gaan, de leraar komt eraan.

Er zijn nog twee nieuwe berichten, één van mijn moeder en één van Angelo. Ik lees eerst Angelo's bericht.

02:11 Angelo: Gefeliciteerd zus. Wie is de gelukkige bruidegom? De verbinding is hier verschrikkelijk, ik heb de helft niet gehoord van de dingen die pap zei toen hij belde.

Ik kijk naar het bericht en zucht. Angelo heeft nooit ingezien wat er mis is met de traditie van gearrangeerde huwelijken. Dat was wat er wordt verwacht, en daarom moet het gebeuren. Van wat ik gehoord heb, heeft vader al geregeld dat hij met Don Agosti's kleindochter gaat trouwen. Maar Isabella en Angelo kennen elkaar al. Het is niet dezelfde situatie, en ik zou liegen als ik zei dat ik had verwacht dat hij zo blasé zou zijn.

09:29 Bianca: Mikhail Orlov. Wanneer kom je terug? En wat doe je eigenlijk in Mexico?

Het volgende bericht is van mam. Ik open het en een lap tekst vult het scherm. Ik kreun, verklein de lettergrootte en begin haar opstel te lezen.

07:44 Mam: Je was gisteren zo mooi. Iedereen had het erover. En die jurk was elke cent waard. Catalina's moeder heeft me gevraagd waar we hem hebben gekocht, zodat ze er een voor Catalina kan bestellen. Die vrouw doet ons altijd na. Ik kan haar niet uitstaan. Jammer dat alles zo abrupt is geëindigd. Ik kan niet geloven dat Fredo neer werd geschoten en is overleden, maar liever hij dan iemand anders. Hij was meer dan tachtig jaar oud. Heb je gezien dat Luca Rossi alleen was? Simona heeft me nooit gemogen, maar om jouw bruiloft te missen? Ik heb nooit begrepen hoe die twee bij elkaar zijn gekomen. Het is zo jammer voor een man als Luca om met een teef als zij te eindigen. Iemand zou hem moeten vertellen dat het tijd is om dat haar van hem te knippen, het is niet netjes. Hij is een capo, in godsnaam.

Ik sluit mijn ogen en zucht. Mijn moeders prioriteiten zijn altijd nogal vreemd geweest. Het is niet haar schuld. Als ze niet de vrouw van een capo was, dan zou ze zeker een seriemoordenaar of iets dergelijks zijn geweest. Het is niet zo dat ze gediagnosticeerd is of zo, maar ik weet bijna zeker dat mijn moeder een sociopaat is. Ik vraag me af op welk punt in haar bericht ze zal vragen hoe het voor me is om met een vreemde getrouwd te zijn. Ik blijf haar bericht van romanlengte lezen.

Aangezien je geen ballet meer doet, heb je nu meer vrije tijd. We zouden eens samen moeten gaan winkelen, ik weet zeker dat de afleiding je goed zou doen. Ik heb geen idee wat je vader dacht toen hij je met die man liet trouwen. Eerlijk gezegd ben ik blij dat ik gisteren mijn bril niet op had, zodat ik het niet zo goed kon zien. Ik heb gisterochtend weer geprobeerd om contactlenzen te dragen, maar mijn ogen begonnen te jeuken. Misschien moet ik een ander merk proberen. Allegra zegt dat hij monsterlijk is. Is dat waar? Je had met Marcus moeten trouwen…

Ik neem een slok van mijn koffie. Allegra… steekt altijd haar neus ergens in waar hij niet thuishoort. Nee, dat is niet waar. De man heeft één oog, nou en? Het is niet zo dat hij de helft van zijn hersenen mist, zoals Marcus. Wat zijn karakter betreft... Daar kan ik niks over zeggen. We hebben niet veel contact gehad, dus ik kan niet zeggen wat voor man hij is. Maar toen dat eerste schot klonk, heeft hij mij en mijn zus met zijn lichaam bedekt. En dat zegt veel. Met tegenzin ga ik verder met lezen.

Hoe behandelt hij je? Als hij zijn stem tegen je verheft, laat het me dan weten en dan zal ik je vader met hem laten praten. Niemand behandelt een capo's dochter met iets anders dan respect. Gebruik alsjeblieft voorbehoedsmiddelen, je bent te jong voor kinderen. Ik hou van je.

Ja, net zoals mijn vader me respecteert.

09:42 Bianca: Alles is in orde. Ik zal het je laten weten over het winkelen.

Ik leg mijn telefoon neer en pak de koffiekop als de deur van de fitnessruimte opengaat en Mikhail naar buiten komt. Ik moet me inhouden om te voorkomen dat mijn mond openvalt. Gisteren droeg hij een pak, maar zelfs met zijn jas aan had ik gezien dat hij er een mooie spiermassa onder had zitten. Nu draagt hij een joggingbroek en een T-shirt met lange mouwen dat zich over zijn onmogelijk brede schouders en gespierde armen uitstrekt. De man is een spierbundel.

'Ik ga even douchen en dan kunnen we je spullen gaan halen,' zegt hij en hij loopt naar zijn slaapkamer.

Ik volg hem met mijn ogen, en ik voel me een beetje als een engerd. Er zaten veel jongens in het dansgezelschap, en ze waren allemaal extreem fit, maar geen van hen leek op Mikhail. Ik heb nog nooit iemand ontmoet die er zo uitziet. Hij kan waarschijnlijk urenlang met me bankdrukken zonder zelfs maar te zweten.

Als ik dertig minuten later uit mijn kamer kom, met mijn geweldige outfit van een T-shirt, yogabroek en hoge hakken met lovertjes, staat Mikhail bij de deur op me te wachten. Ik had verwacht dat hij weer in een pak gekleed zou zijn, maar het lijkt erop dat hij vandaag niet werkt, aangezien hij vervaagde zwarte jeans en een zwart Henley shirt draagt. De man is echt dol op zwart en blijkbaar ook op lange mouwen.

In de garage leidt Mikhail me naar een monsterlijke SUV. Ik ben er vrij zeker van dat het niet dezelfde auto is waar we gisteravond in aan zijn gekomen, want ik heb geen idee hoe ik met mijn hakken in dat ding kan komen. De vloer bevindt zich minstens een halve meter van de grond af.

Mikhail opent de deur voor me, en ik strek mijn hand uit om iets te pakken om me omhoog te helpen wanneer zijn handen mijn middel grijpen.

'Heb je een zetje nodig?' vraagt hij op een heel serieuze toon, zijn gezicht slechts een paar centimeter van het mijne verwijderd.

Hij wacht niet op mijn antwoord, tilt me gewoon op, zet me op de stoel en sluit de deur.

'Heb je gisteravond alles kunnen vinden wat je nodig had?' vraagt hij nadat hij in het voertuig is gestapt. 'Ik heb tegen de huishoudster gezegd dat ze wat basisdingen voor je moest kopen.'

Ik knik. Er stond een grote mand met bodywash, shampoo, conditioner, een tandenborstel, tandpasta en zelfs een nieuwe haarborstel in de badkamer.

'Als je nog iets nodig hebt, stuur me dan de lijst en dan zal ik iemand sturen om het te kopen.'

Hij start de auto terwijl ik doe alsof ik naar de stoep kijk, maar stiekem kijk ik vanuit mijn ooghoek naar hem. Vindt hij deze situatie ook vreemd? Heeft hij ervoor gekozen om te trouwen, of heeft zijn baas hem dat bevolen? Wat als hij een vriendin heeft? Zal hij haar blijven zien? Wat als hij haar meeneemt naar zijn appartement terwijl ik daar ben? Verwacht hij dat ik met hem naar bed ga?

Ik laat mijn blik over zijn arm gaan en zie de contouren van harde spieren die zelfs onder zijn mouw zichtbaar zijn. Hij lijkt gefocust te zijn op de weg, en aangezien ik aan zijn blinde kant zit en achteroverleun in mijn stoel, ben ik er vrij zeker van dat hij niet merkt dat ik naar hem kijk. Ik maak van de gelegenheid gebruik om zijn gezicht beter te bekijken. Wat er ook met hem is gebeurd, het is niet recent. De littekens zien er oud uit. Het interessante is dat ik ze helemaal niet erg vind. Eerlijk gezegd vind ik mijn man erg knap, dus qua uiterlijk heb ik niks te klagen.

De auto vertraagt en stopt bij een rood licht. Mikhail draait zijn hoofd naar me toe en kijkt me aan. Ik geloof dat ik betrapt ben, maar ik kijk niet weg. Hij zegt niets, roept me niet tot de orde voor het feit dat ik staar, hij kijkt me alleen aan tot het licht groen wordt. Dan draait hij zich terug naar de weg en blijft rijden. Ik denk niet dat ik ooit zo'n beheerst, gecontroleerd persoon heb ontmoet. Zijn gezicht is volledig uitdrukkingsloos. Ik kan er niets van afleiden. Is hij boos omdat ik naar hem staarde? Of misschien kan het hem niets schelen. Vreemde, vreemde man.

Mikhail parkeert de auto voor het huis van mijn vader en komt net als ik mijn portier open bij mijn kant aan. Hij plaatst weer zijn handen op mijn middel en helpt me naar beneden. Op het moment dat mijn voeten de grond bereiken, haalt hij snel zijn handen weg.

'Pak alleen wat je voor de komende twee dagen nodig hebt. Voor de rest van je spullen zal ik iemand sturen. Het is het beste als ik hier op je wacht.'

'Vijf minuten,' gebaar ik, draai me om en haast me het huis in, in de hoop dat ik op weg naar mijn kamer niemand tegen zal komen. Milene zit op school, en er is niemand anders die ik wil zien.

'Lieve God, Bianca.' Allegra's stem bereikt me van achteren terwijl ik naar boven ga. 'Hoe kun je het verdragen om in de buurt van dat monster te zijn?'

Ik stop onderaan de trap en draai me naar mijn oudere zus om, die met haar handen op haar heupen staat en me vol afkeer aankijkt. Om de een of andere reden heeft Allegra me altijd gehaat en doet ze haar best om me met haar giftige opmerkingen te denigreren. Dat deed ze zelfs toen we nog kinderen waren. Angelo heeft ooit gezegd dat ze jaloers op me was, wat belachelijk is, want Allegra is altijd de perfecte dochter geweest. Iedereen is dol op haar, terwijl ik als het zwarte schaap van onze familie wordt gezien; een mooi, maar gebrekkig meisje dat niet kan praten.

Ik zet twee stappen in haar richting en stop recht voor haar. Ik reik naar haar hand en kijk naar haar blote ringvinger, klop bespottend verdrietig op de achterkant van haar hand en til mijn eigen hand met de trouwring op. Nadat ik mijn punt heb gemaakt, geef ik haar mijn middelvinger en laat haar daar staan, terwijl ze me woedend nakijkt. Ik ken de zwakke punten van mijn zus goed, en ik heb er geen problemen mee om ze uit te buiten. Allegra's belangrijkste doel in het leven is altijd geweest om te trouwen. Ze begon in groep zes al plannen te maken voor haar trouwdag. In haar bekrompen brein was mijn huwelijk voor haar het meest rampzalige dat er kon gebeuren.

Mijn acties zijn kleinzielig, ik weet het, maar ik kon mezelf niet beheersen. Niemand mag zo over mijn man praten. We hebben misschien een gearrangeerd huwelijk, maar hij heeft me de afgelopen 24 uur beter behandeld dan sommige van mijn familieleden ooit hebben gedaan. En ik sta niet toe dat mijn zus zoiets zegt zonder terug te slaan.

In mijn kamer pak ik de tas die ik eerder had ingepakt en draai me om om weg te gaan, om vervolgens mijn vader te zien staan die de deur blokkeert.

'Ik had gisteravond een verslag verwacht, Bianca.'

Ik stap naar voren, met de bedoeling langs hem te gaan, maar hij knijpt me in mijn onderarm en duwt zijn gezicht tegen het mijne aan.

'Waar is de telefoon die ik je heb gegeven?'

Om ervoor te zorgen dat elke gram van walging die ik voor hem voel zichtbaar is op mijn gezicht, kijk ik omhoog en wijs naar de vuilnisbak naast de deur, waar ik de telefoon in heb gegooid op dezelfde dag dat hij hem aan me gaf. Hij kijkt ernaar, knarst met zijn tanden en slaat me op mijn wang. Een stevige klap met een geopende hand is altijd zijn favoriete manier geweest om zijn ongenoegen over mij te tonen.

'Je zult spijt krijgen van je ongehoorzaamheid, meisje,' snauwt hij in mijn gezicht en vertrekt.

Ik zet de tas neer en haast me naar de badkamer om wat koud water op mijn gezicht te spatten, en kijk in de spiegel of ik schade heb opgelopen. Deze keer heb ik geen kapotte lip, maar er is een grote rode vlek te zien die het grootste deel van mijn linkerwang bedekt. Shit. Ik gooi er wat meer water op, pak dan op weg naar buiten mijn tas en verlaat gehaast het huis.

Mikhail staat buiten op me te wachten. Hij leunt nonchalant met zijn rug tegen de motorkap, maar zodra hij de afdruk op mijn gezicht ziet, gaat hij rechtop staan en staart nadrukkelijk in mijn ogen. Ik buig mijn hoofd en blijf lopen, een golf van schaamte overspoelt me. Ik weet dat ik me niet hoef te schamen — het is niet mijn schuld dat ik een klootzak als ouder heb — maar toch voel ik me zo.

Mikhails hand komt mijn gezichtsveld binnen als hij een vinger onder mijn kin legt en mijn hoofd omhoog kantelt. Hij draait mijn hoofd een beetje naar de zijkant en inspecteert mijn wang.

'Je vader?' vraagt hij door opeengeklemde tanden en ik knik. 'Weet je, ik ben van gedachten veranderd.' Hij pakt mijn tas en gooit hem door het raam op de passagiersstoel. 'Ik zou graag even met mijn schoonvader willen praten.'

'Nee,' gebaar ik en schud mijn hoofd.

'Ik ga met Bruno praten,' zegt hij met kalme stem. 'Je kunt hier blijven, of je kunt met me mee naar binnen gaan. Er is een veel grotere kans dat hij levend uit dat gesprek komt als je meekomt.'

Ik haal diep adem en leid hem het huis in.

Mikhail gaat zonder te kloppen mijn vaders kantoor binnen, loopt ontspannen naar zijn bureau en gaat in de stoel zitten waar ik vaak heb gezeten. Ik sluit de deur en leun ertegen, niet geïnteresseerd om dichter bij mijn vader te komen dan absoluut noodzakelijk is.

'Hoe durf je hier onaangekondigd binnen te komen?' blaft mijn vader. 'Ga mijn huis uit!'

'Het lijkt erop dat ik vergeten ben om je wat basisregels te geven, Bruno.'

'Regels? Meen je dit serieus?' Mijn vader lacht, staat op en slaat met zijn handpalm op de tafel voor hem. 'Wie denk je verdomme wel niet dat je bent?'

Het gebeurt zo snel dat ik het amper kan volgen. Mikhail pakt de decoratieve briefopener met zijn ene hand en mijn vaders pols met de andere en steekt het ding door het midden van de handpalm van mijn lieve, oude vader en in het houten bureau.

De pijnkreet die uit mijn vaders mond komt is huiveringwekkend en zou iedereen in het huis naar zijn kantoor hebben laten komen als het niet geluiddicht was geweest. Hij was altijd paranoïde dat iemand zijn geheime gesprekken af zou luisteren.

'Kop dicht, Bruno,' zegt Mikhail en hij leunt achterover in zijn stoel. 'En denk er niet eens aan om op de alarmknop te drukken waarvan ik weet dat je die onder het bureau hebt zitten. Ik zal je nek breken voordat er iemand hier zal zijn om je te redden.'

Wonderbaarlijk genoeg stopt mijn vader met schreeuwen, en het enige overgebleven geluid komt van zijn moeizame ademhaling. Hij pakt het handvat van de briefopener en probeert hem eruit te trekken, maar het geeft niet mee.

'Laten we nu een paar dingen duidelijk maken,' zegt Mikhail. 'Als je mijn vrouw op welke manier dan ook weer aanraakt, dan hak ik je hand eraf. Als ik hoor dat je slecht over haar spreekt, dan snijd ik je tong eruit. Als je haar ooit nog durft te slaan, dan hak ik je hoofd eraf. Ben ik duidelijk, Bruno?'

In plaats van te antwoorden, staart mijn vader alleen maar, zijn ogen staan wijd open als die van een gek.

'Ik geloof niet dat je me hebt gehoord, Bruno. En nu?' Mikhail pakt het handvat van de briefopener die nog steeds in mijn vaders hand zit en begint hem te draaien.

'Ja!'

'Perfect.' Mikhail staat op en komt naar me toe. 'Prettige dag, Bruno.'

Ik werp een blik op mijn vader, die naar Mikhails rug staart, glimlach en volg mijn man de kamer uit.

Mikhail

Ik parkeer de auto, zet het contact uit en kijk naar Bianca. 'Waarom heeft hij je geslagen?'

Het heeft me bijna een uur gekost om genoeg te kalmeren om erover te praten. Als ik het haar had gevraagd terwijl we nog dicht bij haar vaders huis waren, zou ik waarschijnlijk de auto hebben omgedraaid en terug zijn gegaan om die klootzak te vermoorden.

Bianca staart voor zich uit, haar ogen zijn glazig, alsof ze met zichzelf in gesprek is over of ze wel of niet antwoord moet geven. Na een moment pakt ze haar telefoon, typt een paar woorden en draait het scherm naar me toe.

Hij wilde dat ik voor hem de Bratva bespioneerde. Ik heb geweigerd.

Nou, het is niets wat ik niet al verwacht had. 'Waarom heb je geweigerd?'

Ze trekt een wenkbrauw op, typt weer iets en geeft me de telefoon.

Ik heb geen doodswens.

'Verstandig besluit.'

Ik strek mijn hand uit, ga met mijn vinger langs haar wang en houd de aanraking licht. Haar huid is zo zacht en het aanraken stoort me niet. Juist het tegenovergestelde. Ik ga nog een keer over haar wang, deze keer met de achterkant van mijn hand. De roodheid is bijna volledig verdwenen. Ik had die klootzak toch moeten vermoorden.

De blik op Mikhails gezicht terwijl hij mijn wang streelt, is uiterst raadselachtig. Ik kan het niet beschrijven. Het is iets dat misschien ergens tussen verrassing en verwarring zit, maar ik kan het mis hebben, omdat geen van beide logisch is. Hij ziet dat ik naar hem kijk en haalt zijn hand weg. Ik wou dat hij dat niet had gedaan.

'Kom op. Sisi heeft waarschijnlijk al iets te eten voor ons klaargemaakt.'

Sisi? Ik dacht dat de huishoudster Lena heette.

We gaan naar de lift en in stilte naar boven. Ik vraag me af of de stilte normaal is voor hem, of dat hij gewoon niet de behoefte voelt om te praten, omdat ik niet kan antwoorden. Hij opent de deur van het appartement voor me, en ik ga naar binnen en blijf staan waar ik ben.

Vijf meter van de deur vandaan, staat een klein meisje in een mooie roze jurk naar me te kijken. Haar donkere haar zit in een paar staartjes boven op haar hoofd. Ze kan niet ouder zijn dan drie of misschien vier, en ze is het evenbeeld van Mikhail.

'Hallo,' zegt ze met een ernstig gezicht en ze houdt haar hoofd scheef terwijl ze me met belangstelling aankijkt.

'Lenochka…' zegt Mikhail van achter me en hij stapt naar binnen.

'Pappie!' gilt het meisje van vreugde, haar lippen verwijden zich in een enorme grijns terwijl ze naar Mikhail rent en in zijn armen springt.

Ik kijk vol ontzag toe terwijl hij haar oppakt en een kus op haar wang geeft en vervolgens een op haar voorhoofd, waarbij zijn hand de hele tijd de achterkant van haar hoofd streelt. Mikhail heeft een kind. Ik ben dat feit nog steeds aan het verwerken als ze voorover leunt en hem op zijn ooglap kust. Ze giechelt en Mikhail glimlacht.

Ik kan niet stoppen met staren, verbaasd over de transformatie waar ik getuige van ben. Het lijkt erop dat een heel ander persoon hem over heeft genomen. En het is niet alleen de glimlach. De houding van zijn lichaam is anders, ontspannen. De manier waarop hij naar haar kijkt, met zo veel warmte… deze man heeft niets gemeen met de koude, beheerste man met wie ik gisteren ben getrouwd.

Mikhail houdt het meisje nog steeds op zijn heup, draait zich naar me toe en onze blikken kruisen elkaar.

'Dit is mijn dochter, Lena.'

Er gaan zo veel vragen door mijn hoofd. Waarom heeft hij dat niet eerder gezegd? Woont ze bij hem? Waar is haar moeder? Weet ze wie ik ben? Wat als ze me niet mag? In plaats van iets te vragen, glimlach ik en zwaai.

'Lenochka, dit is Bianca. Weet je nog waar we het over hebben gehad?'

'Ja. Bianca komt bij ons wonen,' zegt het meisje met haar kleine stemmetje en ze kijkt naar me. 'Je bent heel mooi. Wil je spelen? Ik heb speelgoed. Papa, papa, mag ik Bianca mijn speelgoed laten zien?'

Ze zegt dat allemaal in één adem, en ik kan niet anders dan lachen om hoe schattig ze is. Ik wil haar hand aanraken, maar dat lijkt me niet gepast. En ik wil haar niet bang maken, aangezien we elkaar net hebben ontmoet. Ik hoop dat ze me aardig vindt. Ik ben dol op kinderen.

'Later, zayka. Waar is Sisi?'

Een vrouw van eind zestig komt Lena's kamer uit gerend met een stapel kleren in haar armen. 'Mikhail, ik hoorde je niet binnenkomen. Ik dacht...'

Ze stopt halverwege de zin als ze me opmerkt en haar ogen worden groter.

'Sisi, dit is mijn vrouw.'

Even lijkt ze een beetje in de war te zijn. Ze kijkt van mij naar Mikhail, en weer terug naar mij, maar dan heeft ze zichzelf weer in de hand.

'Oh ja, natuurlijk. Mevrouw Orlov, leuk u te ontmoeten.' Ze knippert weer naar me en draait zich dan naar Mikhail. 'De lunch staat in de oven. Lena heeft al gegeten, dus ik wilde met haar naar buiten om te spelen.'

Mikhail knikt, zet het meisje neer en hurkt voor haar. 'Sisi neemt je mee naar het park. Ga je rugzak pakken.'

'Oké.' Lena rent naar haar kamer, om een paar seconden later terug te keren met een kleine glinsterende roze rugzak met konijnenoren. Ik kijk naar haar terwijl ze een schoenenkast bij de ingang opent, een paar kleine witte sneakers pakt en op de vloer gaat zitten om ze aan te doen. Ik heb een neefje van haar leeftijd, en hij zou niet weten hoe hij zijn schoenen aan moest doen, al hing zijn leven ervan af. Als ze klaar is, pakt ze Sisi's hand, zwaait naar ons en ze vertrekken.

Ik voel een lichte aanraking op mijn rug en draai me om, om Mikhail te zien staan die een streng van mijn haar tussen zijn vingers houdt.

'Laten we gaan zitten en dan kun je je vragen stellen,' zegt hij en hij laat de streng los.

Hij leidt me naar de eettafel, ontgrendelt zijn telefoon en schuift hem over het houten oppervlak naar me toe. Ik kijk naar hem, dan naar de telefoon voordat ik hem in mijn hand neem en begin te typen. Als ik klaar ben, schuif ik de telefoon naar hem terug.

Hij kijkt naar het scherm.

'Lena's moeder is dood,' zegt hij. 'Lena was niet gepland. Haar moeder wilde een abortus. Ik heb tegen haar gezegd dat ik haar zou vermoorden als ze mijn kind zou aborteren, dus nadat ze was bevallen, heeft ze haar bij mij achtergelaten, heeft het geld dat ik haar gaf aangenomen, en is weggegaan. Ik ben er een paar maanden geleden achter gekomen dat ze een overdosis heroïne heeft genomen.'

Ik snak naar adem en staar naar Mikhail. Hij heeft Lena vanaf haar geboorte opgevoed. Als hij me dit had verteld voordat ik haar met hem had gezien, had ik hem nooit geloofd. Hij lijkt zo gesloten en onbereikbaar.

Hij kijkt weer naar de telefoon en leest de volgende vraag.

'Ik heb geprobeerd de situatie aan Lena uit te leggen, maar ik weet niet zeker hoeveel ze ervan begreep. Ze weet dat je vanaf nu bij ons zult wonen. Ze past zich goed aan. Ik verwacht geen problemen.'

Zijn oog vindt de mijne en hij kijkt me een paar ogen-blikken in stilte aan, en ik merk dat ik naar zijn oog staar. Het is de meest ongewone tint blauw, zoals helder oceaanwater.

'Zal dit een probleem voor je zijn? Dat ik een kind heb?'

Ik leun achterover en trek mijn wenkbrauwen naar hem op. Waarom zou het een probleem zijn? Ik denk dat hij het antwoord op mijn gezicht kan lezen, omdat hij knikt en weer naar de telefoon kijkt.

'Lena's dagelijkse schema?' vraagt hij en kijkt verbaasd op. Ik knik.

'Ze staat om zeven uur op. Sisi komt hierheen om haar naar het kinderdagverblijf te brengen en ze brengt haar rond drie uur thuis. Ze lunchen en gaan wandelen of naar het park. Sisi is meestal rond vijf uur vrij, maar ze komt 's avonds op Lena passen als ik moet werken. Als Sisi's kleindochters bij haar logeren, dan neemt ze Lena mee naar haar huis voor een logeerpartijtje. Zoals gisteravond.'

Hij legt de telefoon op de tafel en knikt ernaar. 'Nog meer vragen?'

Ik schud met mijn hoofd.

'Laten we dan eten.'

Mijn vreemde man gaat naar de keuken en begint borden uit de kast te pakken, en ik sta op om hem te helpen.

Mikhail

Ik kijk naar Bianca terwijl ze de borden en het bestek pakt, ze naar de tafel draagt en terugkomt voor de glazen. Ze nam het feit dat ik een kind heb onverwacht goed op, vooral omdat ik haar ermee overviel in plaats van het haar van tevoren te vertellen. Het punt is dat ik haar reactie wilde zien. Het gebeurt niet elke dag dat iemand gedwongen wordt om met een vreemde te trouwen om achteraf te ontdekken dat haar nieuwe echtgenoot ook nog een kind heeft. Ik heb geen idee wat ik gedaan zou hebben als Bianca had gezegd dat ze niet van kinderen hield. Lena is de belangrijkste persoon in mijn leven en ik hoop dat ze met elkaar kunnen opschieten.

Bianca draait zich om en reikt naar de karaf met water, ze strompelt per ongeluk een beetje tegen me aan en ik verstijf even. Het is makkelijker als ik degene ben die het contact initieert. Ik leun naar links, strek mijn hand uit alsof ik de saladekom wil pakken en laat haar heup mijn zijkant strelen. Niets.

Ze draait zich om en loopt naar de tafel, met het water in haar hand, en ik volg haar met mijn blik, en zie hoe haar broek zich om haar benen en haar strakke kont vormt. Beelden van haar naakt in mijn bed, vastgepind door mijn lichaam, overspoelen plotseling mijn geest. Het is zo lang geleden dat ik het blote lichaam van een vrouw naast het mijne wilde voelen, maar nu wil ik dat wel. En voor iemand die problemen heeft met huidcontact is dat een zeer verontrustend besef.

'Ik wil dat je je plannen voor de komende twee weken opschrijft,' zeg ik. 'Als je ergens heen wilt, dan breng ik je. Of als ik niet beschikbaar ben, gaat een van mijn mannen met je mee.'

Bianca kijkt op van haar bord en schudt haar hoofd.

'Het is niet onderhandelbaar. Ik weet niet wie er gisteren achter die schietpartij zat, of wat ze probeerden te bereiken.

Verlaat het appartement alsjeblieft niet alleen. Kan ik daarop vertrouwen, Bianca?'

Ze vindt het niet leuk, dat kan ik aan haar gezicht zien, maar ze knikt en gaat verder met haar maaltijd. Ik kijk stiekem naar haar, naar haar handen, haar lange blonde haar. Verdomme, ik ben gefascineerd door dat haar van haar. Ze heeft het voor de lunch gevlochten en het valt nu over haar schouder naar voren. Ik heb er vannacht van gedroomd om mijn vingers door die blonde golven te halen.

De deur achter me gaat open en het volgende moment bereikt het geluid van kleine voetjes die door het appartement stampen me.

'Handen, Lenochka,' zeg ik als ze de eetkamer in rent.

'Ze zijn niet vies.'

'Je moet je handen wassen, zayka. Kom op, neem afscheid van Sisi en dan gaan we daarna naar de badkamer.'

Ik kan niet stoppen met naar hem te kijken.

Het verbaast me hoe Mikhail met zijn dochter omgaat. Hij negeert haar vragen nooit, hoe mal ze ook lijken. Hoe liefdevol hij met haar is. Een van haar staartjes was vanmiddag losgeraakt en ze had hem gevraagd om hem vast te maken. Ik kon mijn ogen niet van zijn enorme handen afhouden toen hij voorzichtig een staart in haar haren maakte. Er zit in elke daad zo veel liefde.

Ze zijn een tijdje geleden naar Lena's kamer gegaan, nadat

ze had gegeten. Ik voel me nu aangetrokken naar de deur die Mikhail open heeft laten staan, en gluur naar binnen. Hij zit op de rand van het bed, met een groot boek met een prinses op de kaft, terwijl Lena onder de deken ligt. Hij leest haar een verhaaltje voor. Hoe kan dit dezelfde man zijn die vanmorgen nog terloops een mes in mijn vaders hand stak?

'Bianca!' roept Lena als ze me ziet. 'Kom, Bianca. Papa leest een verhaaltje voor.'

Ik kijk omhoog naar Mikhail, om te zien wat hij zal zeggen. Ik wil hun tijd niet verstoren. Hij kijkt even naar me en knikt dan terwijl ik naast zijn benen op de vloer ga zitten en met mijn rug tegen de zijkant van het bed leun. Er zijn een paar momenten van stilte en dan gaat hij verder met lezen. Het verhaal heeft iets met een verloren paard te maken, maar ik let niet op de plot, omdat ik te gefocust ben op de toon van zijn stem. Diep. Een beetje hees. Ik sluit mijn ogen en luister gewoon.

Ik voel een lichte aanraking op mijn wang — het ene moment is ze daar en het volgende moment is ze weg. Ik houd mijn ogen dicht en doe alsof ik het niet merk. Er gaan een paar ogenblikken voorbij, dan voel ik een ruk aan mijn haar als hij mijn elastiekje losmaakt die mijn vlecht bij elkaar houdt, en dan vallen de strengen los omlaag. Er gebeurt in het begin verder niets, en ik vraag me af of dat alles is wat hij van plan was om te doen. Dan beginnen zijn vingers door mijn haar te kammen. Hij is nog steeds aan het lezen, maar blijft met mijn haar spelen, en ik leun met mijn hoofd achterover naar zijn aanraking toe. En zijn stem… die voelt als een streling op zichzelf. Ik realiseer me dat hij een accent heeft. Die is subtiel, maar aanwezig. Ik vind het geweldig.

Er glijdt een vinger over het gevoelige plekje aan de achterkant van mijn nek en er gaat een lichte rilling door mijn lichaam. De hand in mijn haar hangt even stil en verdwijnt dan. Nee, nee, nee… Ik leun nog meer achterover in de hoop dat hij de hint snapt. Dat doet hij. Er zijn een paar langzame strelingen over de lengte van mijn haar, en dan is er de streling van een vinger bij mijn slaap. Ik weet niet zeker hoeveel tijd er verstrijkt, maar als Mikhail klaar is met het verhaal en zijn hand uit mijn haar haalt, is mijn nek stijf doordat ik mijn hoofd zolang in zo'n onnatuurlijke hoek heb gehouden. Het moet minstens twintig minuten zijn geweest.

'Ik moet nog wat werk afmaken,' zegt hij. 'Ik ben in mijn kantoor als je iets nodig hebt.'

Hij staat op van het bed, loopt om me heen om de deken om Lena's schouders goed te leggen en gaat de kamer uit. Hij is geen spraakzaam persoon, dat is zeker.

Ik kijk rond in de kamer, en bekijk de lichtroze muren bedekt met afbeeldingen van dieren en stripfiguren en de zijdeachtige gordijnen met bloemen erop geborduurd. In de hoek staan een groot poppenhuis en twee grote manden vol met speelgoed. Ik sta op, ga naar het dressoir tegenover het bed en kijk naar de fotolijsten die erop staan. Er is niet genoeg licht om de details te zien, maar er staan er minstens tien, en Lena staat op elke foto. Aan de zijkant staat een grote doos met haarbandjes in een regenboog van kleuren. Ik kan me moeilijk voorstellen dat Mikhail in een winkel rondkijkt en op zoek gaat naar roze gordijnen of de kussens met franjes die langs de muur aan de ene kant van het bed staan, maar op de een of andere manier weet ik dat hij degene is die ze heeft gekocht. Wat een raadsel is die man van me.

Ik maak de knopen van Lena's trui dicht als ik lichte voetstappen hoor naderen en til mijn hoofd op om Bianca in de deuropening te zien staan. Ze kijkt om zich heen, loopt naar het dressoir om de doos met Lena's haarelastiekjes te pakken en draait zich met een vraag in haar ogen naar me toe. Ik kijk naar de doos die ze vasthoudt, en dan terug naar haar gezicht. Bianca zucht, wijst naar de doos, naar zichzelf en dan naar Lena. Ze wil het haar van mijn dochter doen, en het besef laat iets in mijn borst samenknijpen.

'Lenochka, wil je dat Bianca vandaag je haar doet?'

Lena's hoofd schiet omhoog en ze straalt. 'Ja! Ik wil heel veel vlechten, zoals Noemi van de kinderopvang. Bianca, Bianca, weet je hoe je veel vlechten moet maken? Papa kan alleen staartjes maken.'

Bianca probeert niet te lachen om het gebrabbel van mijn dochter en ze faalt vreselijk. Ze gaat naast me op het bed zitten en maakt bewegingen om aan te geven dat Lena op haar schoot moet klimmen. Ik kijk naar haar terwijl ze een klein plukje haar pakt en het tot een dun vlechtje begint te vlechten, en dan naar de volgende streng gaat. Ze herhaalt het proces totdat er minstens vijftien vlechten zijn. Het duurt even, omdat Lena tijdens de hele beproeving zit te wiebelen en zich omdraait om verschillende elastiekjes te pakken. Bianca snauwt niet één keer naar haar. Ze lacht alleen maar en schudt haar hoofd.

Zodra haar haar klaar is, springt Lena van Bianca's schoot en rent de kamer uit, zodat we met z'n tweeën naast elkaar op het bed achterblijven. Ik hoor Sisi ergens in de woonkamer Lena complimenteren met haar haren terwijl mijn dochter blijft babbelen, maar ik verlaat mijn plek op het bed niet. Bianca's hand ligt naast de mijne, en ik kan het niet weerstaan om haar aan te raken.

Ik ga met mijn hand naar voren en leg hem op de hare. 'Bedankt dat je Lena's haar hebt gedaan.' Als ik mijn hoofd draai om naar haar te kijken, zit ze naar me te kijken.

Onze gezichten zijn slechts een paar centimeter van elkaar verwijderd, en ik vraag me af hoe een wezen dat zo pijnlijk mooi is, het kan verdragen om naar me te kijken en niet terug te deinzen.

'Ik moet iets in een van de magazijnen gaan controleren, maar ik ben over een paar uur terug,' zeg ik. 'Als je wilt, kun je je zus uitnodigen om langs te komen, maar geef het wel aan de beveiligingsmensen beneden door. Stuur ze maar een bericht. Ik zal de alarmcodes en de reservesleutelkaart voor de lift en de deur op het aanrecht achterlaten.'

Bianca knikt en haar hand begint onder de mijne te bewegen, maar in plaats van zich weg te trekken zoals ik had verwacht, draait ze haar handpalm naar boven en verstrengeld ze haar vingers met de mijne.

'Pappie!'

Ik kijk naar onze handen en dan weer naar Bianca's gezicht.

'Pappie! Pappie!'

Ja, Lena heeft altijd de beste timing.

'Ik moet gaan.' Ik sta op en laat Bianca's hand uit de mijne glijden. 'Als je iets nodig hebt, stuur me dan een bericht.'

Ze kijkt op, haar whisky-kleurige ogen kijken me geïnteresseerd aan. Ik zou uren in Bianca's ogen kunnen kijken.

'Oké,' gebaart ze en staat op van het bed. Als ze langs me loopt, reikt ze naar me toe en veegt met de achterkant van haar hand langs die van mij.

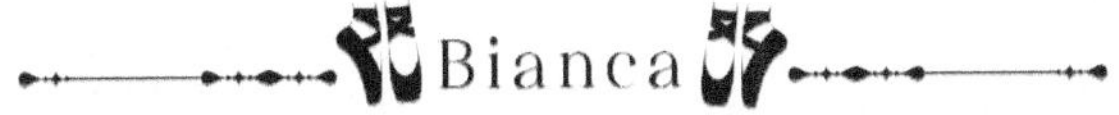

Bianca

'Wauw. Gewoon… wauw.' Milene draait zich in het midden van de woonkamer om en loopt naar de hoge ramen die op de stad uitkijken. 'Het uitzicht is geweldig.'

Ik sta naast haar en kijk naar de daken en trottoirs die onder ons zichtbaar zijn.

'Dus… hebben jullie twee, je weet wel?'

'Wat?'

'Heb je seks gehad?'

'Nee.'

'Renata vertelde me dat haar man haar dezelfde nacht

heeft gedwongen om met hem naar bed te gaan,' zegt ze. 'Zij hadden ook een gearrangeerd huwelijk, maar haar man interesseerde het niet dat ze eigenlijk vreemden waren. Hij heeft haar echt pijn gedaan, Bianca. Ik was zo bang dat jou hetzelfde zou overkomen.'

'Hij heeft me de logeerkamer gegeven. En hij heeft tot nu toe nog niets geprobeerd.'

'Wil je dat hij dat doet?'

'Ja.'

Milene staart me aan, haar ogen wijd open. 'Meen je dat nou serieus?'

'Hoezo? Hij is mijn man. Ik voel me tot hem aangetrokken.'

'Je voelt je tot hem aangetrokken? Bianca, ben je blind? Hij is...'

'Hij is wat?'

'Hij is... hij heeft maar één oog, in godsnaam, en je zegt dat je hem leuk vindt?'

'Ja, ik vind hem leuk. Heb je daar een probleem mee?'

'Nee, het is alleen... wauw. Heb je gevraagd wat er is gebeurd? Met zijn gezicht, bedoel ik.'

'Nee. Hij zal het me wel vertellen als hij het nodig vindt. Ik ga het niet vragen.'

'En het stoort je niet? De littekens? De ooglap?'

'Nee. Ik vind Mikhail zo sexy als wat.'

'Je bent gek geworden.'

'Wacht maar tot je hem in de strakke Henley ziet die hij vanmorgen aan heeft getrokken. Zo heet. Ik wed dat hij zonder nog heter is.'

'Mijn god, je vindt hem echt leuk. Hoe is dat mogelijk? Ik bedoel... kijk naar jezelf. Je had elke man kunnen krijgen die je wilde. Je... hebt Marcus gedumpt, in godsnaam.'

'Marcus is een verwende idioot.'

'Oké, maar…' Ze stopt halverwege de zin en staart naar iets over mijn schouder. 'Is dat… dat is een kinderkamer. Waarom is er een…'

Ik pak haar onderarm vast om haar aandacht terug te krijgen.

'*Mikhail heeft een dochter.*'

'Wat? Wist je dat?'

'*Nee.*'

'Oké, ik ga het pap vertellen. Er moet iets zijn dat hij kan doen om het huwelijk te ontbinden.'

'*Waag het niet.*'

'Ben je verdomme serieus? Je bent eenentwintig en hij verwacht dat je zijn kind opvoedt!'

'*Praat zachter. Dat heeft hij nooit gezegd, en geloof me, hij heeft mij niet nodig om zijn dochter op te voeden. Hij doet het zelf verbazingwekkend goed. En ik vind Lena leuk. Ze is een geweldig kind.*'

'Bianca…'

'*Hoe gaat het met onze lieve vader? Mikhail heeft hem behoorlijk hard gestoken, ik hoop dat zijn hand niet te beschadigd is.*'

Milene kijkt me met afgrijzen aan. 'Heeft je man dat gedaan?'

'*Vader heeft me gisteren weer geslagen toen ik mijn spullen kwam halen. Mikhail was daar niet blij mee.*' Ik glimlach als ik me de blik op het gezicht van mijn vader herinner terwijl hij naar de briefopener in zijn handpalm staarde. '*Het was erg opwindend om te zien.*'

'Oké, zo is het genoeg. Ik bel mama's psychiater. Je hebt professionele hulp nodig.'

'*Nee, dat heb ik niet.*'

Milene is uren geleden naar huis gegaan, en Mikhail is nog steeds niet terug. Hij heeft me rond twee uur 's middags een berichtje gestuurd, dat Sisi Lena meeneemt voor een logeerpartijtje. Hij wil zijn kind waarschijnlijk niet bij een vreemde achterlaten, hoewel ik het niet erg zou hebben gevonden om op haar te letten.

Het is bijna middernacht. Moet ik me zorgen maken of is dit standaard? Ik heb geen idee wat zijn werk in de Bratva precies inhoudt.

Ik pak mijn telefoon en open de lijst met contactpersonen. Moet ik hem een bericht sturen om te vragen of alles in orde is? Zal het stom klinken? Ja, waarschijnlijk wel. Ik wil niet dat hij denkt dat ik hem controleer. Misschien kan ik iets onschuldigs vragen. Als hij antwoordt, betekent het dat hij in orde is.

23:14 Bianca: Betreffende mijn plannen. Ik moet morgen boodschappen doen. Ik heb ook een aanbod aangenomen om volgende week donderdag een balletles te geven op de lokale balletschool. Het begint om negen uur en ik ben dan tegen de middag klaar.

23:22 Mikhail: Ik zal waarschijnlijk niet voor morgenmiddag terug zijn. Ik zal Denis sturen om je om tien uur op te halen en je mee uit winkelen te nemen.

Ik lees het bericht en voel me onverwachts teleurgesteld. Blijkbaar had ik stiekem gehoopt dat ik hem vanavond zou zien. Ik begin de telefoon op de tafel naast het bed te leggen, maar dan verander ik van gedachten en typ een ander bericht.

23:26 Bianca: Mag ik af en toe de fitnessruimte gebruiken?

23:28 Mikhail: Natuurlijk. Ik ben meestal om negen uur klaar met mijn training, dus daarna kan jij hem gebruiken. Ik heb slechts één verzoek — ik hou niet van publiek als ik aan het trainen ben, dus wacht alsjeblieft tot ik klaar ben.

Wat een vreemd verzoek. Ik ben er vrij zeker van dat ik het leuk zou vinden om Mikhail te zien trainen, maar ik zal zijn grenzen respecteren.

23:29 Bianca: Afgesproken.

Ik leg de telefoon neer, doe het licht uit en schuif onder de deken als ik een bericht binnen hoor komen.

23:31 Mikhail: Mag ik je vrijdag mee uit eten nemen?

Een idiote grijns verspreidt zich over mijn gezicht als ik naar het scherm kijk. Ik voel me net een tienermeisje dat voor het eerst is uitgenodigd voor een date.

23:32 Bianca: Ja, dat mag je.

Ik leg mijn telefoon weg, controleer het verband op mijn arm en draai me naar de man, die met zijn benen gespreid, aan de muur is vastgebonden.

'Waar waren we?' vraag ik terwijl ik een mes van de metalen tafel pak. Ik controleer de scherpte door het tegen het licht van het kale peertje te houden, en ga dan voor de gebonden man staan. Hij is er al slecht aan toe. Om te zeggen dat hij niet gelukkig was toen Yuri en ik hem overvielen toen hij het huis van zijn vriendin verliet, zou een understatement zijn.

'Oh, ja. Je wilde me vertellen wie je heeft betaald om een van je bendeleden naar mijn bruiloft te sturen, en wie die klootzak binnen heeft gelaten. Dat was echt een domme zet.'

De Albanese bendeleider spuugt op de vloer.

'Ah, we hebben een taaie te pakken. Geweldig.' Ik loop terug naar de tafel, laat het mes achter en pak in plaats daarvan een tuinschaar. 'Laten we met de oren beginnen, en dan zien waar het toe leidt.'

De deur achter me gaat met een piepend geluid open, maar ik blijf in mijn stoel zitten, naar de kleine stroompjes bloed kijkend die langs de armen van de Albanees lopen, en vervolgens druppel voor druppel in een grote plas op de vloer vallen. Er ligt naast zijn rechtervoet een afgesneden oor, en er liggen verschillende tanden over de vloer verspreid.

'En?' vraagt Yuri en hij zet een kopje afhaalkoffie op tafel.

'Iemand heeft hem online ingehuurd,' zeg ik. 'Hij heeft de man die de opdracht gaf nooit ontmoet. Alles is telefonisch geregeld. De klant heeft voor de klus vijfentwintigduizend dollar overgemaakt, en direct nadat de klus was geklaard nog eens vijfentwintig.'

'Wie was het doelwit?'

'Dat weet hij niet. De schutter zou de klant voor de bruiloft ontmoeten om de details te ontvangen. De klant is degene die hem het hotel in heeft gekregen.'

'Dus, we hebben tot nu toe niets.' Yuri gaat voor de

bendeleider staan, buigt zijn hoofd opzij en inspecteert mijn werk. 'Is hij dood?'

'Alleen buiten westen.' Ik pak de koffie, neem een slok en trek een grimas. 'Ik zei geen suiker.'

'Sorry,' mompelt hij en hij prikt de Albanees met zijn vinger in zijn borst. De man beweegt zich, laat een gesmoord geluid horen en valt dan weer flauw. 'Ik heb het altijd bewonderd hoe je erin slaagt om ze zo lang in leven te houden.'

'Oefening baart kunst, Yuri.'

'Ja. Herinner me eraan dat ik jou nooit kwaad moet maken.' Hij kijkt me over zijn schouder aan. 'Je bent een enge klootzak.'

'Je meent het.' Ik leun achterover in de stoel en neem nog een slok koffie. De koffie is afschuwelijk. 'Is Anton al terug?'

'Ja. We hebben nog iemand van dezelfde bende te pakken. Anton heeft hem in zijn truck. Misschien weet hij iets. Hoeveel tijd heb je nodig om deze af te maken?'

Ik zet de koffie neer en pak het pistool van de tafel. 'Ga aan de kant.'

Yuri zet een stap opzij. Ik richt en schiet de Albanees in het midden van zijn hoofd. 'Zo. Afgemaakt. Je kunt de volgende naar binnen brengen.'

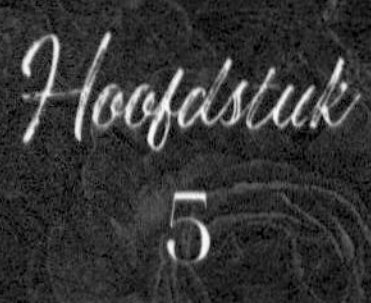

DENIS OPENT DE AUTODEUR VOOR ME EN HAAST ZICH OM mijn tassen van de achterbank te halen. Ik probeer ze van hem af te pakken, maar hij trekt ze haastig buiten mijn bereik.

'Nee. De baas zou me vermoorden.' Hij schudt zijn hoofd en begint naar de ingang van het gebouw te lopen.

Ik kijk naar de hemel en volg hem naar binnen. Het zijn alleen wat cosmetische producten en een paar kledingstukken, maar hij wilde de hele ochtend niet dat ik de tassen aan zou raken, en stond erop ze voor me te dragen. Denis is een aardige vent, ergens rond de vijfentwintig, en van wat hij zei, werkt hij al sinds zijn achttiende voor Mikhail. En hij praat non-stop. Hij heeft me al de korte versie van zijn jeugd gegeven, wat geen leuke was, toen kreeg ik een verslag van alle meisjes waar hij de afgelopen zes maanden mee uit is geweest. Het waren er minstens twintig. Daarna heeft hij me een korte les over het verwisselen van een lekke band gegeven. Hij heeft er duidelijk geen probleem mee dat ik niet aan het gesprek kan bijdragen, want hij is al twee uur lang aan het kletsen.

Als we de bovenste verdieping bereiken, geeft Denis me eindelijk de tassen en gaat hij weg. Ik gebruik de kaart om het appartement binnen te gaan en blijf op de drempel staan.

'Ik dacht dat shoppen minstens een paar uur in beslag nam,' zegt Mikhail, terwijl hij voor de gootsteen van de keuken staat en een bloederige doek tegen zijn onderarm drukt.

Ik laat de tassen op de vloer vallen, haast me naar hem toe en kijk naar alles wat hij op het aanrecht heeft uitgestald — ontsmettende spray, antibioticazalf, verband en een naald met een draad. Is hij van plan zichzelf te hechten?

'Ga naar je kamer. Ik roep je als ik klaar ben.'

Ik negeer hem, zet het water aan en begin met de zeep mijn handen te wassen.

'Bianca, ga weg.'

Er klinkt iets heel gevaarlijks door in de toon van zijn stem, alsof hij om de een of andere reden boos op me is, maar eronder zit nog iets anders. Ik kan het niet goed definiëren.

Heel langzaam draai ik me naar hem toe en zonder het oogcontact te verbreken, leg ik mijn hand op de zijne, die nog steeds de bebloede doek tegen zijn arm houdt. Hij kijkt op me neer, zijn lippen zijn samengedrukt in een harde lijn, en zijn blauwe oog kijkt met zo'n intensiteit naar me dat ik de indruk krijg dat hij recht in mijn ziel kan kijken.

Uiteindelijk wordt zijn greep losser en verwijdert hij de doek. Op dat moment zie ik dat hij een T-shirt draagt, iets wat ik hem nog nooit eerder heb zien dragen. Ik kijk naar zijn onderarm en het vergt al mijn zelfbeheersing om niet te reageren op wat ik zie. De wond zelf is niet zo erg, een paar centimeter lang en niet zo diep. Het lijkt op een steekwond. Wat echt erg is, is… al het andere.

De binnenkant van zijn onderarm is ernstig verbrand, een lange strook van gevlekte huid loopt diagonaal van zijn pols naar de binnenkant van zijn elleboog. Het lijkt op een heel oud litteken, net als de andere. Lange dunne lijnen kruisen zijn arm in verschillende richtingen, waarschijnlijk verwondingen die door de punt van een mes zijn toegebracht. Ik geef mezelf slechts een seconde om mezelf te herpakken, dan pak ik een pakje steriel gaas en het ontsmettingsmiddel en begin de snee schoon te maken.

'Ik zie dat je dit eerder hebt gedaan,' zegt hij.

Zonder mijn ogen van de snee te halen, houd ik vier vingers omhoog, gooi het bloederige kompres in de gootsteen en pak een nieuwe. Angelo was een idioot toen hij jonger was, altijd aan het vechten, dus ik heb veel ervaring opgedaan met de gevolgen van zijn idiote gedrag.

Nadat ik het reinigingsproces meerdere keren heb herhaald, pak ik de naald en begin tussen alles op het aanrecht naar de verdovende spray te zoeken, maar ik kan hem niet vinden. Ik kijk op en zie Mikhail naar me kijken. Verdomme, hoe kan ik dit uitleggen? Ik boots een spuitbeweging na en wijs naar zijn wond.

'Je kunt het zonder hechten. Het heeft niet meer dan twee hechtingen nodig.'

Dat kan hij niet menen.

'Doe het nou maar gewoon.' Hij knikt. 'Ik heb een hoge pijntolerantie.'

Ik kijk naar zijn arm en neem de vele littekens in me op. Ja, dat heeft hij waarschijnlijk wel. Ik haal diep adem, knijp aan elke kant van de snee in de huid en begin met de eerste hechting. Mikhail spant zich niet eens aan als de naald zijn huid doorboort. Het is verontrustend. Nadat ik klaar ben met hem op te lappen, plaats ik een schoon kompres over de snee en verbind ik zijn onderarm.

Er is een lichte aanraking op mijn gezicht, net boven mijn jukbeen. Het duurt maar even en dan haalt hij zijn vinger weg.

'Bedankt, solnyshko,' zegt hij en verlaat de keuken.

Ik haal de stoofschotel uit de oven, zet hem op het aanrecht en kijk naar Mikhails slaapkamer. Nadat ik hem had opgelapt is hij naar binnen gegaan en sindsdien is hij er niet meer uit-gekomen. Hij slaapt waarschijnlijk. Waar is hij de hele nacht geweest? Hoe komt hij aan die steekwond? En wat is er daar-voor met zijn arm gebeurd, waardoor hij al die littekens heeft? Als het op mijn man aankomt, heb ik een lange lijst met vra-gen en nul antwoorden. Zal het altijd zo blijven?

De voordeur gaat open en Lena rent giechelend naar bin-nen, terwijl Sisi haar volgt. Ze zal Mikhail wakker maken. Ik pak mijn telefoon van het aanrecht, haast me naar Lena die op de grond zit en haar schoenen uittrekt, en hurk voor haar neer. Ik raak haar hand aan met de mijne en ze kijkt glimlachend op.

'Bianca, Bianca, ik heb een nieuwe tekening. Wil je hem zien?'

Ik leg een vinger op mijn lippen en wijs naar Mikhails slaapkamer. Als ze daarheen kijkt en weer naar mij kijkt, leg ik mijn handpalmen op elkaar op mijn wang om een slaaphoud-ing te laten zien.

'Heb je slaap, Bianca?'

Ik zucht. Met een klein kind communiceren zal moeilijk zijn zonder te kunnen praten, en ze is te klein om te kunnen lezen. Ik pak mijn telefoon van de vloer, typ een bericht en geef het aan Sisi, die naast me staat en naar mijn interactie met Lena kijkt. Ze kijkt van het scherm op en knikt, er is verrassing zichtbaar op haar gezicht.

'Papa slaapt, Lena. We moeten stil zijn.'

'Oké,' fluistert Lena.

'Bianca heeft de lunch klaargemaakt. Ze zegt dat als je stil bent en je lunch eet, ze je ballet zal leren.'

'Ja! Ja, Bianca. Ik zal stil zijn. Kun je echt balletten?'

Ik glimlach en knik en leg dan mijn vinger weer op mijn lippen.

'Kom, Lena.' Sisi pakt haar hand. 'Laten we ons gaan omkleden, zodat je geen eten op je mooie jurk krijgt.'

Terwijl Sisi Lena helpt om zich om te kleden, dek ik de tafel voor ons drieën en ruim de rommel op die ik tijdens het bereiden van de lunch in de keuken heb gemaakt. Sisi brengt Lena een paar minuten later terug en we gaan met z'n drieën zitten om te eten. Tijdens de maaltijd moeten we Lena er nog minstens vijf keer aan herinneren om stil te zijn. Terwijl ik naar Sisi met Lena kijk, lijken ze uitzonderlijk goed met elkaar overweg te kunnen. Er schiet me een vraag te binnen, dus ik pak mijn telefoon, typ iets in en laat Sisi het scherm zien.

'Ik werk al voor Mikhail sinds Lena een baby was,' antwoordt ze. 'Hij heeft me ingehuurd toen Lena bij hem kwam wonen. Ze was toen twee weken oud.'

Mijn ogen worden groot. Hoe heeft Mikhail dat helemaal alleen met zo'n kleine baby gedaan? Sisi kon er niet vierentwintig uur per dag zijn. Ik pak de telefoon en typ een andere vraag en geef die door aan Sisi.

'Ja, het was moeilijk. Maar Lena was echt een lieve baby, ze huilde nauwelijks en ik kwam elke dag, maar toch…' Ze zucht. 'Ik weet niet hoe hij het voor elkaar heeft gekregen. Tijdens de eerste paar maanden sliep hij nauwelijks, maar zodra Lena de hele nacht doorsliep, werd het makkelijker. Ik bood aan om haar overdag naar het kinderdagverblijf te brengen en bij mij te laten overnachten, maar dat weigerde hij. Het heeft me een week gekost om hem te overtuigen om haar eindelijk te laten gaan toen ze twee was. Hij houdt heel veel van haar.'

Ja. Iedereen kan zien hoe erg Mikhail zijn dochter aanbidt. Vooral iemand zoals ik, die door ouders zoals de mijne is opgevoed.

'Bianca, Bianca, kun je me nu ballet laten zien?' vraagt Lena en ze zwaait met haar benen naar voren en naar achteren.

Ik help haar van haar stoel af, en terwijl ik haar hand in de mijne neem, leid ik de weg naar mijn kamer.

'Weet je zeker dat je niet wilt dat ik blijf?' vraagt Sisi, maar ik schud alleen mijn hoofd en steek mijn duim op. Ik zal een manier vinden om Lena te vermaken tot Mikhail wakker wordt.

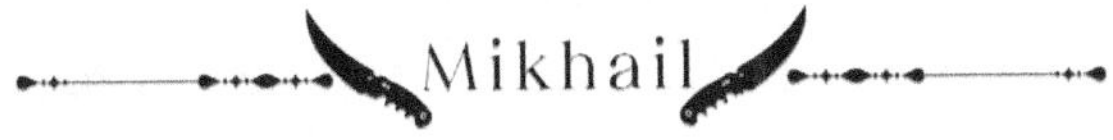

Ik pak mijn telefoon van het nachtkastje en kijk naar de tijd. Bijna zes uur 's avonds. Shit. Het lijkt erop dat ik te oud word om twee nachten achter elkaar wakker te blijven. Sisi is waarschijnlijk al naar huis, wat betekent dat Bianca op Lena moet letten. Mijn dochter is een lief kind, maar ze is een handenbindertje.

Na een snelle douche loop ik mijn slaapkamer uit, in de verwachting dat de meiden tv kijken of zo, maar er is niemand in de woonkamer te zien of ergens anders in de buurt. De deur van Lena's kamer is dicht en er klinkt een kinderliedje vanuit de kamer. Ik doe de deur een stukje open om te zien wat er aan de hand is en mijn hand blijft op de deurklink hangen. Met haar rug naar de deur staat Bianca in het midden van de kamer, met haar armen boven haar hoofd. Ze heeft zo'n pluizige witte rok over haar spijkerbroek aan en ze draagt haar balletschoenen. Naast haar staat Lena in een vergelijkbare positie, op haar tenen en met een van Bianca's kortere balletrokjes aan. Het komt bijna tot aan Lena's voeten.

Bianca laat een van haar handen zakken, tikt Lena op de rug om haar ruggengraat recht te houden en begint langzaam te draaien, totdat ze me in de deuropening ziet staan. Ze lacht naar me en het voelt als een lichtstraal op een ijskoude huid.

'Papa, papa, ik ben een ballerina. Zie je dat?'

Ik kijk naar Lena, die op haar tenen rondjes draait.

'Ik zie het, zayka.'

'Ik wil balletschoenen zoals die van Bianca. Alsjeblieft? Bianca, zeg tegen papa dat ik de schoenen nodig heb. Ik heb de rok, maar ik heb de schoenen nodig.'

Ik buk me om Lena in mijn armen te nemen, zet haar op mijn heup en geef een kus op haar hoofd.

'We zullen de schoenen kopen, Lenochka,' zeg ik en kijk naar Bianca, die op het bed zit en haar schoenen uittrekt. 'Het spijt me. Ik ben in slaap gevallen.'

Ze houdt haar hoofd schuin, staat op en loopt naar me toe. Ze laat haar schoenen op Lena's dressoir liggen, pakt de zoom van mijn linkermouw en begint er voorzichtig aan te trekken. Wanneer ze de mouw tot aan mijn elleboog heeft opgetrokken, inspecteert ze het verband om mijn onderarm. Er is geen bloed, maar het is nat van mijn douche. Bianca laat mijn arm los, vernauwt haar ogen tot spleetjes naar me en gaat de keuken in.

'Papa, kunnen we op de grote tv Elsa kijken? Mag dat, papa?'

'Natuurlijk, zayka.'

Ik neem Lena mee naar de woonkamer, zet de film aan en ga op de bank naast haar zitten. Het moet de honderdste keer zijn dat ik naar dat ding kijk, maar Lena vindt het geweldig. Er is een geluid van blote voeten op de vloer te horen, en Bianca komt naar me toe en gaat op de salontafel voor me zitten, met de doos met kompressen en verband die ik onder de gootsteen bewaar. Ze zet de doos op de tafel naast zich en blijft naar mijn onderarm kijken totdat ik mijn linkerarm uitstrek. Ze verwijdert het natte verband en het kompres, reinigt de snee voorzichtig en wikkelt er een schoon verband omheen. Ik verwacht dat ze weggaat als ze klaar is. In plaats daarvan gaat ze op de bank naast me zitten, krult haar benen onder zich en concentreert zich op de film.

Hoofdstuk
6

── Bianca ──

IK LEES HET RECEPT OP MIJN TELEFOON EN CONTROLEER DE ingrediënten die op het aanrecht staan. Er ligt meel en suiker in de kast, maar ik mis rozijnen en amandelen. Ik heb ook meer chocolade nodig.

Gisteren vertelde Lena dat een van haar vriendjes koekjes mee had genomen naar de dagopvang en ze had het er twintig minuten over gedaan om de verschillende vormen en smaken te beschrijven. Ze had aan Mikhail gevraagd of hij koekjes voor haar wilde maken, zodat zij ze ook mee naar de klas kon nemen. De blik op zijn gezicht was onbetaalbaar. Ik stelde me mijn grote man voor terwijl hij koekjes stond te maken en ik kon nauwelijks een strak gezicht houden toen hij aan Lena uitlegde dat hij niet goed is in bakken. Ik ben zelf ook niet zo'n beste kok. Ik kan een paar fatsoenlijke gerechten en wat zoetigheden maken, maar het is niets bijzonders. Het grootste deel van mijn jeugd was gereserveerd voor ballet, maar als ik een uur of twee vrij had, dan hield ik ervan om naar de keuken te gaan en onze kok te helpen met het bereiden van eten. Ik heb nooit geprobeerd om koekjes te bakken, maar het kan niet heel erg moeilijk zijn. Ik pak mijn telefoon en stuur Mikhail een bericht.

14:17 Bianca: Ik moet naar de winkel. Ik ben over twintig minuten terug.

Een minuut later gaat de deur naar Mikhails kantoor open. Hij loopt naar buiten, komt naar de keuken en kijkt naar alles wat ik op het aanrecht heb gezet. Zijn blik danst over de grote bakplaat die ik met bakpapier heb bedekt, een kom met geraspte chocolade en een klein schaaltje met een groot stuk boter dat ik heb bewaard om te smelten.

'Je gaat koekjes voor Lena maken,' zegt hij en kijkt me aan. Ik kan de uitdrukking op zijn gezicht niet peilen, maar hij lijkt verward te zijn.

Ik haal mijn schouders op, typ op mijn telefoon en laat hem het scherm zien.

Verwacht er niet te veel van. Het is mijn eerste keer, dus ik weet niet hoe eetbaar deze zullen zijn.

Hij plaatst zijn vinger op mijn kin en duwt mijn hoofd omhoog, zijn blauwe oog kijkt me aan. Ik concentreer me op zijn lippen. Hard, samengeperst. Zouden ze zo blijven als ik hem zou kussen?

'Laten we naar de winkel gaan,' zegt hij en hij laat mijn kin los.

Mijn ogen volgen hem terwijl hij zijn sleutels en portemonnee pakt. Hij doet me aan een panter denken — groot, zwart, en schijnbaar ontspannen — maar ik heb het gevoel dat er onder al die beheersing en kalmte, een beest zit.

De winkel in de buurt van het appartement is klein, maar ik slaag erin om alles wat ik nodig heb te vinden, evenals een kleine set met verschillende koekjesvormen en een aantal kleurrijke eetbare decoraties. Mikhail volgt me in stilte en blijft altijd een stap achter me lopen. Als ik in het gangpad voor fruit stop en wat appels en bananen in de mand doe, reikt hij naar voren om het uit mijn hand te pakken en raken onze vingers elkaar. Ik laat het handvat langzaam los, maar ik zorg ervoor dat ik de achterkant van zijn vingers raak voordat ik verderga met door het fruit snuffelen.

Mikhail betaalt voor mijn aankopen en draagt de tassen naar het appartement. Nadat hij ze op het aanrecht heeft gezet, verwacht ik dat hij weer aan het werk gaat. In plaats daarvan leunt hij met zijn rug tegen de kasten, slaat zijn armen over elkaar en kijkt naar me terwijl ik mijn handen was. Terwijl ik het deeg bereid, kan ik zijn blik op me voelen. Elke keer als ik hem vanuit mijn ooghoeken betrap, moet ik het recept herlezen. Ik vind het moeilijk om me te concentreren, wetende dat hij er is, terwijl hij naar me kijkt, maar het is niet omdat ik nerveus ben. Het is omdat ik het leuk vind.

Nadat het me is gelukt om het deeg te maken zonder het te verknoeien, verdeel ik het in tweeën en leg de helft op het aanrecht voor me. De andere helft leg ik een beetje naar rechts, en ik draai me naar Mikhail. Ik wijs met een vinger naar de tweede helft van het deeg, dan naar hem en trek een wenkbrauw op. Hij houdt zijn hoofd schuin, kijkt me even aan, en ik denk dat ik de hoeken van zijn lippen iets omhoog zie komen. Zonder het oogcontact te verbreken, stapt hij weg van het aanrecht en komt aan mijn rechterkant staan. Als hij in de buurt is voel ik me kalm worden, wat ik nogal ongewoon vind. Ik voel me niet op mijn gemak bij mensen die ik niet goed ken. Het is moeilijk voor me om met hen te communiceren, en we eindigen meestal in een ongemakkelijke stilte. Mikhail lijkt het niet erg te vinden dat ik niet kan praten, waarschijnlijk omdat hij zelf niet spraakzaam is, en de stilte tussen ons voelt helemaal niet ongemakkelijk aan. Juist het tegenovergestelde.

Ik verbreek het oogcontact en begin het deeg voor me te bewerken, me afvragend wat hij gaat doen. Mikhail kijkt een minuut of zo naar me, legt dan zijn handen op zijn stuk deeg en doet mijn bewegingen na. Hij heeft prachtige handen. Groot, sterk, met lange vingers, en ik vraag me af hoe het zou zijn om die handen op me te voelen.

Er klinkt gelach wanneer de voordeur opengaat. 'Papa, papa, wat ben je aan het doen?' Lena rent naar ons toe terwijl Sisi de deur achter hen sluit. 'Mag ik het doen? Mag ik het doen?'

'Eerst je handen wassen, Lena,' zegt Mikhail en hij knikt met zijn hoofd naar de badkamer. 'Dan kun je samen met ons koekjes maken.'

Lena lacht en rent naar de badkamer. Sisi staat op de drempel, met grote ogen toekijkend hoe Mikhail het deeg bewerkt. Het is zeker een interessant gezicht, zo'n grote en stoere man, met zijn ooglap en zijn zwarte shirt dat over zijn brede schouders is uitgestrekt. Vooral met dat vleugje bloem aan de zijkant van zijn kin. Ik til mijn hand op om het van hem af te vegen, maar op het moment dat mijn vingers zijn huid aanraken, wordt zijn lichaam volkomen stijf. Hij concentreert zich aandachtig op zijn handen die in het deeg voor hem begraven zitten. Ik veeg met mijn duim wat bloem van zijn kin en trek snel mijn hand weg. Heb ik een grens overschreden?

'Papa, papa!' Lena rent de keuken in. 'Ik ben klaar! Mag ik wat, alsjeblieft?'

'Oké, zayka.'

Mikhail laat het deeg liggen, gaat naar de eettafel en komt terug met een stoel. Hij zet hem naast het aanrecht, helpt Lena erop te klimmen en schuift zijn deeg voor haar.

'Ik ga een taart bakken. Met chocolade.' Ze grijnst en kijkt me aan. 'Lust je chocolade? Papa houdt niet van chocolade, maar hij zal de taart opeten als ik hem maak. Ik hou van chocolade, maar papa zegt dat het slecht is voor mijn tanden.'

Ik knik lachend. Ze veegt haar handen aan de voorkant van haar jurk af en reikt naar de kom.

'Oh, ik heb meel op mijn jurk zitten.' Ze kijkt naar Mikhail. 'Gaat het er nog wel uit?'

'Het gaat er nog wel uit, Lenochka. Maak je geen zorgen.'

'Je hebt bloem op je gezicht, papa,' giechelt Lena en gaat dan verder met het deeg spelen.

Mikhail wendt zijn blik naar mij toe, kijkt naar mijn hand op het aanrecht, kantelt dan zijn hoofd naar de zijkant en biedt me zijn kin aan. Langzaam strek ik mijn hand uit en veeg met de achterkant van mijn hand de restanten van de bloem weg, waarbij ik er iets langer over doe dan nodig is.

Mikhail

DE TWEE JONGENS DIE IN DE KOFFIETENT ZITTEN, KIJKEN al bijna een minuut naar Bianca. Ik bal mijn hand in een vuist en haal diep adem. Als we dit winkeluitje overleven zonder dat ik iemand vermoord, zal ik aangenaam verrast zijn.

Lena zeurt al dagen om balletschoenen, en ik heb eindelijk toegegeven en haar meegenomen naar het winkelcentrum. Ik heb Bianca gevraagd om met ons mee te gaan, omdat ik geen idee heb waar ik balletschoenen kan kopen en omdat ik meer tijd met haar door wil brengen.

Slechte beslissing.

Bianca is een uitzonderlijk mooie vrouw, dus dit valt enigszins te verwachten. Een man die af en toe naar haar kijkt, kan ik wel aan. Misschien. Wat ik niet had verwacht was dat elke man in het winkelcentrum naar haar zou staren, of hoe woedend al dat gestaar me zou maken.

Ik draai mijn hoofd naar rechts en observeer mijn vrouw,

die momenteel voor een winkelraam hurkt en de zomerjurkjes aan Lena aanwijst. Bianca draagt een skinny jeans en een wit mouwloos shirt dat in haar nek vastgebonden zit. De witte hakken die ze aan heeft, laten haar benen er zeker geweldig uitzien, maar toch, het is niets provocerends. Ik probeer me voor te stellen hoe de mannen zich zouden gedragen als ze een minirok had gedragen en ik draai bijna door. Dit ga ik niet doen.

Haar haren hangen los, en als ze zo gehurkt zit, vallen de punten van haar bleke blonde lokken bijna op de grond. Lena zegt iets en wijst naar de jurk aan de rechterkant. Bianca kantelt haar hoofd en al haar haar glijdt van haar rug naar de zijkant. Een paar lokken raken uiteindelijk de vloertegels. Ik buk en verzamel haar haar met mijn linkerhand en haal het van de grond. Bianca kijkt naar me op en dan naar mijn hand die de zijdezachte lokken vasthoudt. Ze glimlacht een beetje en wijst Lena weer op een aantal jurken.

'De rode! Papa, kunnen we de rode kopen?'

Ik kijk naar mijn dochter en zucht. 'Je hebt meer dan twintig jurken, Lenochka.'

'Alsjeblieft! Alleen deze, alsjeblieft papa? Bianca vindt hem leuk. Bianca, vind je hem leuk?'

Bianca lacht op die stille manier van haar en knikt en kijkt me over haar schouder aan. Vrouwen. Ze hebben nooit genoeg kleren. 'Oké, maar alleen deze.'

Ik volg ze als we de winkel binnengaan en tussen de rekken navigeren. Onderweg pakt Bianca zowat elke jurk die in Lena's maat beschikbaar is. Ze laat de stapel van tenminste tien jurken op een kruk vallen, zet Lena voor een spiegel ernaast en houdt de eerste jurk voor haar omhoog. Het is de rode die Lena leuk vond, en mijn dochter gilt van vreugde.

Bianca kijkt me aan en ik knik. Ze pakt de volgende jurk, een donkergroene met zwarte details, en plaatst de hanger onder Lena's kin. Ze maken oogcontact in de spiegel en Bianca kijkt haar met een komisch gezicht van afgrijzen aan. Lena lacht en doet Bianca's uitdrukking na.

Ze vervolgen het proces met elke jurk, hebben samen veel plezier, en ik geniet ervan om naar hen te kijken. Als ze klaar zijn, draait Bianca zich naar me toe, houdt niet één, maar vier jurken omhoog, en kijkt ze me met zielige puppyogen aan. Natuurlijk kopen we ze alle vier.

Wanneer we de winkel verlaten, rent Lena naar het grote aquarium in het raam van een winkel aan de overkant. Bianca en ik blijven een paar stappen achter haar. Plotseling merk ik dat er een man onze kant op komt — begin twintig, in een pak, lijkt haast te hebben — maar op het moment dat hij Bianca ziet, vertraagt hij zijn pas. Zijn wenkbrauwen gaan iets omhoog terwijl hij haar bekijkt.

De zenuwbanen in mijn hersenen moeten geknapt zijn en zichzelf herschikt hebben, want op dat moment beslis ik dat ik er klaar mee ben. Mijn problemen met huidcontact kunnen de pot op. Ik pak Bianca's hand, trek haar tegen mijn zij aan en sla mijn arm om haar heen. Niet dichtbij genoeg. Ze is niet dichtbij genoeg. Ik span mijn arm om haar heen aan en ga met mijn voorkant tegen haar rug gedrukt staan. De druk in mijn borst neemt af. Zo is het wel goed. Ik heb geen psychiater nodig om mijn daden te interpreteren. Als een man alles wat hem dierbaar is al kwijt is, dan is het normaal dat hij een beetje losgeslagen en bang is dat het weer zal gebeuren.

De zakenman kijkt op, zijn ogen worden groter als hij mijn moordzuchtige blik ziet. Ja, klootzak. Ze is van mij. Hij slikt, draait zich naar rechts en gaat de dichtstbijzijnde winkel in.

Veel beter. Ik kijk naar Bianca, zie dat ze me met verbazing bekijkt, en vraag me af of ik mijn vreemde gedrag moet uitleggen. Dan komen de hoeken van haar lippen lichtjes omhoog en alsof er niets vreemds is gebeurd, gaat ze verder met naar Lena kijken die een vis met haar vinger volgt.

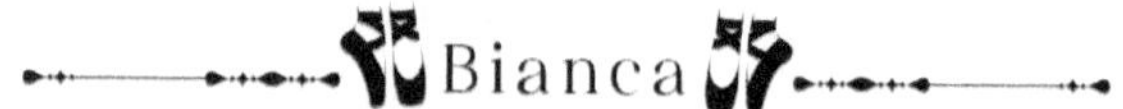

Bianca

Ik weet niet wat er is gebeurd, maar er is iets met Mikhail. Vanaf het moment dat we elkaar hebben ontmoet, is hij erg afstandelijk, en vermijdt hij bijna elk fysieke connectie. Afgezien van een paar lichte aanrakingen en me helpen om in zijn auto te komen, heeft hij zelden fysiek contact gelegd. Ik vroeg me zelfs af of er iets mis was. Misschien heeft hij besloten om voor de afgelopen dagen te compenseren, aangezien hij mijn hand de laatste twee uur niet heeft losgelaten. We zijn naar een winkel gegaan om voor Lena balletschoentjes te kopen en hebben onderweg nog een paar winkels bekeken. Op een gegeven moment klaagde Lena dat ze moe was, dus tilde Mikhail haar op. Hij liet mijn hand geen moment los terwijl hij haar op zijn linkerheup droeg, en mijn eierstokken explodeerden bijna toen ik stiekem naar hem keek terwijl hij Lena zo natuurlijk aan zijn zij hield.

'Hebben we nog meer nodig?' vraagt hij als we de boekwinkel verlaten die we bezochten om een kinderboek voor Lena te kopen.

Hij draait zijn hoofd om en kijkt me aan, en heel even vraag ik me af waarom. Dan realiseer ik me dat ik aan zijn blinde kant sta en dat hij waarschijnlijk mijn antwoord anders niet kan zien. Ik schud met mijn hoofd.

'Mooi. Ik zal Sisi bellen om vanavond op Lena te passen. Ik neem je mee uit eten. Is dat goed?'

Ik lach en knik. Ja, het is meer dan goed.

57

Is het te veel?

Ik draai me om en inspecteer mezelf in de spiegel. De jurk is lang, met een split aan de zijkant en een bescheiden halslijn. Het is echter rood. Misschien moet ik me omkleden.

Mikhails stem komt van de andere kant van de deur. 'Ben je klaar?'

Het ziet ernaar uit dat het toch de rode jurk wordt.

Ik open de deur en zie Mikhail daar staan. Te zien aan de manier waarop hij naar me staart, bevalt het hem wat hij ziet, en het laat een kleine sensatie door me heen gaan. Ik draai me om, om de jas te pakken die ik op het bed heb laten liggen, maar Mikhail pakt hem uit mijn handen en houdt hem voor me omhoog. Altijd een heer, deze duistere echtgenoot van mij. Ik doe mijn handen omhoog om mijn haar onder de jas vandaan te halen, maar hij is me voor, schuift zijn handen onder mijn haar aan de basis van mijn nek en tilt het voorzichtig op.

'Je beneemt me de adem,' fluistert hij in mijn oor.

Er lopen rillingen over mijn rug terwijl hij mijn hand pakt en me uit het appartement leidt.

We komen bij het restaurant en terwijl we de *maître d'* naar de tafel in de hoek volgen, staren de mensen ons aan. Ze proberen discreet te zijn, maar ze concentreren zich op Mikhails ooglapje en littekens, en laten dan hun blik naar onze handen zakken. De verbazing is duidelijk op hun gezichten te zien. Het lijkt erop dat Mikhail het niet merkt, of misschien doet hij alsof hij het niet ziet. Ik haat het omwille van Mikhail en doe alsof ik hun koude blik of gedempte gefluister niet opmerk.

Als we zitten, pak ik het menu om te zien wat ze hebben, maar alles is in het Frans. Ik zou iets willekeurig kunnen kiezen, maar er is een risico dat ik slakken krijg of zoiets walgelijks. In plaats daarvan leg ik het neer, verplaats mijn stoel naast die van Mikhail en kijk naar het menu dat hij vasthoudt. Het is ook in het Frans, maar ik neem aan dat hij het kan lezen aangezien hij ons hiernaartoe heeft gebracht.

Mikhail kijkt naar me, legt zijn arm op de achterkant van mijn stoel en begint de gerechten voor me op te sommen. Ik ben niet erg kieskeurig, dus pak ik mijn telefoon en typ snel iets in.

Kies jij maar, alleen geen slakken of zoiets smerigs.

Dan laat ik de telefoon voor hem op de tafel liggen.

Terwijl we op het eten wachten, brengt de ober ons wijn en hij zet de glazen aan de rechterkant van onze borden. Als hij vertrekt, pakt Mikhail zijn glas en verplaatst het naar links.

Ik pak mijn glas, raak lichtjes de onderkant van zijn onderarm en kijk op.

'Het is goed,' zegt hij. 'Bijna genezen.'

Ik typ weer iets op de telefoon.

Ik heb nooit gevraagd wat er is gebeurd.

Ik laat hem het scherm zien en wijs naar zijn onderarm.

'We volgden de schutter naar een Albanese bende en gingen achter de leider aan om hem te ondervragen. Hij verzette zich.'

Heb je iets ontdekt?

'Nee, maar dat komt nog wel. Het is slechts een kwestie van tijd.'

Ik vraag me af wat hij met degene zal doen die opdracht voor de schietpartij heeft gegeven, en wat Mikhails werk precies is in de Bratva, maar aan de andere kant weet ik niet zeker of ik het echt wil weten.

De ober brengt kort daarna ons eten. Ik heb geen idee wat ik eet. Het smaakt naar varkensvlees in champignonsaus en het is overheerlijk. Mikhails gerecht lijkt ook op varkensvlees, het is in kleine plakjes gesneden en er zitten zware kruiden overheen. Het ruikt geweldig, dus ik leun dichterbij, prik een stuk vlees aan mijn vork en stop het in mijn mond.

'Vind je het lekker?' Er zit een nauwelijks zichtbare glimlach op zijn lippen, alsof hij geamuseerd is dat ik zijn eten steel.

Hij zou meer moeten glimlachen. Ik pak een stuk vlees van mijn bord en til de vork naar hem toe, me afvragend wat hij zal doen. Mikhail kijkt naar de vork, dan naar mij, leunt naar voren en neemt het aangebodene aan.

'Absolute perfectie,' zegt hij terwijl hij me rechtstreeks aankijkt, en ik denk niet dat hij het over het eten heeft.

Ik vraag me even af of hij me gaat kussen. De manier waarop hij naar mijn lippen kijkt, laat mijn lichaam zoemen van opwinding, maar dan kijkt hij de andere kant op. Doe ik iets verkeerd? Ik weet dat hij zich tot me aangetrokken voelt. Ik zie hoe hij naar me kijkt als hij denkt dat ik niet kijk, alsof hij met zijn ogen de kleren van mijn lijf wil branden.

Wat gebeurt er in hemelsnaam in dat hoofd van je, Mikhail?

Hoofdstuk

8

Mikhail

D**IMITRI BELT DINSDAGMIDDAG OM ME TE VERTELLEN DAT** we met de Albanezen weer een doodlopende weg zijn ingeslagen, waardoor de grafstemming waar ik al dagen in zit nog erger wordt. Ik sta op van mijn bureau en loop naar de muur van ramen met uitzicht over de stoep eronder.

Nadat Sisi Lena kwam ophalen voor een logeerpartijtje, is Bianca naar de fitnessruimte gegaan en ze had haar balletschoenen en haar telefoon bij zich. Een paar minuten later bereikte het zachte geluid van een klassieke melodie mijn kantoor. Dat was vier uur geleden. Ik heb geprobeerd het te negeren en wat te werken, maar beelden van haar, terwijl ze danst, blijven in mijn hoofd opduiken, en ik kan me nergens anders op concentreren.

Ik probeer haar ook al twee dagen te ontwijken, want elke keer als ik haar zie, heb ik een krankzinnige drang om haar te grijpen, naar mijn slaapkamer te slepen en haar als een gek te neuken. Voordat ik met haar trouwde, had ik regelmatig seks.

Elk van mijn partners kende mijn regels, de belangrijkste was geen aanrakingen. Maar Bianca… Ik wil haar overal aanraken.

Ik weet niet of Bianca het aankan. Ze keek zo geschokt toen ze mijn arm zag. Het duurde maar een fractie van een seconde, en als ik niet had opgelet, dan zou ik het gemist hebben, omdat ze zichzelf meteen weer onder controle had. Mijn borst en rug zijn in een veel slechtere staat dan mijn armen, en ik heb geen idee hoe ze zal reageren als ze die ziet. Ze zal me uiteindelijk zonder shirt zien. Misschien moet ik T-shirts voor haar gaan dragen, haar mijn armen beter laten zien zodat ze een beetje voorbereid kan zijn. Ik pak de zoom van mijn shirt, trek hem omhoog naar mijn borst, en kijk naar de littekens op mijn huid. Ik probeer me voor te stellen dat ik er door haar ogen naar kijk. Nee, niets kan haar daarop voorbereiden.

Hoe erg het ook is, mijn rechteroog is nog veel erger. Dat zal ze nooit zien.

De muziek die uit de fitnessruimte komt verandert in een trage rockballade, en ik kan het verlangen om haar te zien dansen geen seconde langer negeren. Bij de deur van de fitnessruimte zorg ik ervoor dat ik zo stil mogelijk ben als ik hem open en dan leun ik tegen de deurpost om naar haar te kijken. Ze draagt een zwarte legging en een oversized top die van één schouder valt. Haar haar zit in een rommelige knot op haar hoofd. Haar voeten zijn bloot, de balletschoentjes liggen bij de muur, terwijl ze in een ingewikkelde set stappen en sprongen door de kamer glijdt. Ze eindigt in een prachtige pirouette.

Ik wacht tot ze zich omdraait, maar gedurende een paar minuten staat ze daar alleen naar de muur voor zich te kijken, met haar handen tegen haar onderrug gedrukt. Als ze zich eindelijk omdraait, zijn haar ogen rood en vallen er tranen over haar gezicht. Ze krimpt ineen als ze me opmerkt, kijkt snel weg en begint naar haar balletschoentjes te lopen. Ze krimpt om de paar stappen ineen, haar rechterhand nog steeds op haar onderrug gedrukt. Dan dringt het tot me door. De reden waarom haar rol in de shows de afgelopen maanden korter werd. De reden waarom ze besloot om de groep te verlaten. Op de poster stond dat het haar laatste show was. Ik dacht dat ze voor het seizoen bedoelden. Dat was niet zo.

Het kost me verschillende grote stappen om haar te bereiken en haar in mijn armen te nemen. Ze verzet zich niet, slaat gewoon haar armen om mijn nek en legt haar hoofd op mijn schouder, nog steeds naar mij toe gedraaid. De tranen vallen nog steeds, maar de uitdrukking op haar gezicht is vreemd genoeg leeg. Zonder de tranen en rode ogen zou niemand weten dat ze huilt. Ik draag haar naar de woonkamer en ga op de bank zitten, met haar dicht tegen mijn borst. Het is vreemd hoeveel ik ervan geniet dat haar li-chaam tegen het mijne wordt gedrukt. Er ligt een gevouwen deken aan de zijkant, dus ik pak hem op, bedek haar, en stop hem onder haar kin en benen in. Ze voelt zo klein zo tegen me aan genesteld, net een kitten.

Ik weet niet hoe lang we zo zitten. Waarschijnlijk gaat er bijna een uur voorbij, omdat de avond begint te vallen en de kamer donkerder wordt. Ze is zo stil, en ik begin me af te vragen of ze in slaap is gevallen, maar dan beweegt haar hand en trekt ze lijnen over mijn borst. Eerst denk ik dat het een willekeurig patroon is, maar dan merk ik de herhal-ing van de vormen. Ze tekent letters met haar vinger, en het duurt even voor ik ze snap. Het is niet zo moeilijk, slechts twee korte woorden, maar ik wacht tot ze het patroon nog een paar keer herhaalt om er zeker van te zijn dat ik het goed heb begrepen.

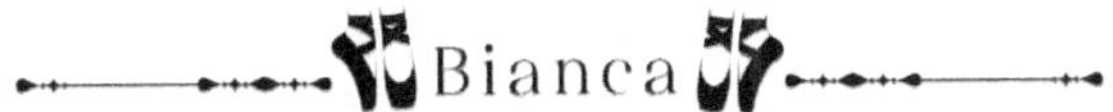

Bianca

Ik merk het exacte moment dat Mikhail beseft wat ik op zijn borst teken, omdat zijn lichaam zich spant. Voor het geval dat, doe ik het nog een keer en traceer de letters.

K-U-S M-E

Hij doet eerst niets, maar dan voel ik zijn vinger mijn wang strelen. Ik sla mijn hand om zijn nek en ga schrijlings op hem zitten. Alleen de omtrek van zijn gezicht is zichtbaar in de duisternis. Buiten is de avond gevallen, en geen van de lichten in de kamer is aan. Er komt genoeg licht door het raam om zijn hoofd te zien buigen, en het volgende moment botsen zijn lippen tegen de mijne.

Het is niet licht of ingetogen, maar claimend. Zijn handen pakken mijn gezicht vast. De huid van zijn handpalmen is hard en eeltig, maar de manier waarop hij me vasthoudt, alsof ik iets kostbaars ben, is hartverscheurend. Ik begraaf mijn vingers in zijn haar en laat me door zijn zondige lippen verslinden, terwijl een vuur van verlangen me verteert. Hij verbreekt de kus en begint kusjes langs mijn kin te geven, en ik leun tegen hem aan. Ik voel zijn hardheid tegen mijn kern drukken terwijl ik haperend ademhaal. Ik reik naar de zoom van mijn top en doe hem uit, en probeer dan mijn beha los te maken, maar mijn handen trillen te veel, dus schuif ik hem over mijn hoofd.

'Weet je het zeker, Bianca?' fluistert Mikhail in mijn oor en plaatst dan een kus op de zijkant van mijn nek.

Is hij gek? Ik fantaseer er al dagen over. Ik plaats mijn mond op zijn kin en bijt hem zachtjes.

Het is alsof hij zich tot nu toe heeft ingehouden, wachtend op mijn bevestiging. Hij springt op van de bank met mij in zijn armen en draagt me naar zijn slaapkamer. Ik doe mijn best om zijn overhemd los te maken. Ik slaag erin om de eerste twee knoppen los te krijgen, maar er zijn er nog minstens vijf, en ik kan me niet genoeg concentreren om ze allemaal los te krijgen. In plaats daarvan duw ik mijn handen in de opening, pak beide kanten van het shirt en ruk ze met al mijn kracht uit elkaar. Het materiaal scheurt. De knopen springen los en vallen op de grond.

Mikhail legt me op het bed, trekt mijn legging en slipje uit en begint zijn broek los te knopen. Te langzaam. Ik heb hem nu in me nodig of ik word gek. Ik ga op het bed staan en op het moment dat zijn broek uit is, spring ik terug in zijn armen en haak mijn benen om zijn middel.

Ik ben nog nooit zo stoutmoedig geweest bij een man. Marcus zei ooit dat ik in therapie moest, omdat ik koud was en geen genegenheid toonde. Hij had gelijk. Ik heb met hem of anderen nooit echt van seks genoten. Jarenlang dacht ik dat er iets ernstig mis met me was, omdat geen van mijn partners me kon opwinden. Aangezien seks noodzakelijk is voor een relatie, ging ik er gewoon in mee omdat het verwacht werd, en deed ik alsof ik klaarkwam.

Frigide. Ik dacht dat ik frigide was. Blijkbaar niet, want ik ben zo nat als wat en als ik rationeel zou kunnen denken, dan zou ik me schamen.

Mikhail houdt me onder mijn dijen vast, draait zich om en drukt mijn rug tegen de muur. Hij zegt iets in het Russisch, en ook al begrijp ik er geen woord van, alleen al het horen van zijn hese stem in mijn oor laat mijn ingewanden smelten. God, ik wil hem zo graag in me voelen dat mijn hele lichaam trilt.

'Mijn kleine ballerina,' zegt hij terwijl hij mijn nek kust. 'Het zou veel gemakkelijker zijn geweest als je niet zo mooi was.'

Mikhail positioneert zich en laat me langzaam op zijn pik zakken. Hij is nog niet eens halverwege in me, en ik begin al te spasmen rond zijn enorme lengte. Als hij zich volledig in me heeft begraven, snak ik naar adem en huivert mijn lichaam. Het gevoel van zijn harde pik die in me zit en de ruwe muur tegen mijn rug brengt me net op het randje van een orgasme terwijl hij me op de best mogelijke manier uitrekt.

Hij fluistert vreemde, maar verleidelijke woorden in mijn oor terwijl zijn grote handen in mijn billen knijpen. Zijn lippen kussen de gevoelige plek aan de zijkant van mijn nek terwijl hij eindelijk begint te bewegen. Met elke stoot komt hij dieper in me en raakt hij een plek die nog nooit door een man is geraakt. Eerst gaat hij langzaam en dan sneller. Ik begraaf mijn nagels in zijn huid als zijn stoten in kracht toenemen, en ik voel dat mijn lichaam door mijn aanstaande orgasme begint te tintelen. Het is waanzinnig. Bedwelmend. De absolute vernietiging van mijn lichaam en geest. Hij stoot als een bezeten man in me, elke stoot van zijn heupen tegen de mijne waardoor mijn rug tegen de muur botst, beneemt me de adem. Ik kom klaar en Mikhail volgt vlak na me.

Ik ben zo moe dat ik de kracht niet kan opbrengen om

mijn armen van Mikhails nek af te halen, dus leg ik mijn gezicht in de kromming van zijn nek en laat hem me naar het bed dragen. De laatste dingen die ik me herinner voordat ik in slaap val zijn gefluisterde woorden en een vederlichte kus in mijn haar.

Mikhail

Ik trek Bianca dichter naar me toe en verwonder me over het gevoel dat ze eindelijk in mijn armen ligt terwijl ik haar gezicht zie die door het maanlicht verlicht wordt. Ik volg met een vinger de contour van haar wenkbrauw, dan haar kleine neus en pruilende lippen. Ze is zo mooi dat het verdomde pijn doet. Het voelt als heiligschennis om haar aan iemand zoals mij te hebben gebonden, of dat mijn met bloed bevlekte handen haar aanraken — handen die er zo veel gedood en verminkt hebben. Ze verdient beter. Een burgerlijk en zorgeloos leven met een normale man. Een eerlijke man die niet tegen haar zou hoeven liegen of de slechte dingen die hij doet als hij naar zijn "werk" gaat, zou hoeven verbergen. Een man die nooit onder het bloed thuis zou komen.

Ze verdient het om naar een restaurant te kunnen gaan zonder aangestaard te worden, terwijl mensen om haar heen tegen elkaar fluisteren, en die met elkaar bespreken waarom ze in vredesnaam met iemand als ik is. Ik ben jaren geleden gewend geraakt aan de blikken en het gefluister. Ze storen me totaal niet. Maar ik hou er niet van dat Bianca het onderwerp van roddels is. Als ik een beter mens was, zou ik haar wegsturen, het huwelijk nietig laten verklaren en haar laten gaan. Ik denk dat ik een slechte man ben, omdat ik niet van plan ben om haar te laten gaan.

Hoe moet ik haar vertellen dat ik gebarentaal ken? Dat in plaats van haar situatie te vergemakkelijken, ik het alleen maar moeilijker heb gemaakt? Hoe kan ik mijn egoïsme verklaren? Zal ze me erom haten?

Ik zal niet tegen mezelf liegen door te denken dat Bianca zich tot me aangetrokken voelt, ik heb geen waanvoorstellingen. Ze had het vanavond zwaar. Ze was kwetsbaar, waarschijnlijk eenzaam, en hunkerde naar menselijk contact. En ik was de enige die er was. Morgenvroeg zal ze waarschijnlijk spijt hebben van wat er tussen ons is gebeurd, dus ik zal van deze zeldzame momenten genieten. Het zal genoeg moeten zijn. Ik leg mijn hoofd op het kussen achter het hare, begraaf mijn gezicht in haar haren en houd haar nog steviger vast.

DE KAMER WAARIN IK WAKKER WORD, KOMT ME VAAG bekend voor. Ik zit rechtop in bed en kijk om me heen. Mikhails kamer. Ik, in Mikhails bed. Ik glimlach en val terug in de kussens. Als ik aan gisteravond denk, dan wil ik de kamer uit rennen, Mikhail zoeken en hem met me mee naar bed slepen.

Op de klok op het nachtkastje is het zeven uur 's ochtends. Waar is hij? Heeft hij me serieus hier achtergelaten en is hij zoals elke ochtend gaan sporten? Dat doe je niet nadat je een vrouw de nacht ervoor de beste seks van haar leven hebt gegeven. Waar is het knuffelen? Samen douchen? De tweede ronde?

Ik stap uit bed, ga naar de kast tegen de andere muur, en steel nog een van Mikhails T-shirts. Als ik het me goed herinner, komt de huishoudster vandaag een grote schoonmaak doen, en ik wil niet naakt zijn als ze er vroeg is. Als ik de kamer verlaat, is er niemand te zien. Geen huishoudster en geen spoor van mijn man. Ik ga naar de logeerkamer om te douchen en mijn haar te wassen, dan ga ik naar de keuken om koffie te zetten.

Ik scrol door mijn telefoon terwijl ik het donkere elixer drink en zie drie berichten, één van Milene en twee van Angelo, allemaal van gisteravond.

21:12 Milene: Wat ga je Nonna geven? Zeg me alsjeblieft dat je niet nog een hoed voor haar koopt.

Verdomme. Na alles wat er is gebeurd, ben ik Nonna Giulia's verjaardagsfeestje helemaal vergeten.

Ik open een nieuw bericht en begin een bericht naar Mikhail te typen.

07:29 Bianca: Ik was vergeten dat mijn oma aanstaande zondag haar 96ste verjaardag viert. Ik moet een cadeautje voor haar kopen.

Ik open Angelo's berichten.

23:44 Angelo: HEEFT PAP JE MET MIKHAIL ORLOV LATEN TROUWEN?!

23:45 Angelo: Neem me niet in de maling Bianca! Het is niet grappig.

Ik staar naar de berichten. Het lijkt erop dat Angelo Mikhail kent en geen fan is.

07:31 Bianca: Ik neem je niet in de maling. Waar ken je mijn man van?

De deur van de fitnessruimte gaat open en Mikhail loopt naar buiten. Waarom draagt hij weer een shirt met lange mouwen? Niemand bij zijn volle verstand draagt in juni shirts met lange mouwen, en ik weet zeker dat hij minstens twintig

T-shirts heeft, minus de twee die ik heb gestolen. Hij komt de keuken in en gaat naar de koelkast zonder zelfs maar naar me te kijken.

'Sisi zal rond drie uur met Lena hiernaartoe komen, dus als je iets nodig hebt, stuur haar dan een lijst en ze zal het onderweg kopen.' Hij pakt een fles water, sluit de koelkast en gaat dan naar zijn slaapkamer. 'We kunnen vrijdag het cadeau voor je oma kopen als je wilt.' Hij kijkt me over zijn schouder aan.

Serieus? Geen goedemorgen-kus of zo? Nou, hij kan de pot op met zijn beheerste zelf. Ik ben klaar met dit dan weer wel, dan weer niet, gedoe. Wil hij doen alsof er gisteravond niets gebeurd is? Geen probleem. Ik kan hetzelfde doen.

Ik knik en richt mijn aandacht weer op mijn telefoon.

'Maar ik wil dat Bianca ook meegaat.'

Ik zet de doos met de kruiden neer die ik aan het ordenen ben en kijk naar Lena. Ze staat voor de deur met Mikhail die voor haar gehurkt zit, terwijl hij haar jas dichtritst.

'Bianca, Bianca, ga met ons mee. Als je lief bent, dan zal papa een donut voor je kopen. Hij koopt altijd een donut voor me als ik lief ben geweest in het park.'

Mikhail kijkt een paar seconden naar me en als ik me niet beweeg, wendt hij zich tot Lena.

'Een andere keer, Lenochka. Bianca heeft het druk.'

Ja, Bianca is bezig met het opruimen van een al onberispelijke keuken, zichzelf proberen af te leiden om over alle mogelijke verklaringen na te denken voor het vreemde gedrag van haar man. Ik zucht, pak mijn telefoon en stuur een bericht naar Mikhail.

17:13 Bianca: Ik heb geen jas. De meeste kleren voor koud weer liggen nog bij mijn vader thuis.

Ik had niet verwacht dat de temperatuur zo ver zou dalen. In de meeste dozen die Denis uit mijn huis mee heeft genomen, zaten jurken, zomerkleding en de podiumoutfits die ik niet wilde achterlaten. Ik heb alleen mijn elegante jas bij me en ik was van plan Milene te vragen om de rest van de kleren in mijn kast in te pakken.

Mikhails telefoon piept. Hij pakt hem uit zijn spijkerbroekzak, kijkt naar het scherm en begint dan te typen. Mijn telefoon trilt een seconde later. Echt? Ik snuif. We staan minder dan drie meter van elkaar af en hij stuurt me een bericht terug?

17:14 Mikhail: Je kunt een van mijn hoodies lenen.

Ik kijk op en knik. Terwijl hij naar zijn slaapkamer gaat, zet ik de kruiden terug in de lade en loop naar de deur om mijn sneakers aan te trekken. Lena springt om me heen, babbelt over donuts, als ik Mikhails hand op mijn rug voel en me omdraai. Hij heeft een opgevouwen grijze hoodie in zijn andere hand. Het lijkt erop dat hij meer heeft dan zwarte kleren.

Ik doe de hoodie aan en kijk dan naar mezelf. De zoom bereikt bijna mijn knieën. De mouwen komen minstens een handlengte voorbij de toppen van mijn vingers. Ik kijk op en zie Mikhail naar me kijken. Hij doet echt zijn best om zijn uitdrukking serieus te houden, maar zijn lippen zijn strak op elkaar gedrukt. Hij slaat zijn armen over elkaar, legt zijn vuist over zijn mond, schudt zijn hoofd en barst dan in lachen uit.

Het is warm en schor, en ik kan mijn ogen niet van hem afhouden. Hij is zo knap als hij lacht.

'Steek je armen uit,' zegt hij.

Ik til ze op en hij rolt de mouwen voor me op, eerst de
linker en dan de rechter. Hij lacht nog steeds, en ik wil hem
weer kussen.

'Bianca, je ziet er grappig uit in papa's kleren,' giechelt
Lena naast me.

Er is een spiegel aan de linkerkant van de deur, dus ik zet
een paar stappen en kijk naar mijn spiegelbeeld. Ik zie er met
de mouwen drie keer opgerold nog komischer uit. Mikhail
staat achter me en onze ogen vinden elkaar in de spiegel. Hij
lacht niet meer en kijkt slechts een paar seconden naar onze
reflecties voordat hij zich plotseling afwendt.

'Wil je dat we eerst bij een winkel langsgaan? Om iets in
jouw maat voor je te kopen?' vraagt hij zonder naar me te kijken en hij opent de deur.

Ik denk er even over na. Zie ik eruit als een idioot?
Waarschijnlijk. Boeit het me? Nee. Ik draai me om, pak Lena's
hand en ga naar de lift. Hopelijk is het niet zijn favoriete
hoodie, want ik houd hem.

Ik heb iets verpest en ik weet niet wat. Bianca is sinds vanmorgen boos op me om redenen die ik niet begrijp. Ik heb
de hele dag geprobeerd om uit te zoeken wat ik verkeerd heb
gedaan, en ik heb nog steeds geen idee. Hoewel het erop lijkt

dat het ergste voorbij is, want toen ik haar hand pakte toen we het gebouw verlieten, trok ze zich niet terug. Ze keek me echter wel strak aan door samengeknepen ogen.

Zittend op de bank aan de rand van de speeltuin, kijk ik naar Bianca terwijl ze Lena achterna zit in de zandbak. Ze lopen al een uur te dollen. Eerst bij de glijbaan en daarna in het kleine kinderspeelhuisje, waar Lena een fantasielunch bereidde uit bladeren en rotsen die ze had verzameld. Bianca deed alsof ze ze opat. Mijn vrouw ziet er nog jonger uit in mijn meerdere maten te grote hoodie, en voor even voel ik me een beetje schuldig. Wat als Roman gelijk had? Misschien had ik haar aan Kostya over moeten laten. Hij is meer van haar leeftijd, dus ze heeft waarschijnlijk meer dingen om met hem over te praten dan met mij. Ik praat toch niet veel. Ze zouden als stel veel geschikter zijn geweest.

Ik kan niet stoppen met denken aan het moment voordat we mijn huis verlieten, toen ik achter haar stond en onze reflecties in de spiegel zag. Bianca, zelfs met die belachelijk grote hoodie aan, zag er zo mooi en verfijnd uit. En toen was ik er, over haar heen hangend als een afschuwelijk monster. Ik wist dat we een slechte match waren, maar tot dat moment begreep ik niet hoe slecht.

'Papa, papa!' schreeuwt Lena en ze wenkt me. 'Kom, papa!'

Ik sta op en loop naar de zandbak. 'Wat is er, Lenochka?'

'Jij bent nu de wolf, papa. Jij moet jagen. Bianca en ik zullen wegrennen.' Ze giechelt en rent naar de andere kant van de speeltuin.

Ik wend me tot Bianca, die een paar passen verderop staat en met een vraag in haar ogen naar me kijkt. Ik zet een paar stappen tot ik voor haar sta, buk en fluister in haar oor. 'Rennen, mijn klein lammetje.'

Ze tilt haar hoofd naar me op, haar lippen vormen een ondeugende glimlach, dan draait ze zich om en rent naar Lena toe, die zich achter de glijbaan verbergt. Ik zet de eerste paar stappen in hun richting, en als Lena me ziet aankomen, gilt ze, schiet naar links en giechelt. Ik ren achter haar aan. Het kost me minder dan tien seconden om bij haar te komen, en ze gilt van vreugde terwijl ik haar rond haar middel oppak. Ik plaats een kus op haar wang, houd haar dan onder mijn linkerarm en draai me naar Bianca.

Er is een zelfvoldane uitdrukking op haar gezicht te zien, terwijl ze naar me kijkt, maar het verandert in verrassing als ik naar haar toe ren met onder mijn arm Lena, die waanzinnig hard moet lachen.

'Sneller, papa!'

Bianca rent naar het speelhuisje aan de andere kant, en ze is best snel. Ik ben echter sneller en mijn stappen zijn veel groter. Ik haal haar op slechts een paar meter van het speelhuisje in, pak haar met mijn vrije arm om haar middel en trek haar tegen me aan. Ze lacht. Ik kan het niet horen, maar ik voel de manier waarop haar borst onder mijn arm beweegt. Ik til haar van de grond en draag beiden naar de kleine koffietent tegenover het park.

Bianca

Ik lach nog steeds als de dubbele schuifdeuren opengaan en Mikhail ons naar de koffietent brengt. Enkele mensen in de ruimte kijken verbaasd naar ons op. Een ouder stel dat bij het raam zit lacht en keert terug naar hun drankjes en gebak. Aan de andere kant van de winkel zit een vrouw van middelbare leeftijd met een andere dame schaamteloos naar Mikhails gezicht te staren. Ze port haar vriendin met haar elleboog en beweegt haar hoofd in onze richting. Het lef van sommige mensen.

Mikhail zet me neer, neemt mijn hand in de zijne en loopt naar de kassa.

'Zwarte koffie?' vraagt hij, en ik knik. Hij herinnert zich dat ik mijn koffie zwart drink.

'Papa, ik moet plassen,' fluistert Lena.

'Een momentje, Lenochka.'

Mikhail bestelt koffie voor mij en sinaasappelsap voor Lena, vertelt de caissière dat we het mee willen nemen, en geeft me dan zijn portemonnee. 'Ik moet met Lena naar het toilet.'

Terwijl ik de portemonnee in één hand houd, wijs ik naar mezelf met mijn vrije hand en bied aan om met Lena mee te gaan, maar Mikhail schudt zijn hoofd.

'Het geeft niet. Ik ga wel met haar mee,' zegt hij en hij leidt Lena naar de toiletten.

Ik haal genoeg dollarbiljetten tevoorschijn voor het bedrag dat op de kassa staat en kijk omhoog om de jongen aan de andere kant naar me te zien kijken terwijl hij de koffie inschenkt. Hij werpt een blik op het toilet, waar Mikhail net met Lena naartoe is gegaan, kijkt dan terug naar mij en glimlacht. Ik lach niet terug.

'Je vader is echt een enge vent,' zegt hij.

Ik rol met mijn ogen. Serieus? Mikhail lijkt misschien op het eerste gezicht vanwege de ooglap en littekens een paar jaar ouder dan eenendertig, maar het is meer dan duidelijk dat hij mijn vader niet kan zijn.

'Denk je dat hij me met je naar de film zou laten gaan of zo?' De barista leunt naar voren en knipoogt.

Meent deze jongen dit serieus? Hij is amper zeventien, als hij dat al is. Idioot. Ik leg het geld op de toonbank en draai me om als Mikhail en Lena net de toiletten verlaten. Ik neem hem in me op en zie hoe zijn zwarte spijkerbroek hem perfect past, en hoe zijn zwarte trui zich naar zijn keiharde borst en buik vormt. Ik herinner me hoe het voelde om gisteravond door zijn prachtige lichaam tegen de muur te worden gedrukt.

'Klaar om te gaan?' vraagt Mikhail wanneer hij naast me komt staan.

Ik grijns, pak Lena's sap van de toonbank en geef het haar met het rietje. Dan leg ik mijn hand op Mikhails borst, en pak een handvol stof tussen mijn vingers en trek aan zijn trui. Zijn gezicht is expressieloos, maar ik zie lichte verwarring in zijn ogen als hij bukt. Als zijn gezicht een paar centimeter boven het mijne stopt, ga ik op mijn tenen staan en druk mijn lippen op de zijne.

Het was als een snelle kus bedoeld, maar op het moment dat ik zijn mond op de mijne voel, vliegt alle logica het raam uit. Het volgende dat ik weet, is dat ik de achterkant van Mikhails nek vasthoud terwijl hij me tegen zijn lichaam drukt. Mijn voeten bungelen boven de grond, en we kussen alsof er geen morgen is.

'Jakkes!' hoor ik Lena roepen en mijn ogen schieten open.

Een onmogelijk blauw oog kijkt me met zo'n intensiteit aan dat het voor even moeilijk is om adem te halen. Ik kan me niet herinneren dat iemand me ooit zo aan heeft gekeken.

'Ty luch solntsa v pasmurnyy den, Bianca,' zegt hij tegen mijn lippen, dan kust hij me weer en laat me langzaam op de grond zakken.

Het voelt alsof ik net anderhalve kilometer heb gerend, omdat mijn hart als een gek in mijn borst bonkt. Ik haal diep adem en draai me om om mijn koffie van de toonbank te pakken. De barista staart me aan, zijn ogen staan wijd open.

'Ogen van mijn vrouw af, jongen,' zegt Mikhail achter me.

De jongen knippert, kijkt naar Mikhail en doet dan een stap terug.

'Papa, kunnen we nu donuts gaan kopen? Mag dat, papa?'

'Natuurlijk, zayka.' Mikhail bukt zich om Lena op te tillen, pakt mijn hand en leidt ons naar de uitgang.

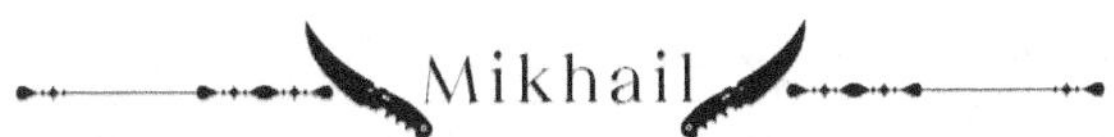

Net als we het appartement binnenkomen gaat mijn telefoon.

'Was je handen, Lenochka.' Ik wijs naar de papieren zak met haar donut, die ze tegen haar borst klemt. 'En eerst avondeten. Je kunt de donut daarna opeten. Oké?'

'Oké, papa!'

Ik haal de telefoon tevoorschijn, kijk naar het scherm en wend me tot Bianca. 'Het is Roman. Kun je Lena helpen? Ik moet opnemen.'

Ze knikt, streelt met haar hand langs mijn onderarm en haast zich naar de badkamer. Ik vind het nog steeds moeilijk om te verwerken hoeveel ik ervan geniet als ze me aanraakt.

'Pakhan?' zeg ik in de telefoon.

'Ik wil dat je bij Sergei gaat kijken,' zegt hij. 'Hij neemt sinds vanmorgen zijn telefoon niet op, en hij heeft vanavond een ontmoeting met de mannen van Mendoza. Als hij niet in staat is om te gaan, dan moet jij in zijn plaats gaan.'

'Ik ben er over een uur.'

Ik stop de telefoon weg en ga naar de badkamer, waar Bianca Lena helpt om haar handen te drogen.

'Ik moet gaan.' Ik strek mijn hand uit en haal een haarlok van haar wang. 'Ik zal Sisi bellen zodat ze op Lena kan komen passen. Ik weet niet hoelang het gaat duren.'

Bianca kijkt me aan, schudt haar hoofd, wijst naar haar borst en dan naar Lena.

'Weet je het zeker?'

Ze knikt en pakt Lena's hand.

'Lenochka.' Ik buk me en streel haar kin met mijn duim. 'Papa moet naar zijn werk. Bianca zal bij je blijven, oké?'

'Oké, papa.' Ze straalt en wendt zich tot Bianca. 'Bianca, kunnen we een pyjamafeestje houden. Mag dat alsjeblieft?'

'Eerst eten, zayka. En lief zijn.'

'Ja, papa.' Ze pakt Bianca's hand en begint aan haar te trekken. 'Kom op, Bianca. Eerst eten, dan donut, dan pyjamafeest.'

Bianca laat Lena haar de badkamer uit en naar de keuken leiden. Ik volg ze met mijn blik en ga dan naar mijn slaapkamer om me om te kleden voor het geval ik later naar de bespreking moet.

Op mijn weg naar buiten maak ik een kleine omweg naar de keuken waar de meiden aan de ontbijtbar zitten en broodjes maken.

'Luister naar Bianca,' zeg ik tegen Lena en ik geef haar een kus op de bovenkant van haar hoofd.

Als ik opkijk, zie ik Bianca naar me kijken. God, ik wil zo graag mijn mond tegen de hare drukken, maar ik durf het niet. Ik heb geen idee wat er eerder in de koffietent gebeurde om haar aan te sporen om me te kussen, en ik wil haar niet onder druk zetten. Het kan niet makkelijk voor haar zijn, dus in plaats daarvan streel ik met mijn vinger over haar wang.

'Stuur me een bericht als je problemen hebt met Lena,' zeg ik en draai me om om te vertrekken.

Als ik bij de deur sta, kijk ik om en zie Bianca me met samengeknepen ogen gadeslaan. Ik kan het mis hebben, maar het lijkt erop dat ze weer boos op me is.

Terwijl ik de auto start en me afvraag wat ik in vredesnaam ga vinden als ik bij Sergei aankom, hoor ik mijn telefoon pingen vanwege een inkomend bericht.

19:31 Bianca: Je hebt nog niet gegeten.

Ik staar naar het bericht. Dat heb ik niet gedaan, en ze heeft het gemerkt.

19:32 Mikhail: Ik eet onderweg wel iets.

19:32 Bianca: We zullen een broodje voor je maken en zullen het in de koelkast zetten. Voor het geval dat.

19:33 Mikhail: Dank je.

Ik laat de telefoon op het dashboard liggen en rijd de garage uit. Ergens onderweg hoor ik een ander bericht binnenkomen, maar ik open hem pas als ik voor Sergei's huis parkeer. Als ik dat doe, zit ik vijf minuten achter het stuur naar het bericht te staren.

19:52 Bianca: Vanaf nu verwacht ik ook een afscheidskus. Hou dat alsjeblieft in gedachten, Mikhail.

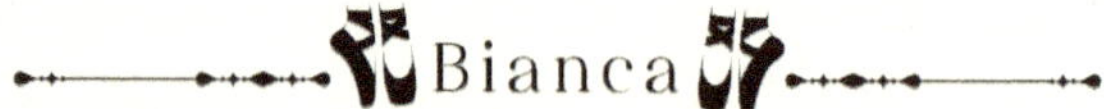

Na het eten en een snel bad stop ik Lena in bed en bedek haar met haar bloemetjesdeken.

'Bianca, Bianca, mag ik een verhaaltje? Alsjeblieft, Bianca.'

Ik pak mijn telefoon, zoek naar het onlinekanaal met kinderverhalen en ga met haar op bed liggen. God, ze lijkt zo veel op Mikhail, ik vraag me af of er überhaupt een kenmerk is dat ze van haar moeder heeft. Misschien haar neus, die is heel klein. Ik buig naar voren om haar deken beter neer te leggen.

Ze draait zich naar me om. 'Papa vindt jou leuk.'

Ik glimlach en streel haar wang. Dat kan ze niet weten. Zelfs ik weet niet wat ik van Mikhails gedrag moet denken.

'Papa heeft je gekust. En hij heeft je hand vastgehouden. Ik denk dat papa je heel erg leuk vindt, Bianca. Papa houdt er niet van om mensen aan te raken.'

Mijn hand verstijft op Lena's wang en mijn hele lichaam wordt roerloos.

'Ik vind je ook leuk, Bianca. Vind je mij leuk?'

Ik streel haar wang weer en knik.

'Bianca, waarom kun je niet praten? Heb je je mond bezeerd? Mijn papa heeft zijn oog bezeerd. Noemi zegt dat mijn vader maar één oog heeft, maar ze liegt. Papa heeft twee ogen. Ik heb het gevraagd en hij heeft het me laten zien. Noemi zegt dat mijn papa lelijk is. Is papa lelijk, Bianca?'

Mijn adem stokt. Ik leg mijn handen aan weerszijden van Lena's gezicht, schud mijn hoofd en gebaar met mijn mond. 'Nee.'

'Papa zegt dat hij een beetje lelijk is. Ik heb het aan hem gevraagd. Maar jij bent zo mooi, Bianca. Je bent net als een prinses. Ik vind je haar mooi. Zal mijn haar net zo lang worden als het jouwe?'

Lena gaat op iets anders over en begint me te vertellen wat er laatst op de opvang is gebeurd. Iets over een speelgoedauto die een van de jongens had gebroken, waardoor de andere jongen begon te huilen, maar ik vind het moeilijk om me te concentreren. Er was één zin die Mikhail gisteravond zei. Ik was het op dat moment vergeten, omdat ik te druk bezig was met zijn kussen. Iets over dat het gemakkelijker zou zijn als ik niet zo mooi was geweest.

Oh god. Ik sluit mijn ogen en schud mijn hoofd. De lange mouwen, de afstand die hij heeft gehouden, al dat aantrekken en afstoten… Dingen worden me nu veel duidelijker.

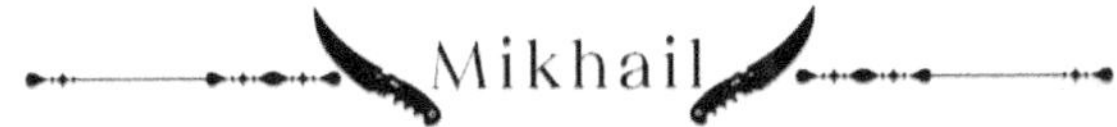

'Sergei!' Ik sla voor de derde keer met mijn handpalm op de deur. 'Als je de deur niet opendoet, dan forceer ik hem.'

Het alarm zoemt en het slot klikt. Ik pak de hendel, open de deur en stap naar binnen.

'Waag het niet om op me te schieten!' schreeuw ik tegen de lege woonkamer. 'En hou dat beest van je in bedwang.'

'Je kunt een versterkte deur die meer kost dan een auto

niet breken, eikel.' Ik hoor Sergei's stem uit de keuken komen en ga die kant op, en blijf dan op de drempel staan.

Sergei zit aan de tafel in het midden van de keuken, met een gedemonteerd sluipschuttersgeweer voor zich. Hij is een van de onderdelen aan het polijsten en zit te fluiten. Het hele oppervlak van de tafel met zes zitplaatsen is volgestapeld met wapens van verschillende soorten. Pistolen, messen, automatische en semiautomatische geweren, en god weet wat nog meer.

Een paar meter verderop, op een gevouwen deken naast de muur, ligt een zwarte hond ter grootte van een klein kalf. Het kijkt even naar me, kijkt dan op naar Sergei en gaat weer slapen.

Ik pak de telefoon uit mijn zak en bel Roman.

'Wanneer en waar is de ontmoeting met de Mexicanen?' vraag ik op het moment dat hij de oproep aanneemt.

'Ze zullen rond elf uur in Oeral zijn.'

Ik kijk naar mijn horloge. Half negen. 'Ik zal waarschijnlijk naar de bespreking gaan. Laat het Pavel weten.'

'Fuck! Hoe gaat het met hem?'

'Ik ben hier net. Ik bel je later.' Ik verbreek de verbinding en ga tegenover Sergei zitten.

'Heeft de Pakhan je gestuurd?' vraagt hij zonder naar me te kijken en hij blijft het geweerdeel polijsten.

'Ja. Je nam je telefoon niet op. Hij maakt zich zorgen.' Ik knik naar de tafel. 'Ben je aan het inventariseren?'

'Zoiets. Kan niet slapen.' Hij legt het gepolijste stuk in een doos die bij zijn voeten staat en die de rest van de onderdelen van het sluipschuttersgeweer bevat, en sluit het deksel.

'Sinds wanneer?'

'Ik ben gestopt met tellen. Drie dagen. Misschien vier.'

'Jezus, Sergei.' Ik schud mijn hoofd. 'Heb je gegeten?'

'Ik denk het wel. Ik heb wat blikjes in de voorraadkast.'

Ik draai me om, op zoek naar zijn zeventig jaar oude butler-tuinman-kok. 'Waar is Felix?'

'Ik heb Albert een week naar een hotel gestuurd.'

Sinds ik Sergei ken, heeft hij Felix nog nooit bij zijn echte naam genoemd. Het is altijd Albert. Ik heb geen idee wat er met hen aan de hand is, maar Felix woont al in een klein appartement boven de garage sinds Sergei het huis heeft gekocht en vier jaar geleden bij de Bratva kwam.

'Waarom heb je hem weggestuurd?' vraag ik.

'Hij begon op mijn zenuwen te werken. Ik was bang dat ik hem per ongeluk zou vermoorden.' Hij snuift, pakt het pistool dat het dichtst bij hem ligt en begint het te demonteren.

'Misschien moet je eens naar een psychiater gaan?'

Hij kijkt naar me op, leunt achterover in zijn stoel en slaat zijn armen over elkaar. 'Om iets aan een psychiater te hebben, Mikhail, moet je met de man echt over de dingen praten die je dwarszitten. Voor de meeste dingen die me irriteren, heb ik documenten getekend waarin staat dat ik mijn mond zou houden of in de gevangenis zou belanden. Of nog erger.'

Het gevaarlijkste aan Sergei is dat hij er meestal helemaal niet gek uitziet. Zijn ogen zijn helder, zijn bewegingen zijn beheerst, zijn stem is stabiel, en voor iemand die van buitenaf naar hem kijkt, lijkt hij een perfect evenwichtig persoon te zijn. Totdat hij mensen begint te vermoorden. Zelfs nu, als er niet overal wapens op de tafel zouden liggen, dan zou het enige wat iemand zou zien een nette man van eind twintig zijn. Ontspannen. Gewoon aan het kletsen alsof hem niets dwarszit.

'Waarom ga je niet aan de slaappillen?' vraag ik.

'Denk je niet dat ik dat al heb geprobeerd?' Hij zucht en gaat verder met het schoonmaken van het pistool. 'Het werkt niet. Niets werkt, verdomme.'

'Heb je erover nagedacht om te stoppen? De Bratva te verlaten en naar een verlaten eiland of wat dan ook te gaan?'

'Ja, dat is voor mij geen oplossing. Zonder werk zou ik waarschijnlijk helemaal doordraaien.'

En God behoede ons allemaal als dat ooit gebeurt. Als Sergei op een gegeven moment flipt, dan zal iemand hem als een hondsdolle hond af moeten maken.

'Wat dacht je van met Pavel ruilen? Je kunt de clubs doen. Daar is minder stress.'

Hij kijkt naar me op en barst in lachen uit. 'Kun je je voorstellen dat onze keurig nette Pavel met Mendoza onderhandelt? Begrijp me niet verkeerd, Pavel doet geweldig werk met de clubs, maar Mendoza zou hem heelhuids verslinden. We zouden miljoenen verliezen.'

Waarschijnlijk wel. Ik vind het nog steeds moeilijk te begrijpen, maar Sergei is uitzonderlijk goed in wat hij doet. Het lijkt erop dat je je eigen gek moet hebben die hun soort gek spreekt om goede zaken met losgeslagen mensen te doen.

'En hoe zit het met de ontmoeting met zijn mannen vanavond?' vraag ik. 'Kun je dat aan, of moet ik gaan?'

Hij kijkt me aan en lacht. 'Je haat besprekingen.'

'Ja, nou, Pakhans instructies.' Ik haal mijn schouders op. 'Dus?'

'Het is het beste als jij gaat. Ik weet niet zeker hoeveel rotzooi mijn hersenen dankzij het slaaptekort op dit moment aankunnen. Roman is niet zo gecharmeerd van mijn manier van ongenoegen tonen.'

'Zoals proberen Shevchenko's hand af te hakken toen hij om betere voorwaarden vroeg?'

'Wat hij vroeg was praktisch diefstal.' Hij reikt onder de tafel, haalt een grote metalen doos tevoorschijn die er nogal zwaar uitziet en zet die op de tafel. 'Weet je wat ze in sommige landen met dieven doen? Ze hakken hun handen eraf. Ik hou van die manier van zaken doen.'

Waarom ben ik niet eens een beetje verrast? Ik kijk naar mijn horloge. 'Ik kan dan maar beter gaan.'

Sergei knikt. 'Laat ze je niet voor de gek houden. We hebben de tarieven en hoeveelheden voor dit kwartaal al vastgesteld, ik zal je de cijfers sturen.'

'Oké.' Ik sta op. 'Bel me als je iets nodig hebt. En neem alsjeblieft Romans telefoontjes aan.'

'Tuurlijk.' Hij haalt zijn schouders op, opent het deksel van de doos en haalt iets tevoorschijn dat op een kleine granaatwerper lijkt.

'Je hebt toch geen tank in de garage verborgen, of wel?'

'Een tank? Waarom zou ik verdomme een tank in de garage hebben?'

'Zomaar. Ik vroeg het me gewoon af.'

'Als je een tank nodig hebt, dan kan ik het aan Luca vragen. Hij heeft de beste shit.'

'Luca Rossi?' Ik kijk naar hem. 'Als Roman erachter komt dat je wapens van de Italianen koopt, dan loopt het niet goed af. Je weet dat we afspraken met Dushku hebben gemaakt over exclusiviteit voor wapenaankopen.'

'Ik kan mijn persoonlijke wapens kopen van wie ik wil, Mikhail.' Hij grijnst. 'Maar het zou het beste zijn als Roman er niet achter komt. Hij zal waarschijnlijk een beroerte krijgen, je weet wat een dramakoningin mijn broer is.'

Ik schud met mijn hoofd. 'Bel me als je iets nodig hebt.'

'Dat zal ik doen. Laat het me weten als je van gedachten verandert over die tank.'

Als ik terug ben in mijn auto, bel ik Sisi, dan Denis, en dan stuur ik een bericht naar Bianca.

21:19 Mikhail: Ik weet niet wanneer ik terugkom, waarschijnlijk in de ochtend. Sisi zal vroeg komen om Lena te helpen zich voor te bereiden om naar de dagopvang te gaan. Denis zal je naar je balletles brengen nadat hij hen heeft afgezet. Ik wacht op je als je klaar bent. App me alleen even het adres.

Daarna bel ik Roman om hem op de hoogte te brengen van Sergei, leg de telefoon op het dashboard, start de auto en vloek. Het enige wat ik meer haat dan zakelijke onderhandelingen met onze leveranciers, zijn clubs.

ALS IK ROND DE MIDDAG HET SCHOOLGEBOUW VERLAAT, staat Mikhail al bij zijn monsterlijke SUV op me te wachten. Hij leunt met zijn armen over elkaar geslagen op de motorkap, en ziet er in zijn volledig zwarte outfit en pilotenbril *bad* en sexy uit. Zijn ongedwongen houding zegt dat hij zich nergens zorgen over maakt, maar hij maakt mij niks wijs. Hij is zich bewust van alles wat er om hem heen gebeurt. Ik heb gemerkt hoe hij elke keer als hij ergens aankomt zijn omgeving scant, dat hij alle mogelijke bedreigingen in de omgeving afweegt. Het is alsof hij altijd verwacht dat er iemand uit de struiken zal springen en zal gaan schieten.

'Hoe was de les?' vraagt hij wanneer ik bij hem kom.

Ik ben niet van plan om het over het feit te hebben dat de les goed ging, of dat ze me hebben gevraagd om volgende week terug te komen. Mikhail is me iets verschuldigd van gisteravond, en ik ben van plan het te innen. Ik stop voor hem en kijk met samengeknepen ogen naar hem op.

'Is er iets, Bianca?'

Ik knik. Er is zeker iets. Terwijl ik mijn hand voor me opsteek, krom ik mijn vinger en vraag hem om voorover te bukken. Mikhail laat zijn hoofd zakken. Ik wou dat hij die zonnebril niet droeg, want zelfs zonder de bril is het moeilijk om hem te lezen. Ik focus mijn blik op zijn lippen, nog een paar centimeter van de mijne vandaan, en zie ze lichtjes omhoogkomen. Zijn hand pakt mijn kin en het volgende moment drukt hij zijn mond tegen de mijne.

Het is geen zachte kus, maar een rauwe, hongerige kus. Hij heeft zichzelf altijd zo perfect onder controle, maar de paar keer dat hij zijn kalmte verloor, heb ik me afgevraagd wat er bij hem vanbinnen op de loer ligt. Ik kan niet wachten op het moment dat de teugels van zijn zelfbeheersing volledig knapten.

Hij laat mijn kin los, maar gaat niet weg. 'En nu? Is er nog steeds iets mis?'

Ik grijns en schud mijn hoofd. Hij is het aan het leren. Ik leg mijn hand op zijn gezicht, maar op het moment dat mijn vingers de huid van zijn rechterwang aanraken, tilt hij abrupt zijn hoofd op en doet een stap achteruit.

'We moeten gaan als we de file willen vermijden,' zegt hij en opent de passagiersdeur voor me.

We zijn halverwege richting het appartement als Mikhail zijn telefoon pakt en iemand belt. Hij spreekt weer Russisch, en de enige woorden die ik opvang zijn "Ford Explorer". De persoon aan de andere kant zegt iets, en dan verbreekt Mikhail de verbinding.

'We nemen een kleine omweg,' zegt hij.

We houden een gestaag tempo aan en rijden ongeveer twintig minuten. Al snel laten we de drukte van het stadsverkeer achter ons en zijn er minder gebouwen langs de snelweg. We gaan ergens de stad uit. Plotseling trapt Mikhail het gaspedaal in. Ik pak de deurklink vast en houd me vast alsof mijn leven ervan afhangt. De snelheidsmeter op het dashboard begint te klimmen en schiet al snel naar bijna honderdzestig kilometer per uur. Mikhail kijkt in de achteruitkijkspiegel, maakt een scherpe bocht naar rechts en gaat een smalle onverharde weg op. Ik kijk achterom naar de zwarte Ford Explorer die dezelfde bocht neemt en achter ons aan rijdt. Mikhail blijft rijden, houdt de afstand nog twintig minuten vast, dan slaat hij een andere onverharde weg in die naar een fabriek leidt die in de verte zichtbaar is. Zijn telefoon gaat één keer over en stopt dan.

'Pak mijn telefoon,' zegt hij. 'Stuur een bericht naar Denis. Het is het nummer dat ik net heb gebeld.'

Ik pak de telefoon, vind het telefoontje in het logboek en open een nieuw bericht.

'Typ: Ik heb er één levend nodig.'

Ik verstijf, mijn vingers hangen even stil boven het toetsenbord, dan typ ik het bericht en verstuur het.

'Luister nu goed naar me,' zegt hij en hij kijkt opnieuw in de achteruitkijkspiegel. 'Ik ga voor de fabriek parkeren. Je sluit jezelf op, gaat op de grond liggen en verlaat de auto niet. Wat er ook gebeurt. Is dat duidelijk?'

Ik knik en probeer de paniek die zich in mijn borstkas opbouwt onder controle te houden.

'Als het misgaat, start je de auto en ga je weg. Ga naar het centrum, parkeer ergens waar het druk is, en wacht. Iemand zal je dan zo snel mogelijk op komen halen. De auto heeft gps-tracking.'

En hem in niemandsland achterlaten? Is hij gek? Hoe komt hij dan terug?

'Begrijp je wat ik zeg, solnyshko?'

Ik ben niet van plan om hem achter te laten, maar dit is niet het beste moment om die discussie te voeren, dus ik knik.

'Goed.'

De auto komt met piepende banden tot stilstand voor de ingang van de fabriek. Mikhail doet zijn zonnebril af, reikt onder zijn stoel en pakt een pistool.

'Sluit jezelf op.'

Hij springt naar buiten en slaat de deur achter zich dicht, en dan is hij weg.

Ik ren de verlaten fabriek binnen, ontgrendel het pistool, en ga bij het gebroken raam staan, wat me een direct zicht op de weg en de toegangspoort geeft. Het voertuig dat ons volgt, komt even later door het hek en stopt ongeveer vijf meter bij mijn auto vandaan. Gedurende enkele minuten stapt er niemand uit. Ze discussiëren waarschijnlijk over wat ze moeten doen. Uiteindelijk gaat een van de achterdeuren open en stapt er een man uit, met een pistool in de aanslag. Hij mikt op de achterruit van mijn auto en schiet. Er gebeurt niets, dus probeert hij het nog drie keer.

Het is een gepantserde auto, idioot.

Ik werp een snelle blik op de poort. Waar is Denis verdomme? Als ik begin te schieten, kunnen ze ervandoor gaan en raken we ze kwijt.

De andere achterdeur gaat open en een kale man van rond de veertig stapt uit met een geweer in zijn hand. Fuck! Ik weet niet hoeveel kogels het glas kan hebben, maar ik ben niet van plan Bianca's leven te riskeren. Ik richt op het hoofd van de kale man, die zichtbaar is boven de autodeur, en schiet. Zijn hoofd schiet achteruit en hij valt op hetzelfde moment op de grond dat ik de tweede man vermoord. Er zijn een paar seconden van stilte, dan gaan de twee voordeuren open. Ik duik voor de bestuurder en een andere man opent het vuur in mijn richting.

Het glas springt uit het raam en regent op me neer. Een van de grotere stukken steekt in de buurt van mijn schouder in mijn rug. Ik reik naar achteren en haal het eruit en snij daarbij in mijn hand.

Er is een geluid van een motor die brult, en voor even denk ik dat Denis eindelijk is aangekomen. Maar het geluid is te dichtbij. Een seconde later klinkt er een verpletterend geluid en houdt het geweervuur op. Ik kijk door het raam en schud mijn hoofd. Mijn geraffineerde vrouwtje heeft net de auto van de achtervolgers geramd.

Ik sprint het gebouw uit en ren naar de schutters die op de grond liggen. Hun deuren moeten open geweest zijn toen Bianca ze raakte. Het lijkt erop dat de bestuurder min of meer ongedeerd is en al naar het pistool reikt dat een paar meter bij hem vandaan op de grond ligt. Ik schiet hem door het hoofd voordat hij er is, pak het pistool en loop om de auto heen. De laatste man zit gehurkt op de grond te braken. Gebaseerd op de hoeveelheid bloed op zijn achterhoofd, heeft hij zich behoorlijk hard gestoten. Ik schop zijn pistool bij hem vandaan als ik het geluid van een andere auto hoor naderen. Vijf seconden later parkeert Denis achter me en springt eruit.

'Ik zie dat je alles al hebt afgehandeld, baas,' zegt hij, als een idioot lachend.

'Waar was je verdomme?'

'Ik heb een verkeerde afslag genomen. Sorry, baas.'

Ik vloek en wijs naar de andere drie lichamen. 'Controleer ze. Bel dan voor een ploeg om op te ruimen.' Ik draai me naar de man die overgeeft. 'Neem deze mee en breng hem naar het oostelijke magazijn. Ik zal hem morgen ondervragen. Laat hem indien nodig door de Doc nakijken. Ik heb hem levend nodig.'

Ik draai me om en loop naar mijn auto.

Het eerste wat mijn man zegt als hij de deur opent nadat ik net zijn leven heb gered?

'Je hebt mijn achterlichten kapot gemaakt.'

Ik trek mijn wenkbrauwen op, snuif en schuif naar de passagiersstoel. Mikhail stapt in en als hij zijn hand uitsteekt om de auto te starten, zie ik het bloed op zijn rechterhand. Ik haal diep adem en leg mijn hand over de zijne. Hij laat de sleutels los en laat me zijn handpalm inspecteren. Vuil is vermengd met het bloed. Ik kan niet zien waar hij bloedt, en ik wil het niet erger maken door te proberen het vuil weg te vegen. Ik pak de zoom van mijn T-shirt, scheur een stukje van het materiaal en wikkel het voorzichtig om zijn hand. Als ik opkijk, zie ik hem naar me kijken. Ik wijs naar mezelf en dan naar het stuur.

'Het is maar een schrammetje, Bianca. Ik kan rijden,' zegt hij en start de auto.

De hele reis terug naar zijn huis is Mikhail via de luidspreker met iemand in gesprek. Ik weet niet wie het is, maar de stem komt me bekend voor. Waarschijnlijk hun Pakhan. Ik heb geen idee wat er gezegd wordt omdat het hele gesprek in het Russisch is, dus ik leun achterover in mijn stoel en sluit mijn ogen.

Er is op me geschoten. Alweer. In minder dan een maand tijd. Wordt dit nu de norm voor me? In de Bratva getrouwd zijn lijkt veel levensbedreigender te zijn dan ik had verwacht. Dus waarom ben ik niet meer geschokt door dit feit? Ik open mijn ogen een klein stukje en kijk naar mijn man. Iets aan de manier waarop Mikhail Russisch spreekt is ongelooflijk sexy, hij klinkt dan minder waakzaam. Ik weet niet of het is omdat hij zijn moedertaal gebruikt of omdat hij hecht is met Petrov. Zal hij ooit met mij zo op zijn gemak zijn?

Mikhail parkeert de auto in de ondergrondse garage, en als hij naar voren leunt om zijn deur te openen, zie ik een rode vlek op de beige leren stoel. Hij is gewond. Waarom heeft hij verdomme niets gezegd? Ik volg hem met mijn ogen en zie een natte vlek op zijn shirt, bij zijn linkerschouderblad. Wat is er verdomme mis met hem? Ik spring van mijn stoel, gooi de autodeur dicht en kijk naar hem op.

'Weer boos op me?'

Ik wijs naar zijn schouder en gooi mijn handen in de lucht. Natuurlijk ben ik boos!

'Het is niets, Bianca. Relax.'

Relax? Hij bloedt en hij wil dat ik me ontspan? Ik draai me om en begin naar de lift te marcheren.

Als we in het appartement zijn, ga ik direct naar de keuken, open de onderste lade waar ik de vorige keer de EHBO-doos heb opgeborgen en begin de voorraden eruit te halen. Mikhail kijkt naar me vanuit de deuropening, terwijl ik alles op het aanrecht zet en dan mijn handen schoonwrijf. Als ik klaar ben, draai ik me naar hem toe en wacht.

Mikhail blijft op dezelfde plek staan en staart me aan, en ik zweer het, als hij hier nu niet zelf heen komt, dan sleep ik hem hierheen. Eindelijk beweegt hij zich en gaat hij rechtstreeks naar de gootsteen. Nadat hij mijn geïmproviseerde verband heeft verwijderd en het bloed heeft weggespoeld, legt hij zijn hand op het aanrecht voor me neer, met de handpalm omhoog.

Drie van zijn vingers hebben een snee, waarschijnlijk van het glas, maar de wonden zijn oppervlakkig. Ik maak de snijwonden schoon, breng wat antibioticacrème aan en doe er een pleister op. Ik sluit de doos, wijs naar zijn schouder en geef met mijn vinger aan dat hij zich moet omdraaien.

'Nee. Die regel ik zelf wel.'

En hoe is hij van plan de wond op zijn rug zelf te behandelen? Ik houd mijn hoofd schuin en zeg geluidloos tegen hem: '*De schouder.*'

Hij negeert me en reikt naar de ontsmettingsspray. Oh, in godsnaam, hij is zo verdomd koppig. Ik leg mijn hand op de zijne en druk mijn andere hand tegen zijn borst. Langzaam maak ik met mijn vingertop letters op zijn borst.

A-L-S-J-E-B-L-I-E-F-T

Hij kijkt naar mijn vinger, ontmoet dan mijn ogen en er is een bepaalde blik op zijn gezicht te zien… Ik kan het niet goed definiëren, maar het lijkt kwetsbaarheid te zijn.

'Oké,' zegt hij, en terwijl hij me bij mijn middel grijpt, tilt hij me op om op het aanrecht te zitten.

Gedurende een paar tellen blijft hij daar staan — zijn handen grijpen de rand van het aanrecht aan weerszijden van me vast, zijn lichaam leunt naar voren en zijn kaak staat in een harde lijn. Onze gezichten zijn zo dicht bij elkaar dat ik zijn adem op mijn huid kan voelen, terwijl het diepblauwe van zijn oog me nauwlettend in de gaten houdt.

'Het is geen mooi gezicht, Bianca,' zegt Mikhail met een gelijkmatige stem, zijn gezicht is gesloten. 'Als je het niet kunt verdragen, zeg het dan gewoon.'

Ik heb geen probleem met bloed. Dat weet hij al. Ik mis iets. Mikhail draait zich om en begint zijn overhemd los te knopen. Een gevoel van onbehagen bekruipt me. Ik herinner me zijn arm van die ene keer dat ik hem zag. Hij draagt altijd lange mouwen, en toen ik laatst mijn handen op zijn rug legde, voelde ik ribbels op zijn huid. Hoewel het te donker was om iets te zien. Zijn aarzeling heeft helemaal niets te maken met de wond. Hij wil niet dat ik zijn rug zie.

Mikhail maakt zijn overhemd los, trekt hem uit en gooit hem op de grond. Ik staar naar zijn rug terwijl de tranen zich in de hoeken van mijn ogen beginnen te verzamelen, en geen enkele hoeveelheid zelfbeheersing kan voorkomen dat ze vallen. Lange littekens, die met de tijd zijn vervaagd, lopen kriskras over zijn bovenlichaam. Het zijn oude wonden. Er zijn er... zo veel. Er zijn een paar plekken van onaangetaste huid, maar verder is zijn hele rug een wirwar van littekenweefsel.

Ik sluit mijn ogen voor een seconde en veeg de tranen af met mijn hand. Als ik nog eens kijk, staat Mikhail nog steeds in dezelfde positie, met zijn rug naar me toe, hij kijkt recht vooruit en laat het me goed in me opnemen. Ik haal diep adem, pak het kompres en de ontsmettende spray en richt mijn aandacht op de snee in zijn linkerschouderblad. Hij is niet erg diep en zal waarschijnlijk geen hechtingen nodig hebben. Ik maak de snee meerdere malen schoon met steriel gaas, smeer hem in met antibioticacrème en doe er dan zwaluwstaartjes op om de huid bij elkaar te houden. Als ik klaar ben, leg ik een laag gaas over de wond en maak het vast met een paar stukjes medische tape. Ik haal nog een keer diep adem om me voor te bereiden op de pijn die zal komen en leg mijn hand op zijn bovenarm.

'Draai je om, Mikhail.' Mijn stem is zo zwak, nauwelijks een fluistering, maar het voelt alsof ik schreeuw, omdat mijn keel pijn doet alsof iemand schuurpapier over mijn stembanden schuurt.

Mikhail draait zich naar me toe en de beweging is zo snel en plotseling dat ik terugdeins. Hij kijkt me aan alsof ik twee hoofden heb. Ik ga met mijn blik naar beneden, naar zijn borst. Hier zijn geen sporen van zweepslagen te zien, maar er zitten brandwonden op zijn zij en buik, evenals talrijke littekens van messteken, zoals die op zijn armen. Lieve god, hoe kan hij nog in leven zijn?

Ik kijk naar zijn gesloten gezicht, hef mijn handen en begraaf ze in zijn haar. Zonder mijn ogen van de zijne te halen, haak ik een vinger onder het koord van zijn ooglap en wacht. Hij zegt geen woord, knarst met z'n tanden en knikt. Ik knik in antwoord en verwijder de ooglap.

Hij heeft nog steeds beide ogen, maar terwijl zijn linkeroog helder en diep oceaanblauw is, is de iris aan zijn rechterzijde veel bleker en mistiger. Er zitten zware littekens op de huid eromheen en op het ooglid, alsof iemand heeft geprobeerd zijn oog te verwijderen.

'Ik heb nog ongeveer vijf procent gezichtsvermogen in mijn rechteroog,' zegt hij met een afstandelijke stem, 'maar het belemmert het gezichtsvermogen in mijn linkeroog, waardoor alles wazig wordt. Ik draag de ooglap altijd, behalve tijdens het slapen, sporten of douchen.'

Oh, Mikhail…wat is er met je gebeurd? Ik vraag me af of hij het me ooit zal vertellen. Nu ik zo hoog zit, staan we bijna oog in oog, dus ik leun naar voren tot onze neuzen elkaar raken en leg mijn handpalmen aan weerszijden van zijn gezicht, voel de ruwe ribbels die over zijn huid lopen.

'Jezus, Bianca.' Hij sluit zijn ogen en legt zijn voorhoofd tegen het mijne. 'Hoe kun je het verdragen om naar me te kijken?'

Ik strek mijn hand uit om een lok van zijn haar weg te halen die over zijn voorhoofd is gevallen en streel met de achterkant van mijn hand over zijn rechterwang. De pijn die hij heeft gehad toen hij dit opliep moet ondraaglijk zijn geweest. Het langste van de littekens verdeelt zijn rechterwenkbrauw in twee delen, en ik ga er met mijn vinger langs, dan langs zijn neus, totdat ik zijn mond bereik.

'Ik vind…' Mijn keel schreeuwt van de pijn, terwijl het hese gefluister mijn lippen verlaat, maar ik ga toch door. 'Dat je… lekker bent.'

Ik pak zijn gezicht met mijn handen vast en plaats een kus op zijn lippen. Dan nog een. Ik ben geobsedeerd door zijn lippen.

'Je bent gek, solnyshko.'

Nee, niet gek. Gewoon verliefd op hem.

De littekens en zijn oog interesseren me niet. Voor mij is hij de knapste man die ik ooit heb ontmoet. Langzaam glijd ik met mijn handen over zijn borst en buikspieren totdat ik de tailleband van zijn broek bereik en hem losknoop. Mikhail laat een geluid horen dat op een grom lijkt, hij pakt me bij mijn middel en draagt me naar zijn slaapkamer.

'Kleren uit,' zegt hij terwijl hij me op het bed legt.

Ik werk me in een recordtijd uit mijn T-shirt en jeans, en rommel met de sluiting van mijn beha, terwijl hij zijn vingers om de tailleband van mijn slipje haakt en hem langs mijn benen naar beneden trekt.

'Jij bent' — hij geeft een kus op mijn enkel — 'zo verdomd mooi.' Nog een kus, deze aan de binnenkant van mijn dij.

Ik kijk naar hem terwijl hij vooroverbuigt, zijn gezicht tussen mijn benen begraaft en mij likt.

'Ik ben geen fijn aanzicht,' — nog een lik — 'maar ik zal ervoor zorgen dat je nooit aan een andere man zal denken, Bianca.'

Hij steekt één vinger in me en begint aan mijn klit te zuigen. Het is te veel, maar tegelijkertijd wil ik meer. Hij voegt nog een vinger toe en ik geloof dat ik in vuur en vlam sta. Zijn vingers rekken mijn wanden, zijn tong cirkelt om mijn klit, en ik krom mijn rug van het bed als een golf van genot door mijn lichaam gaat. Mikhail haalt zijn mond van mijn vagina, en plotseling voel ik de kop van zijn pik bij mijn ingang, maar hij stoot niet meteen in me. In plaats daarvan hangt zijn grote lichaam boven het mijne, zijn hand houdt de achterkant van mijn nek vast terwijl hij met van elkaar afwijkende ogen op me neerkijkt.

'Van mij!' gromt hij terwijl hij zijn pik zo langzaam in me laat glijden dat ik het gevoel heb dat ik mijn verstand ga verliezen. 'Als ik iemand je aan zie raken, dan vermoord ik hem, Bianca.' Hij legt zijn hand op mijn wang, stoot in me en trekt zich dan terug.

Ik haal diep adem en mijn ogen rollen terug in mijn hoofd. Mikhail tilt mijn benen op en laat ze op zijn schouders rusten, zodat hij dieper in me kan komen. Hij raakt *die* plek weer, en ik voel mezelf dichter bij een climax komen. Als hij mijn heupen van het bed tilt en in me stoot, beginnen er trillingen door mijn lichaam te gaan. Witte sterren exploderen achter mijn oogleden als ik mijn orgasme voel komen, terwijl Mikhail in me blijft stoten en me op de best mogelijke manier laat ontploffen.

Mikhail

BLIJDSCHAP. IK KAN ME DE LAATSTE KEER NIET herinneren dat ik me echt gelukkig voelde. Tevreden, ja. Maar deze sensatie, dit gevoel van lichtheid dat mijn hele lichaam vult, is volkomen vreemd. Ik kijk op Bianca neer die zich tegen mijn zij heeft genesteld, haar hand op mijn borst, en een been tussen de mijne, en mijn hart wordt warm.

'Ik moet opstaan,' fluister ik en geef een kus op de bovenkant van Bianca's hoofd. 'Sisi zal hier over een half uur met Lena zijn.'

Ze kijkt naar me op, lacht en reikt naar mijn hand om mijn vingers te inspecteren. Tevreden dat de pleisters nog op hun plaats zitten, gaat ze rechtop zitten en beweegt met haar hand om me om te laten draaien. De gordijnen zijn open en de hele kamer baadt in het licht, waardoor elk litteken op mijn huid volledig te zien is. Toch draai ik me op mijn buik, kijk naar het raam en wacht.

Ze legt haar handpalm op mijn onderrug en beweegt langzaam haar hand omhoog, haar aanraking is vederlicht. Ik voel een tintelend gevoel wanneer haar haar op mijn huid valt, en dan haar lippen, waarbij ze een kus tussen mijn schouderbladen geeft waar de littekens het ergst zijn.

'Alsjeblieft... doe dat niet.'

Het tintelende gevoel gaat omhoog terwijl de punten van haar haar de huid net onder mijn schouder plagen, en ze buigt zich voorover en fluistert in mijn oor: 'Waarom niet?'

'Jezus, schat, hoe kun je het zelfs maar vragen?'

'Ik vind je leuk... Mikhail,' zegt ze, haar stem is nauwelijks hoorbaar. 'Elk... klein... stukje... van jou.'

Het laatste woord gaat verloren, en het enige wat ik hoor zijn haar korte ademhalingen terwijl de kou over mijn rug loopt. Ik spring omhoog in een zitpositie, pak haar gezicht in mijn handen en hoop dat ik het mis heb. 'Het doet pijn als je praat, nietwaar?'

Ze kijkt me aan en knikt.

Ik sluit mijn ogen en kus haar voorhoofd. Ik zou afgemaakt moeten worden voor de klootzak die ik ben. Een egoïstische, liegende klootzak die haar zichzelf zonder reden pijn liet doen.

'Dat ga je nooit meer doen.' Ik leg mijn vinger op haar lippen. 'Beloof het me.'

Haar gezicht betrekt, maar ze knikt weer, waardoor ik me nog slechter voel. *Fuck*. Ik sta op van het bed, trek mijn broek aan, ga voor het raam staan en kijk naar de mensen die zich over de stoep beneden haasten. Ze zal me haten.

Ik leg mijn handen op de achterkant van mijn hoofd en haal diep adem. 'Ik moet je iets vertellen.'

Bianca

Mikhail gedraagt zich plotseling vreemd en loopt heen en weer voor het raam. Hij stopt even, kijkt me aan, schudt dan zijn hoofd en gaat verder met ijsberen. Is er iets gebeurd? Het moet iets ergs zijn, want ik kan me niet herinneren dat ik hem ooit zo radeloos heb gezien.

Uiteindelijk stopt hij en draait zich naar me toe. 'Ik weet dat je boos zult zijn en daar heb je alle recht toe. Ik hoop dat je het me vergeeft dat ik het je niet meteen heb verteld. Het spijt me.'

Mijn ogen gaan wijd open, mijn mond valt open en raakt bijna de vloer als ik zijn vingers vertrouwde vormen zie maken terwijl hij praat. De manier waarop zijn handen bewegen, snel en met gemak… mijn god, hij is niet alleen bekend met gebarentaal. Ik weet net genoeg voor een alledaags gesprek. Ik zou nooit filosofische discussies en dergelijke kunnen voeren. Maar gezien de manier waarop Mikhail gebaart, is het duidelijk dat hij een pro is.

'*Waarom?*' gebaar ik naar hem en ik staar hem aan, zodat al het verdriet en de teleurstelling op mijn gezicht zichtbaar zijn.

'Omdat ik het uit had moeten leggen, en ik was er niet klaar voor om je een uitleg te geven. Het spijt me.'

'*En dat kon je niet gewoon zeggen?*

Ik stap van het bed en zonder naar hem te kijken, ga ik rechtstreeks naar de logeerkamer, en sla met al mijn kracht de deur dicht.

Het geluid van Lena's gegiechel bereikt mijn oren en ik ga rechtop in het bed zitten. Ik heb daar twee uur gelegen, naar het plafond kijkend en nadenkend.

Mikhail kent gebarentaal, en hij heeft er de hele tijd geen woord over gezegd. Het was egoïstisch en onbeleefd, net zoiets als opzettelijk oordopjes in je oren steken, zodat je niet hoort wat de ander te zeggen heeft. Ik voel me zo verraden.

'Maar ik wil pannenkoeken,' hoor ik Lena's stem door de deur zeggen. 'Alsjeblieft, papa.'

Ik hoor niet wat Mikhail zegt, alleen Lena's ongelukkige antwoord. 'Oké, papa.'

Als ik de logeerkamer uit kom, zie ik Mikhail bij het aanrecht staan, met een pan en een doos eieren voor zich. Lena zit op de vloer in de woonkamer, met het boek te spelen dat we laatst hebben gekocht, maar als ze me aan ziet komen, springt ze op en rent ze mijn kant op.

'Bianca, kun jij pannenkoeken bakken? Papa weet niet hoe hij pannenkoeken moet maken. Kun jij pannenkoeken bakken?'

Ik glimlach, streel met de achterkant van mijn hand over haar roze wang en knik.

Ze gilt van vreugde, pakt mijn hand en begint me naar de keuken te trekken. 'Papa, papa, Bianca zal pannenkoeken bakken.'

Ze leidt me naar het fornuis en ik sta ineens naast Mikhail, terwijl mijn schouder zijn arm raakt. Lena laat mijn hand los, rent terug naar de woonkamer, en laat me alleen met mijn bedrieger van een echtgenoot.

'Je hoeft het niet te doen,' zegt hij zonder naar me te kijken. 'Ik zal roerei voor haar maken.'

Ik negeer hem en ga naar de andere kant van de keuken om de mixer uit de lade te pakken, open dan de kast om een kom eruit te halen. Hij staat op de tweede plank, dus ik ga op mijn tenen staan en reik ernaar. Twee grote handen pakken me om mijn middel en Mikhail tilt me de laatste paar centimeters op. Zodra ik heb wat ik wil, laat hij me zakken zonder een woord te zeggen, verlaat hij de keuken en gaat op de vloer naast Lena zitten. Ze pakt het boek en gaat ermee op zijn schoot zitten, en ik kijk naar hem als hij naar iets op de pagina wijst en dierengeluiden begint te maken. Lena giechelt, kust hem op zijn wang en wijst dan naar iets anders.

Ik begin het pannenkoekenbeslag te maken, maar kan het niet laten om elke paar minuten naar hen te kijken. Hij is zo vreemd, mijn man. Ik begrijp hem niet, en ik ben nog steeds boos op hem, maar ik kan mezelf er niet toe brengen om zijn aanwezigheid te negeren. Het is alsof een magische kracht me naar hem toe trekt. Ook al ben ik boos, er is veel zelfbeheersing voor nodig om mezelf ervan te weerhouden daarheen te gaan om dichter bij hem te zijn.

Terwijl ik wacht tot de pannenkoeken bakken, scrol ik door de berichten op mijn telefoon. Er zijn er drie van Milene, waarin ze naar Nonna's cadeau vraagt en hoe het hier gaat. Shit. Ik ben het weer vergeten. Ik stuur haar een berichtje dat alles in orde is en vraag haar naar school. Het volgende bericht is van Angelo.

11:17 Angelo: Iedereen kent Mikhail *fucking* Orlov! Ik kan niet geloven dat papa ermee door is gegaan! Ben je in orde? Ik weet niet wanneer ik terug ben. Ik heb hier wat shit af te handelen, maar zodra ik terug ben, kom ik je opzoeken. Als hij je iets aandoet, moet je het me meteen vertellen en dan reken ik wel met hem af.

Ik draai de pannenkoeken om en lees verward het bericht nog een keer. Wat denkt hij wel niet dat Mikhail met me doet?

21:13 Bianca: Het gaat geweldig. Wat is het probleem dat ik met Mikhail getrouwd ben? Heb je ooit ruzie met hem gehad of zo?

Het volgende is een bericht van mijn moeder. Ze vraagt weer naar het winkeluitje dat ik had beloofd. Ik negeer het, leg mijn telefoon weg en ga verder met de pannenkoeken.

Ik ben bijna klaar als Mikhails telefoon gaat. Hij neemt de oproep aan, en gedurende een paar ogenblikken luistert hij alleen naar de persoon aan de andere kant, en begint dan te vloeken. Hij pakt Lena op, draagt haar naar de keuken, zet haar op een van de barkrukken en draait zich naar me toe.

'Kun je een uur of zo op Lena letten? Er is iets tussengekomen en het is te laat om Sisi te bellen.'

Ik knik en giet meer beslag in de pan.

'Ik blijf niet lang weg.'

Er is een lichte kus op de bovenkant van mijn hoofd, en dan is hij weg. Ik sluit mijn ogen en haal diep adem. Het is moeilijk om boos op Mikhail te blijven als elke cel van mijn lichaam op de een of andere manier op hem lijkt te zijn afgestemd, verlangend om dichter bij hem te komen.

Mikhail

Het is diep in de nacht als ik mijn auto in het magazijn parkeer. Ik spring eruit en ga naar de hoek waar de Albanees van vanmorgen op de grond zit. Hij ziet er halfdood uit. Ik wend me tot Denis, die naast hem staat, en knarsetand.

'Waar is verdomme de dokter?' snauw ik.

'Hij is de stad uit. Hij kan hier niet eerder dan morgen zijn. Ik heb hem de symptomen van de man verteld, en hij zei dat het een ernstige hersenschudding is, of hij heeft een hersenbloeding. Hij moet naar een ziekenhuis.'

Ik kijk op de klootzak neer die in een plas van zijn eigen braaksel zit. 'Hij had het lef om op de auto te schieten terwijl mijn vrouw erin zat. Hij gaat nergens heen.'

Er ligt een fles water op een stoel in de buurt, dus ik pak hem op en gooi de inhoud over het hoofd van de man. Hij huivert, mompelt iets onsamenhangends en leunt achterover tegen de muur. Gebaseerd op hoe bleek hij is en op de wazige blik in zijn ogen, zal hij het niet lang volhouden. Ik moet snel te werk gaan.

Ik loop terug naar mijn auto, open de kofferbak en pak een gereedschapskist. Aan de buitenkant ziet het eruit als een gewone gereedschapskist, maar als je de binnenste bak verwijdert, wordt er een verborgen compartiment onthuld, waar ik het echte gereedschap van mijn vak bewaar. Ik pak een van de spuiten en een scalpel en ga terug.

'Wat is dat?' vraagt Denis, naar de spuit wijzend.

'Adrenaline-injectie,' zeg ik terwijl ik de naald in de zijkant van de nek van de man steek. 'Het zou hem even iets helderder kunnen maken. Ik heb het nog nooit bij iemand met een hersenschudding geprobeerd.'

'Dus het zal hem beter maken? Waarom heeft de Doc daar niet aan gedacht?'

'Omdat de Doc geen mensen doodt voor de kost.' Ik gooi de spuit opzij, hurk en pak de hand van de Albanees. 'Als de adrenaline zijn lichaam verlaat, zal hij crashen. Hard. Pak zijn schouders en houd hem stil.'

Terwijl ik de man bij zijn pols vasthoud, forceer ik zijn handpalm op de vloer en plaats het scalpel aan het begin van zijn duim. De Albanees wordt helder op het exacte moment dat ik zijn vinger er afsnijd en hij begint te schreeuwen.

'Hou verdomme je kop!' Ik sla hem in zijn gezicht. Niet het verstandigste om te doen gezien zijn toestand, maar ik ben in een slechte bui. 'Luister goed naar me. Je gaat vanavond sterven. Het kan snel gaan, of ik kan ervoor zorgen dat het extreem pijnlijk en langdurig is. Knik als je het begrijpt.'

Hij jammert en knikt en probeert zijn hand uit mijn greep te trekken. Ik veeg het scalpel af en snijd nog een vinger af, wat in een volgende schreeuwbui resulteert.

'Wie heeft je gestuurd om ons te onderscheppen, en wat was je opdracht?' schreeuw ik in zijn gezicht.

'Ik weet het niet,' zegt hij moeizaam. 'Arben heeft met de man gesproken die voor de klus heeft betaald.'

'Wie is Arben?'

Hij mompelt iets en sluit zijn ogen. Het lijkt erop dat de adrenaline niet werkt.

Ik sla hem nog een keer. 'Ik zei: wie is Arben?'

'De chauffeur.'

Een van de jongens die ik neer heb geschoten. *Fuck!* 'Wat wilden zij dat je deed?'

'De man met de ooglap doden.' Hij kijkt me aan en huivert. 'Het was gewoon een klus.'

'Hoe zit het met de vrouw?'

'De man zei dat ze niet belangrijk was.'

Niet belangrijk. Ik haal diep adem en probeer te voorkomen dat ik hem meteen vermoord. 'Anders nog iets?'

'N-n-nee.'

'Weet je hoe de man die met Arben had afgesproken eruitzag?'

'Nee.' Zijn stem is nu nauwelijks hoorbaar.

Fuck. Ik sta op en pak het pistool uit de holster onder mijn jas. 'Niet belangrijk,' spuug ik en ik schiet hem door zijn hoofd.

Ik draai me naar Denis toe en kijk hem aan. 'Zorg ervoor dat je de volgende keer niet te laat komt, Denis.'

Hij doet een stap achteruit. 'Natuurlijk, baas.'

'Goed. Ruim deze rotzooi op.'

Het is bijna vier uur 's ochtends en ik begin me zorgen te maken. Waar is Mikhail?

Toen Lena in slaap viel, ben ik naar de keuken gegaan om de rommel op te ruimen en heb toen een snelle douche genomen, verwachtend dat hij tegen de tijd dat ik klaar was terug zou zijn. Is er iets gebeurd?

Ik pak een van de T-shirts die ik van hem heb gestolen en trek het aan. Ik ben bezig om mijn haar te vlechten als ik ruwe handen voel die mijn handen bedekken. Ik laat de lokken los en mijn haar valt naar beneden terwijl ik naar Mikhails spiegelbeeld in de spiegel kijk. Hij staat achter me en verdeelt mijn haar weer in drie delen, en begint dan mijn haar voor me te vlechten. Zijn bewegingen zijn misschien een beetje onhandig, maar het lijkt erop dat hij weet wat hij doet.

'Mijn zus zeurde altijd bij me om haar haar te vlechten als onze moeder er niet was,' zegt hij zonder in mijn ogen te kijken, en er zit zo veel pijn in die ene zin, het steekt me in mijn hart.

'Oksana was vanaf haar geboorte doof. Ze was vier jaar ouder dan ik, dus leerde ik gebarentaal voordat ik leerde lezen.'

Het is niet alleen het feit dat hij de verleden tijd gebruikt. Ik kan het in de toon van zijn stem voelen... Er is iets ergs met zijn zus gebeurd. Mikhail tilt zijn hoofd op en onze blikken vinden elkaar in de spiegel. Er is zo'n gekwelde blik in zijn ogen te zien, en ik weet zeker dat wat er ook gebeurd is veel erger is dan ik me kan voorstellen.

Ik pak het elastiekje van het dressoir, bied het aan Mikhail aan en wacht tot hij de vlecht vast heeft gemaakt.

'Niet mijn beste werk, ben ik bang.' Hij zucht. 'Misschien wil je het nog eens doen.'

'*Het is perfect,*' gebaar ik in de spiegel.

Mikhail legt zijn handen op mijn heupen, draait me om en heft zijn hand op om met een vinger langs mijn gezicht te gaan. 'Het spijt me.'

Ik zucht, trek aan zijn arm totdat hij zich bukt, en plaats een kus op zijn lippen.

'Dus ben ik vergeven?'

'*Nog niet. Daarvoor zal je veel meer werk moeten verrichten.*'

Hij trekt zijn linkerwenkbrauw op en zijn lippen

worden iets breder. 'Wat had je in gedachten? Een soort van handarbeid?'

'*Ja.*' Ik glimlach en begin zijn overhemd los te knopen.

Ik voel zijn handen op mijn buik langzaam aan mijn shirt trekken. 'Dan kan ik maar beter beginnen.'

Hij trekt het shirt over mijn hoofd, trekt mijn slipje uit en draait me naar de spiegel met mijn blote rug tegen zijn borst gedrukt. Ik staar naar onze reflecties — ik ben helemaal naakt, en hij staat achter me in zijn zwarte shirt en pantalon. Hij kust me in mijn nek terwijl zijn handen naar mijn middel gaan en langzaam naar beneden beginnen te glijden, over mijn heupen en dan naar beneden.

'Ik wil dat je kijkt' — zijn rechterhand glijdt nog lager, tussen mijn benen — 'hoe mooi je bent als je komt.'

Zijn handpalm glijdt tegen mijn vagina aan terwijl hij tegelijkertijd in mijn schouder bijt, waardoor ik van het gecombineerde gevoel een rilling krijg. Een vinger komt mijn kern binnen en ik pak zijn onderarm en druk mezelf op zijn hand. Er is iets ongepasts aan om mezelf zo te zien, dat hij me zo intiem aanraakt terwijl hij nog volledig gekleed is.

Zijn andere hand glijdt naar beneden, zijn vinger cirkelt rond mijn klit en drukt dan op de plek aan de bovenkant van mijn vagina. Een stille kreun ontsnapt aan mijn lippen en ik sluit mijn ogen, van de sensatie genietend.

'Kijk in de spiegel, Bianca. Of ik stop.'

Ik open onmiddellijk mijn ogen.

'Brave meid.'

Ik kan mijn ogen niet van onze reflectie in de spiegel halen. Mikhails enorme lichaam drukt tegen het mijne, zijn handen zitten tussen mijn benen, zijn lippen vormen een lijn van kussen over mijn schouder. Een andere vinger dringt bij me binnen terwijl hij met zijn andere hand mijn klit begint te plagen. Door het veranderen van het tempo van langzaam naar snel, dan weer naar langzaam, begint mijn lichaam harder te trillen.

'Kom voor me, mijn kleine lammetje,' fluistert hij in mijn oor. Hij kromt zijn vingers in me terwijl hij op mijn klit drukt, en ik ontplof.

De trillingen die mijn lichaam laten schudden zijn zo sterk dat ik mezelf niet rechtop kan houden, dus ik pak met beide handen zijn onderarm vast en kijk in de spiegel naar Mikhail. Beheerst. Geen haar zit verkeerd. Me recht in mijn ogen kijkend. Stoute, stoute man. De stille types zijn altijd het gevaarlijkst.

Hoofdstuk

12

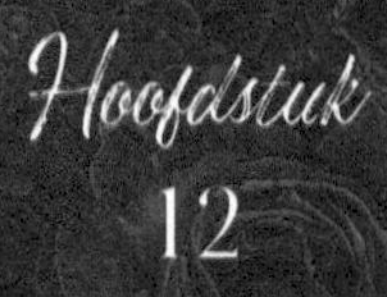

Mikhail

ZE HEEFT MIJN KLEREN GESTOLEN. VOLGENS MIJN HUIDIGE berekening heeft ze tot nu toe minstens vier T-shirts, mijn favoriete hoodie en één overhemd gepakt. En het lijkt erop dat ze heeft besloten dat ze voor haar collectie nog een hoodie nodig heeft.

'Is deze goed?' vraag ik.

'*Ja. Perfect.*' Bianca pakt de zwarte hoodie die ik vasthoud, trekt hem aan en begint de mouwen op te rollen.

Ik weet dat ze de rest van haar spullen heeft gekregen. Denis is twee dagen geleden naar haar vader gegaan en heeft de dozen meegenomen die haar zus had ingepakt.

'Is er enige kans dat ik die terugkrijg?' zeg ik en ik streel haar gezicht met de achterkant van mijn hand.

Ze kijkt me aan, grijnst en schudt haar hoofd. Mijn kleine dief. Ik glimlach, pak haar kin om haar hoofd te kantelen en kus haar.

'Sisi, Sisi, ze kussen weer!' roept Lena ergens achter me

vandaan. 'Roby vroeg vandaag of hij me mocht kussen en ik heb oké gezegd. Hij heeft me op mijn wang gekust. Ik zal morgen tegen hem zeggen dat hij me op mijn mond moet kussen.'

Mijn hoofd schiet omhoog. Ik draai me om, loop naar de keuken, waar Lena toekijkt hoe Sisi de lunch klaarmaakt en hurk voor mijn dochter neer.

'Niet met jongens zoenen, Lena. Daar ben je te jong voor.'

'Dat ben ik niet. Ik ga met Roby trouwen,' zegt ze ernstig en Sisi barst in lachen uit.

Jezus. Ik had dit gesprek pas over tien jaar verwacht. 'Waarom wil je met Roby trouwen? Is hij een aardig persoon?'

'Nee, hij vecht altijd met andere jongens.'

'Waarom wil je dan met hem trouwen, zayka?'

'Hij heeft twee honden en een parkiet, papa!'

'Wil je een huisdier, Lenochka? Een goudvis misschien?' Alsjeblieft, zeg geen parkiet.

'Ik wil een parkiet, papa! Alsjeblieft, mag ik een parkiet? Sisi, Bianca, papa heeft gezegd dat ik een parkiet mag! Kunnen we nu een parkiet gaan kopen? Papa, wanneer gaan we mijn parkiet kopen?'

Enig. Ik zucht. 'Oké. We zullen volgende week een parkiet kopen, Lena.'

'Ja!' gilt ze van vreugde en ze begint rond de eettafel te rennen.

Er is een lichte aanraking op mijn rechteronderarm. Ik draai mijn hoofd en zie Bianca daar staan. Ze staat met een geamuseerde uitdrukking op haar gezicht naar me te kijken.

'Denk je dat ze het niet meer over het trouwen met Roby gaat hebben als ze de parkiet krijgt?' vraag ik.

'Nee,' zegt Bianca geluidloos en ze glimlacht.

'Ik denk het ook niet.'

'*Je bent een opmerkelijke vader,*' gebaart ze. '*Ze heeft geluk dat ze jou heeft.*'

Ik leg mijn hand op haar wang. Ze heeft geen idee hoeveel haar woorden voor me betekenen.

'Mikhail,' zegt Sisi vanuit de keuken, 'er is voor morgenmiddag een oudergesprek bij de kinderopvang gepland. Wil je dat ik ga?'

'Papa gaat naar het gesprek!' roept Lena van onder de tafel. 'Papa, ga jij?'

'Papa gaat naar dat gesprek, zayka.'

'Mag Bianca mee? Bianca, wil je met papa meegaan?'

Ik kijk naar Bianca en zie dat ze naar me kijkt. 'Je hoeft niet te gaan.'

'*Ik zou graag meegaan,*' gebaart ze, houdt haar hoofd opzij en gaat dan verder. '*Vind je het niet leuk om naar Lena's kinderdagverblijf te gaan?*'

Ik raak haar kin aan. Ik dacht niet dat ik zo makkelijk te lezen was. 'Nee.'

'*Waarom niet?*'

'Omdat sommige van Lena's vrienden bang voor me zijn.'

Ze rolt met haar ogen. '*Kinderen kunnen soms stom zijn.*'

Mijn kleine lammetje. Meestal lijkt ze veel volwassener dan haar eenentwintig jaar, maar de waarheid is dat ze te onschuldig is. Als ze dat niet was, dan zou ze waarschijnlijk zien wat die kinderen onbewust voelen — dat ze zich moeten omdraaien en zo snel mogelijk moeten maken dat ze wegkomen op het moment dat ze me zien aankomen.

Bianca wilde een cadeautje voor haar grootmoeder kopen, en ik had verwacht dat we naar een winkelcentrum of een juwelier zouden gaan. In plaats daarvan bevind ik me in een kleine, krappe winkel die gespecialiseerd is in op maat gemaakte hoeden. Als we binnenkomen, ben ik ervan overtuigd dat ze me het verkeerde adres heeft gegeven. Niets van de hier getoonde dingen lijkt op een hoed. Alles bestaat uit veelkleurige veren en bloemstukken. Er is er één in het bijzonder die mijn aandacht trekt en eruitziet als een dode vogel.

Bianca wijst naar iets dat op een blauw bord lijkt met een assortiment van witte en groene kunstbloemen die eruit ontspringen. Het is een gruwel.

'Meen je dat nou serieus?'

Ze knikt, pakt het blauwgroene monster en zet het op haar hoofd. Ik vind het moeilijk om niet te lachen als ze naar de spiegel loopt en haar hoofd naar links en rechts begint te draaien, om de hoed vanuit elke hoek te bekijken. Zelfs met dat gekke ding op, is mijn vrouw adembenemend mooi. Ze draagt een rokje met bloemen dat tot haar knieën reikt, en ze heeft het met een beige topje en hakken in dezelfde kleur gecombineerd. Ik ben eraan gewend geraakt om haar met los haar of een vlecht te zien, maar vandaag heeft ze het in een knotje boven op haar hoofd gedraaid. Ik denk dat ze een goede indruk wil maken bij de lerares van de kinderopvang. Ze wendt zich tot mij en gebaart: *We nemen hem.* Dan draagt ze de vreselijke hoed naar de kassa.

Als we de winkel verlaten, pak ik Bianca's hand en leid haar naar het kleine restaurant met buitentafels die ik iets verderop heb gezien. Ik moet nadat we Lena hebben opgehaald naar mijn werk, en ik ben pas laat terug, dus ik wil wat meer tijd met haar doorbrengen.

We nemen een van de tafels aan de zijkant, en terwijl we op het eten wachten, kijk ik naar onze omgeving. Deze situatie met de Albanezen begint me zorgen te baren.

'Dus je weet zeker dat je grootmoeder dat… ding leuk zal vinden?' Ik nip van mijn wijn en kijk naar de doos die op de hoek van de tafel ligt.

'*Ze zal hem geweldig vinden,*' gebaart Bianca en ze begint te eten.

Ik betwijfel het ten zeerste. 'Dan heeft ze een vreemde smaak.'

'*Iedereen denkt dat Nonna Giulia een beetje gek is.*'

'Jij niet?'

'*Nee. Ze doet alsof, zodat ze overal mee weg kan komen. Ze had voor haar laatste verjaardag mannelijke strippers gehuurd.*'

Bianca barst in lachen uit als ik bijna in mijn wijn stik. Ik houd van haar lach, de manier waarop die haar ogen bereikt doet me aan een zonnestraal op een donkere, stormachtige dag denken.

'V tvoyikh glazakh kusochek neba, solnyshko.'

Ze kijkt me verward aan, dus vertaal ik het voor haar. 'Het betekent: "Er zit een stukje van de hemel in je ogen."'

Ik vind het moeilijk te geloven, maar haar wangen worden een beetje rood. Soms vergeet ik hoe jong ze is.

'Heb je last van het leeftijdsverschil tussen ons?' vraag ik.

Al met al neem ik aan dat het leeftijdsverschil van tien jaar het minst problematisch is.

'*Nee. Hoezo?*'

'Ik weet het niet. Misschien wil je elke avond uitgaan, feesten, doen wat andere… meisjes van jouw leeftijd doen.'

'*De meeste meisjes van mijn leeftijd hebben niet vanaf hun twaalfde zes uur per dag getraind. Tot de ochtend feesten is nooit mijn ding geweest. Maar ik zou er geen bezwaar tegen hebben als mijn man me soms mee uit dansen zou nemen. Of ben je daar te oud voor?*'

Ik leun over de tafel, pak haar kin tussen mijn vingers en kus haar getuite lippen. 'Dat zullen we wel zien.'

'*Hoe is het op het werk?*'

'Hetzelfde als altijd. De vrouw van de Pakhan heeft ons maandag uitgenodigd voor het diner. Wil je gaan?'

'*Tuurlijk. Hoe is ze? Ze was niet op de bruiloft.*'

'Drie maanden zwanger en de laatste tijd erg onplezierig. Ik denk dat ze Roman misschien uiteindelijk zal vermoorden.'

'*Waarom?*'

'Laten we zeggen dat Romans gedrag een beetje extreem werd toen hij erachter kwam dat ze zwanger was. Je zult het wel zien.'

'*Je hebt me nooit verteld wat je voor de Bratva doet.*'

'Ik organiseer de distributie van drugs,' zeg ik.

'*Ken je mijn broer? Angelo?*'

Een interessante vraag. 'Ik denk niet dat we elkaar hebben ontmoet.'

'*Vreemd. Ik kreeg de indruk dat hij je kent.*'

Ja, hij weet waarschijnlijk wie ik ben. De meeste mensen in onze kringen kennen me wel. Ik moet het onderwerp van dit gesprek veranderen.

'Wanneer ben je met ballet begonnen?'

'*Mijn moeder nam me mee naar mijn eerste les toen ik vier was. Toen ik zes was, ben ik met intensiever trainen begonnen.*'

'Vijftien jaar. Het moet moeilijk zijn geweest om dat allemaal achter te laten.'

'*Het moeilijkste wat ik ooit heb gedaan. Ik had kunnen blijven, een paar bijrollen kunnen spelen met minder veeleisende choreografie. Minder sprongen. In plaats daarvan besloot ik met pensioen te gaan. Te vertrekken terwijl ik nog aan de top was. Het is ijdel, ik weet het.*'

'Het is niet ijdel.' Ik pak haar hand en streel met mijn duim over de binnenkant van haar handpalm. Zo zacht. 'Wat is er met je stem gebeurd, Bianca?'

Ik voel haar verstijven. Ze trekt haar hand uit de mijne, neemt een slok van haar jus d'orange en kijkt ergens achter me.

'*Ik was elf. Vader bracht me naar de training. Het was zondag, rond zeven uur 's ochtends. Er was de vorige avond een feestje geweest, ze hadden iets te vieren. Hij was nog steeds een beetje dronken. We kregen een ongeluk.*'

Ik kijk toe hoe ze diep ademhaalt en naar me kijkt.

'*Ze zeiden dat ik niet ademde toen de ambulance kwam. Ze moesten me ter plekke intuberen. De verpleegkundige die het deed was jong en bang. Hij heeft iets verknald. Mijn stembanden beschadigd.*'

'En je vader?'

'*Een ontwrichte schouder.*' Ze glimlacht en kijkt weg. '*Bruno Scardoni is als een kakkerlak.*'

Het is duidelijk dat ze er niet meer over wil praten.

'Het spijt me.' Ik reik naar haar hand en kus haar vingertoppen.

Iemand moet die klootzak vermoorden.

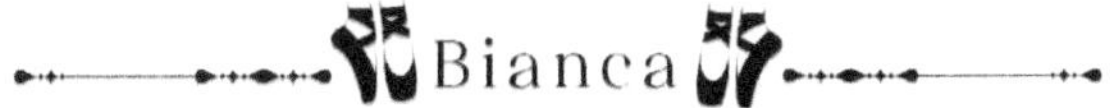

Bianca

Ik vind de manier waarop Lena's lerares naar Mikhail kijkt niet prettig. Vanaf het moment dat we de speelkamer binnenkwamen, kijkt ze af en toe naar ons, dus ik ga dichter bij hem staan en sla mijn arm om zijn middel. De lerares praat over boeken die ze ouders aanraadt om voor de activiteiten van volgende maand te kopen, en voor even gaan haar ogen naar mij, terwijl ze me van top tot teen bekijkt alsof ze me in wil schatten. Het is duidelijk dat ze Mikhail leuk vindt, en ik vind dat helemaal niks.

Nadat ze klaar is met het benoemen van de materialen, komen een aantal ouders samen om de vooruitgang van hun kind te bespreken, maar Mikhail en ik blijven achter en wachten tot de menigte verdwijnt. Terwijl we de lerares naderen, laat ik mijn arm van Mikhails middel vallen en besluit een paar stappen terug te doen. Het voelt niet goed om me ermee te bemoeien.

'Meneer Orlov,' zegt de lerares met een zoete stem. 'We hebben u al een hele tijd niet gezien.'

Ze is mooi, lijkt begin dertig te zijn, en gebaseerd op de enorme grijns op haar gezicht, vindt ze mijn man *echt* leuk.

'Hoe gaat het met Lena? Zijn er problemen?' vraagt Mikhail en hij negeert haar opmerking.

'Oh, Lena is een geweldig kind, zo beleefd. U doet het zo goed met haar.' Ze knippert als een verliefd schoolmeisje met haar wimpers naar hem, en ik kan het niet aanzien. Ik leg de paar meter die ons scheiden in twee seconden af, sla mijn hand weer om Mikhails middel en glimlach.

Mikhails arm komt om mijn rug heen. 'Juffrouw Lewis,' zegt hij, 'dit is Bianca. Mijn vrouw.'

Ik kan me de laatste keer niet herinneren dat ik me zo tevreden voelde als nu, terwijl ik toekijk hoe haar ogen zo groot als schotels worden. Dat klopt, trut. Hij is bezet. Zoals je zelf al had moeten inzien.

'Als dat alles is, dan moeten we gaan. Lena wacht op ons in de gang.' Mikhail knikt naar de deur.

'Ja, natuurlijk.'

Terwijl we vertrekken, kijk ik over mijn schouder naar de lerares en zie dat ze naar ons kijkt. Zonder mijn ogen van de hare te bewegen, schuif ik mijn hand van Mikhails onderrug naar beneden tot hij op zijn keiharde kont landt, en ik kan het niet weerstaan om een beetje te knijpen.

Als we de gang in gaan, bukt Mikhail zich om in mijn oor te fluisteren. 'Heb je net in mijn kont geknepen?'

'*Misschien*,' zeg ik geluidloos en doe het opnieuw.

'Papa, papa!' Lena springt van het bankje rechts van ons en in Mikhails armen. 'Kunnen we nu mijn parkiet gaan kopen, papa?'

Mikhail zucht en kust haar voorhoofd. 'Ja.'

We gaan op weg naar huis naar de dierenwinkel en Lena

kiest een kleine blauwe parkiet uit. Terwijl Mikhail de winkelbediende naar de richtlijnen voor het voeren vraagt, gaan Lena en ik naar het rek aan de linkerkant om wat vogelspeelgoed te pakken. De deur van de winkel gaat open en twee jongens van Lena's leeftijd haasten zich naar binnen, gevolgd door hun moeder, en ze rennen naar de aquaria bij de muur.

'Mama, ik wil een goudvis!' roept een van de jongens.

'Ik wil geen goudvis. Ik wil een zwarte, zoals Batman!' roept de andere uit. 'Goudvissen zijn voor meisjes.'

Ze maken nog steeds ruzie om de vis als we de winkel verlaten, en als we naar de auto lopen, kijk ik naar Lena, die plotseling ongewoon stil is geworden. Ik had verwacht dat ze opgewonden zou zijn, maar ze zegt geen woord terwijl Mikhail de kooi met de vogel op de achterbank zet en Lena in haar autostoel vastzet. Het is vreemd, ze babbelt meestal non-stop.

Als we allemaal zitten en Mikhail de auto wil starten, spreekt Lena eindelijk. 'Papa? Waar is mijn mama?'

Mikhails hand hangt stil met de sleutels halverwege het contact. Hij haalt diep adem, draait zich om en neemt haar kleine hand in de zijne. 'Je mama is nu bij de engelen, zayka.'

'Waarom?'

'Ze… ze was ziek, Lenochka.'

'Zoals Charleys papa?'

'Ja, zayka. Net zoals Charleys vader.'

Ik reik naar voren en leg mijn hand op Mikhails dij. Dit is moeilijk voor hem. Ik zie het aan de manier waarop hij met zijn andere hand in het stuur knijpt, zijn knokkels zijn wit van de spanning.

Lena houdt haar hoofd opzij, kijkt me even aan en wendt zich dan tot Mikhail. 'Charley heeft nu een nieuwe papa. Is Bianca mijn nieuwe mama?'

Mijn adem stokt, en tegelijkertijd voel ik Mikhails lichaam onder mijn hand verstijven. We hebben het er nooit over gehad hoe Lena me zou moeten noemen. Ik dacht dat het Bianca zou zijn, maar ik had er niet op gerekend dat ze te jong is om het te begrijpen. Gebaseerd op de enigszins paniekerige uitdrukking op Mikhails gezicht, had hij dit ook niet verwacht. Dat hadden we wel moeten verwachten.

'Weet je nog dat we hierover hebben gesproken? Dat papa en Bianca gingen trouwen en dat we dan allemaal samen zouden wonen?'

'Ja, papa. Charleys nieuwe papa woont ook bij hen.'

We hadden er rekening mee moeten houden dat 'papa's vrouw' voor haar gelijk zou kunnen staan aan 'mama'. Ik heb altijd kinderen gewild, maar het leek erop dat dat niet snel zou gebeuren. Ik denk niet dat ik het erg zou vinden als Lena me mama gaat noemen. Ik denk daar even over na. Nee, ik zou het helemaal niet erg vinden. Ik vind het zelfs een goed idee. Als Mikhail het goed vindt, natuurlijk.

'Nou, Lenochka, het is…' begint Mikhail, maar ik knijp in zijn dij en hij draait zich naar me toe.

'Je kunt ja zeggen. Als jij het goed vindt.'

Hij zegt niets, en staart alleen maar naar me. Misschien vindt hij het niet prettig als Lena mij als haar nieuwe moeder beschouwt. Het besef doet pijn, maar ik zorg ervoor dat het niet op mijn gezicht te zien is.

'Het hoeft niet. Ik wilde gewoon…' Ik zucht. *'Het is goed. We kunnen proberen om het haar uit te leggen.'*

Mikhail steekt zijn hand uit, pakt mijn wang en leunt naar voren. 'Lena heeft het nooit over haar moeder gehad, en' — hij sluit zijn oog en vloekt — 'ik heb het verkloot. Ik dacht dat ze het begreep. Ze is te jong. Ik had het beter uit moeten leggen. Jij en ik hadden eerst moeten praten. Ik kan dit niet van je vragen, Bianca.'

'*Je bent een goede vader en je hebt niets verkloot,*' gebaar ik en ik streel zijn hand. '*En ik vind het goed als Lena me als haar nieuwe moeder ziet.*'

'Je bent eenentwintig, schatje.' Mikhail fronst zijn wenkbrauwen.

'*Mijn moeder kreeg Angelo toen ze negentien was. Het is goed.*'

'Weet je het zeker?'

Ik leun naar voren en druk mijn lippen op de zijne. 'Ja,' fluister ik tegen zijn mond en kus hem.

Mikhail

IK LEUN TEGEN HET AANRECHT IN DE KEUKEN EN SCROL DOOR mijn telefoon voor updates van het werk wanneer Bianca binnenkomt. Ik kijk op en mijn ademhaling stokt even in mijn keel. Ze draagt een lange zwarte jurk die om haar bovenlichaam gewikkeld zit en vervolgens in tal van lagen zijdeachtige stof op de grond valt, en met haar haar in een dikke vlecht ziet ze eruit alsof ze uit een modeblad is gestapt. Ze ziet me kijken, lacht en draait twee keer rond, waardoor de zijdezachte stof om haar heen zweeft en haar zwarte stiletto's en slanke benen door een diepe snit aan de zijkant worden onthuld. Ik kan mijn ogen niet van haar afhouden.

'Wat denk je ervan?' gebaart ze.

Ik ben niet in staat om rationeel te denken, en het enige waar ik nu aan denk, is haar, naakt, in mijn bed hebben.

'Ty zazhgla ogon' v moyey dushe, solnyshko.'

Ze grijnst, komt naar me toe en begint met haar vinger de vorm van een vraagteken op mijn borst te tekenen.

'Het betekent: "Je hebt een vuur in mijn ziel aangestoken, Bianca." En als we niet meteen vertrekken, gaan we helemaal niet.'

Haar lippen vormen een glimlach, en ze pakt mijn hand en leidt me naar de deur. Ze blijft in de auto glimlachen terwijl we de garage verlaten, en ik vraag me af waar ze aan denkt als ze voorover leunt en in mijn oor fluistert.

'Ik heb… geen slipje aan.'

De auto slingert, maar ik slaag erin om hem recht te krijgen, en kan nog net een betonnen pilaar ontwijken die aan de zijkant staat. Als ik de auto onder controle heb, draai ik me naar Bianca toe en zie haar met een zelfvoldane grijns op haar gezicht achteroverleunen in haar stoel.

Op het uitgestrekte, nette gazon zijn vier grote tenten opgezet. Er lopen minstens tweehonderd gasten rond en er zijn lange tafels, bedekt met witte tafelkleden. Mensen kletsen met elkaar, en lachen waarschijnlijk om flauwe grappen. De meeste van hen zijn Italianen. Een aantal heb ik op onze bruiloftsreceptie gezien. Er zijn ook een paar politici. Een interessante groep, dat is zeker.

In het midden van de grootste groep staat een kleine kwetsbare vrouw, met een gifgroene jurk aan en een vreemd stekelig ding op haar hoofd van grijs haar. Een uiterst aantrekkelijke en jonge man, waarschijnlijk van ergens halverwege de twintig, heeft zijn arm om haar middel geslagen en fluistert iets in het oor van de vrouw.

Bianca knijpt in mijn hand, ik kijk naar haar en zie haar breed glimlachen, terwijl ze met haar hoofd naar de vrouw in de groene jurk beweegt. Ik geloof dat zij de beroemde Nonna Giulia is.

We benaderen de groep, en ik neem elke persoon die mijn gezichtsveld betreedt op, en catalogiseer alles wat ook maar enigszins verdacht is. Ik hou niet van drukte, maar ik ben ook geen fan van open ruimtes. Beide vormen een veiligheidsrisico.

Bianca's oma draait zich om, en zodra ze ons ziet, giechelt ze als een klein meisje van vreugde, en haast zich dan naar ons toe. Haar jonge metgezel loopt achter haar aan.

'Bianca! Je bent te laat!' Ze kust Bianca op beide wangen en draait zich dan naar mij. 'Ik zie dat je je man hebt meegenomen. Knap. Lang. In vorm.' Ze leunt een beetje voorover, en bekijkt me. 'Je hebt goed gekozen, *tesoro.*'

Ze is niet alleen gek, maar blijkbaar ook blind. Ik knik. 'Ik ben blij dat u het goedkeurt, mevrouw Mancini.'

'Oh god, nee. Noem me maar gewoon Nonna. Mevrouw Mancini klinkt als een oude vrouwennaam. En ik ben twee maanden geleden toch gescheiden,' zegt ze en maakt een wegwuifgebaar naar de jongeman die naast haar staat. 'Ga iets te eten halen, Tony. Ik zie je later wel.'

De man knikt en vertrekt zonder vragen te stellen.

'Ik heb hem speciaal voor vandaag ingehuurd. De jonkies zijn duur, maar het zal het waard zijn. Bruno gaat gek worden.' Ze lacht breed en ik weet niet zeker of ze niet een beetje getikt is.

Bianca pakt haar telefoon, typt en geeft hem aan Giulia, die naar het scherm kijkt, en dan naar Bianca.

'Natuurlijk. Waarom, heb je iets tegen gigolo's? Het is eerlijk werk. Oh, daar is Luca Rossi. Jammer dat hij al getrouwd is. Zo'n fijn mannelijk exemplaar.' Ze knijpt haar ogen tot spleetjes. 'Is dat Franco die bij hem is? Ik heb gehoord dat hij vorige maand van zijn vrouw is gescheiden, dus het jacht-seizoen is geopend. Ik moet gaan.'

Ik kijk naar Bianca, die haar hoofd schudt terwijl ze haar oma naar de man ziet rennen, vermoedelijk Franco.

'Ze maakt maar een grapje,' gebaart Bianca. *'Laten we ergens gaan zitten.'*

We kiezen een van de zeldzame vrije tafels aan de zijkant en kijken in stilte naar de menigte. De ober brengt onze drankjes en Bianca reikt naar mijn glas en verplaatst het van mijn rech-terkant naar links. Ik denk niet dat ze het bewust heeft gedaan, want ze lijkt te gefocust te zijn op het uitkiezen van een can-apé van het bord voor ons. Ze moet gemerkt hebben dat ik geen drankjes aan mijn blinde kant neerzet. Vreemd dat het haar niet kan schelen dat haar man maar één oog heeft. Ik weet heel goed wat een puinhoop mijn rechteroog is, dus ik verwacht nog steeds dat ze terugdeinst als ze in mijn armen wakker wordt en naar me kijkt. Maar ze glimlacht gewoon en gaat dan nog een paar minuten slapen. Mijn Bianca is geen ochtendmens.

Er zijn veel mannen in de buurt en mijn vrouw ziet er vandaag bijzonder aantrekkelijk uit in haar jurk. En ze heeft er niets onder aan.

Ik pak haar stoel en trek hem dichter naar me toe. 'Schat,' ik buig voorover om in haar oor te fluisteren, 'kom op mijn schoot zitten.'

Ik kijk op naar Mikhail, til een wenkbrauw op, sta op en ga tussen zijn benen staan. Hij beweegt met zijn linkerdij en kijkt me scherp aan, alsof hij me uitdaagt. Mikhail doet nooit iets zonder reden, en ik ben benieuwd wat hij in gedachten heeft, dus ik draai me om en ga op zijn been zitten.

'Wat een menigte. Je nonna is populair,' zegt hij.

Zijn hand vindt de spleet van mijn jurk, en het volgende moment is er een aanraking van een vinger op mijn knie, voordat hij over de binnenkant van mijn dij langzaam omhoog beweegt. Hij blijft daar even hangen en gaat dan omhoog. Hij is gek. Ik knipper met mijn ogen en draai mijn hoofd om naar hem te kijken.

'Is er iets mis?' vraagt hij, zijn gezicht de belichaming van kalmte en onschuld, alsof hij zijn hand niet tussen mijn benen heeft zitten.

Ik pak de zijkant van mijn jurk, leg de lengte van de stof over zijn hand en onderarm en kijk terug naar de massa van gasten. Ik kan me net zo kalm voordoen als Mikhail.

'Ik vraag me af of..,' zegt hij zachtjes terwijl zijn vinger mijn naakte kern bereikt en op mijn klit drukt. '… ze onze zitplaatsindeling zullen goedkeuren?'

Ik haal diep adem en spreid mijn benen een beetje, blij dat de tafel ons uit het zicht houdt.

'Weet je, ik heb gezien dat minstens twintig mannen je met hun ogen hebben uitgekleed sinds we hier zijn,' fluistert hij en plotseling komt zijn vinger bij me binnen. 'Dat bevalt me niet, Bianca.'

Terwijl zijn vinger behendig met mijn vagina speelt, versnelt mijn ademhaling en wordt het moeilijker om mijn gezicht emotieloos te houden. Ik kan niet geloven dat ik in het gezelschap van tweehonderd mensen, met Mikhails vinger in me zit. Of hoe goed ik me daardoor voel. Oh god, er komt een ober met een dienblad vol desserts onze kant op. Ik pak Mikhails onderarm en begin aan zijn arm te trekken, maar hij negeert me volledig en plaagt mijn klit met zijn duim.

'Ik ben een erg jaloerse man.' Zijn vinger kromt, waardoor ik op mijn lip bijt om een kreun te onderdrukken. 'Ik kan er niet zo goed mee omgaan als andere mannen naar mijn vrouw kijken.'

De druk tussen mijn benen bouwt enorm op.

'Niemand mag naar je kijken, Bianca. Alleen ik.' Hij knijpt in mijn klit, begraaft een tweede vinger in me en beweegt ze behendig tegen mijn wanden. De ober komt dichterbij, maar in plaats van te stoppen, voert Mikhail het tempo op. Net als ik denk dat ik mijn verstand ga verliezen, drukt hij stevig op mijn klit en kom ik op zijn hand klaar.

Ik voel nog steeds de naschokken als de ober aan onze tafel komt.

'Nee, dank je,' zegt Mikhail nonchalant en hij kijkt me aan. 'Wil jij iets?'

Ik schud snel mijn hoofd. Zodra de ober ons de rug toekeert, pak ik mijn wijnglas en drink hem leeg. Ik kan niet geloven dat hij dat deed. Hier.

'We zouden vaker naar feestjes moeten gaan,' zegt Mikhail en hij pakt een servet van de tafel. Hij begint me onder mijn jurk schoon te maken.

Je bent krankzinnig, gebaar ik.

Mikhail haalt alleen zijn schouders op en knikt naar de ingang. 'Je familie is er.'

Ik zie de groep het terrein betreden. Haar vader is de eerste, met Bianca's moeder aan zijn arm. Ze zijn allebei onberispelijk gekleed, en het enige wat opvalt, is een verband om zijn rechterhand. De briefopener heeft duidelijk aanzienlijke schade aangericht, aangezien het drie weken geleden is. Wanneer Bruno ons opmerkt, wankelen zijn stappen even, en als blikken konden doden... Ik hef mijn glas in zijn richting en geniet van de boze blik die zich over zijn gezicht verspreidt. Bianca's oudere zus, Allegra, volgt haar ouders met haar rug helemaal recht en haar hoofd hoog alsof ze het hier voor het zeggen heeft. Milene loopt als laatste hand in hand met een ander meisje van haar leeftijd. Ze lachen, fluisteren en kijken naar Tony, die tegen een van de pilaren naast de dansvloer leunt.

'Je kleine zusje kijkt naar de date van je oma,' zeg ik.

Bianca's ogen gaan wijd open, ze springt van mijn schoot en pakt mijn onderarm vast.

'Ik wacht hier wel. Het zou niet verstandig voor me zijn om in de buurt van je vader te komen.' Ik ga met mijn hand over haar arm en verstrengel onze vingers met elkaar, en kijk dan omhoog in haar whisky-kleurige ogen. Het verbaast me nog steeds hoe graag ik haar aanraak. 'Ik kan ook besluiten dat hij zijn andere hand niet nodig heeft.'

Ze snuift en trekt haar neus op. *Ik ben zo terug.*

Ik kijk toe terwijl Bianca zich naar haar zus haast en met haar handen begint te gebaren nog voordat ze Milene bereikt. Haar bewegingen zijn scherp en opgewonden. Ze is zo schattig als ze boos is.

'Ze is me er eentje, hè?' zegt Nonna Giulia terwijl ze naast me op Bianca's stoel gaat zitten.

'Ja.'

Milene fluistert iets, en ik zie Bianca zichzelf op het voorhoofd slaan, dan gebaart ze naar haar zus, terwijl ze erg geïrriteerd kijkt. Het lijkt er op dat Milene Tony ook voor haar verjaardag wil inhuren.

'Jullie twee zijn een vreemd stel, mijn jongen,' zegt Giulia. 'Ik had altijd verwacht dat ze met een van de dansers van haar bedrijf zou eindigen, of misschien met een kunstenaar. Iemand… die gemakkelijk is in de omgang. Ik dacht dat ze iemand nodig zou hebben die minder… hard was.'

Ik geef geen commentaar, want ik weet zeker dat ze het niet mis heeft.

'Ik ben zes keer getrouwd, wist je dat?' gaat ze verder. 'Iedereen denkt dat er een steekje los zit bij me… de gekke Giulia die van echtgenoten wisselt alsof ze sokken zijn. Maar ik was gewoon op zoek naar een man die naar me zou kijken zoals Vitallo, mijn eerste man, deed.'

'En hoe zou dat zijn?' vraag ik.

'De manier waarop jij naar mijn Bianca kijkt. Alsof je je lichaam op een veld met brandende kolen zou leggen, zodat zij hem kon oversteken zonder haar voeten te verbranden.'

Ik beoordeel de vrouw in stilte. Nonna is niet zo gek als mensen denken, en veel attenter dan ik dacht.

'Bianca is anders bij jou in de buurt, weet je,' vervolgt ze. 'Er zijn voor jou maar twee vriendjes geweest. Ze hield nooit echt van daten, zelfs niet toen ze Milenes leeftijd had.

Maar jongens waren altijd tot haar aangetrokken. Allegra haatte haar daarom.'

'Ze is haar zus, hoe kan ze haar haten?'

'Onderschat nooit de kracht van de ijdelheid van een vrouw. Het werd erger na Marcus. Oh, Allegra is toen echt doorgedraaid. Ze had al jaren een oogje op hem. Hij was een goede vangst, de zoon van de vastgoedmagnaat. Maar Marcus had alleen oog voor Bianca. Hij en Bianca kregen iets en nog geen maand later vertelde hij Bruno dat hij met haar wilde trouwen.'

Er begint zich een diepe woede in me op te bouwen, alleen al bij het idee dat Bianca met iemand anders getrouwd zou zijn.

'Bianca zei nee en maakte het uit.' Giulia haalt haar schouders op. 'Ik begreep het toen niet, ze leken me een leuk stel. Maar nu begrijp ik het.'

Ik draai me naar haar toe en houd mijn hoofd schuin. 'Wat bedoel je precies?'

Nonna zucht en schudt haar hoofd. 'Hij heeft nog één oog over, maar hij is toch zo blind als een mol.'

Ik zie Bianca iets naar Milene gebaren. Als ze haar zus kust en zich omdraait om in onze richting te lopen, komt er een man naar haar toe en die begint haar iets te vertellen. Hij is achter in de twintig, blond, en gebaseerd op de manier waarop hij tegen haar praat, kennen ze elkaar heel goed.

'Als je het over de duivel hebt.' Giulia maakt tsk-geluiden naast me. 'Marcus Kuch. Hij is er nooit echt overheen gekomen dat Bianca hem afwees en…'

De rest hoor ik niet, want op het moment dat ik die klootzak zijn hand op Bianca's bovenarm zie leggen, spring ik overeind en loop naar hem toe terwijl een moorddadige woede me begint te verteren.

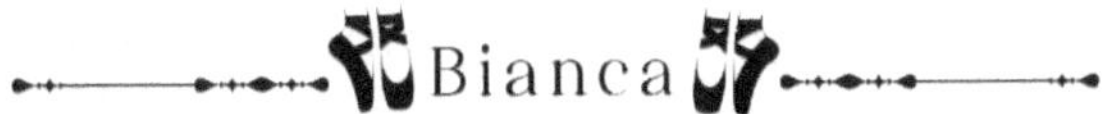

Bianca

Ik weet Milene ervan te overtuigen dat ze Nonna's gigolo niet kan inhuren voor haar volgende verjaardag en wil terug naar onze tafel gaan als Marcus voor me verschijnt. We zijn niet als vrienden uit elkaar gegaan, maar ik heb niets tegen hem, dus stop ik even, puur uit beleefdheid.

'Is dat hem? Is dat het monster waaraan ze je hebben uit-gehuwelijkt?' Hij buigt zich dicht naar me toe. 'Is het waar dat hij je van je vader heeft gekocht, zoals mensen zeggen?'

Ik ben zo geschokt door zijn woorden dat ik alleen maar naar hem kan staren.

'Allegra heeft me verteld dat hij je als een gevangene in zijn huis houdt.'

What the fuck? Ik ga haar vermoorden.

'Is het waar dat hij je slaat, Bianca?'

Ik kan niet meer naar deze onzin luisteren, dus ik draai me om, om te vertrekken en zie mijn man met moordlust in zijn ogen naar ons toe komen.

Mikhail passeert me, slaat zijn hand om de nek van Marcus, en trekt hem zo dichtbij dat ze neus-aan-neus staan. 'Hoe durf je mijn vrouw aan te raken!' snauwt hij tussen zijn tanden door.

Ik kreun vanbinnen en duik onder Mikhails arm door om mezelf tussen hen te plaatsen. Ik leg mijn handpalmen op de borst van mijn man en schud met mijn hoofd. Mikhail kijkt mij aan, dan naar Marcus, en begint zijn keel dicht te knijpen. Hij gaat hem wurgen. Ik probeer aan Mikhails arm te trekken, maar hij verstevigt zijn greep terwijl Marcus probeert om zijn vingers weg te wrikken en vecht om adem te krijgen. Iedereen staart. Fuck. Fuck. Fuck! Ik ga op mijn tenen staan en haak mijn handen om Mikhails nek.

'Mikhail,' zeg ik, in de hoop dat het horen van mijn stem hem van zijn woede los zal schudden. 'Alsjeblieft.'

Hij kijkt op me neer en houdt mijn blik een paar seconden vast, en kijkt dan terug naar Marcus. 'Als ik je weer in de buurt van mijn vrouw zie,' blaft hij en laat los, 'dan ben je dood.'

Zoals verwacht draait Marcus zich om en hij haast zich hoestend weg. Hij was altijd al een lafaard. Ik ben zo boos op hem, en als ik Allegra zie, zal ik haar ter plekke wurgen voor het verspreiden van die leugens.

'Wat wilde hij?' vraagt Mikhail.

Ik weet niet zeker of ik het hem moet vertellen. Hij ziet er al half gestoord uit, en ook al praat hij tegen me, hij volgt Marcus met zijn blik, alsof hij van plan is om achter hem aan te gaan. De menigte om ons heen is volkomen stil geworden en iedereen kijkt in onze richting en fluistert tegen elkaar. Lieve god, kunnen mensen hetzelfde denken als wat Marcus heeft gezegd? Ik leg mijn handpalm op Mikhails wang om zijn aandacht op mij te vestigen.

'*Hij vroeg alleen naar wat roddels. Vergeet het maar.*'

Mikhail werpt een blik op de mensen die naar ons staren, sommigen staan zelfs binnen gehoorsafstand, en zijn zichtbaar gretig om ons gesprek af te luisteren.

Hij kijkt me aan. '*Welke roddels?*' gebaart hij.

Ik grijns. '*Je bent zo sexy als je gebaart, echtgenoot.*'

'*Niet van onderwerp veranderen. Ik weet dat jullie twee verloofd zijn geweest.*'

Oh, Nonna Giulia en haar grote mond. '*We zijn nooit verloofd geweest. Hij wilde met me trouwen. Ik heb nee gezegd.*'

'*Hij heeft je aangeraakt.*' Mikhail gebaart zo snel dat ik hem amper kan volgen. '*Als hij je weer aanraakt, maak ik hem af.*'

'*Die fout zal hij nooit meer maken.*' Ik raak zijn borst aan voordat ik verderga. '*Er is maar één man van wie ik wil dat hij me aanraakt. Je hoeft niet jaloers te zijn.*'

Ik zie de hoek van zijn lippen een beetje omhoogkomen. Dat is goed.

'Is dat zo?'

'*Ja.*'

We moeten een einde maken aan de idiote geruchten dat Mikhail me tegen mijn wil vasthoudt. Meteen. Ik trek mijn wenkbrauwen op, pak een handvol van zijn shirt, ga op mijn tenen staan en til mijn kin op. Mikhail bekijkt me. Hij is nog steeds boos. Ik zie het in zijn ogen, en de manier waarop hij zijn tanden knarst. Ik zucht en plaats mijn handpalmen aan weerszijden van zijn gezicht. Mijn mooie, duistere man. Kan hij niet zien hoe gek ik op hem ben?

'Kus me,' zeg ik.

Zijn neusgaten bewegen, en het volgende moment, drukt hij zijn lippen tegen de mijne. Achter me snakt iemand naar adem, maar ik sla gewoon mijn armen om Mikhails nek en blokkeer alles en iedereen. Laat die klootzakken maar toekijken, dan geven we ze beter materiaal voor de roddelkrant.

'*Get a room*, jullie twee,' zegt Nonna Giulia, terwijl ze ons voorbijloopt.

Ik glimlach tegen Mikhails lippen.

'Goed advies.' Hij bukt, tilt me in zijn armen en draagt me weg van de menigte.

Als we de poort bereiken, kijk ik over zijn schouder en zie de meeste gasten naar onze vertrekkende gestaltes kijken. Allegra's gezicht is er een van en ze is geschokt. Ik glimlach en zwaai naar haar.

Als we bij de auto zijn, opent Mikhail de passagiersdeur, zet me op de stoel en staart me aan. Als ik op zijn witte knokkels af moet gaan die de deur vasthouden, is hij nog steeds woedend. Zijn arm trilt met de kracht van zijn greep, en ik kan me bijna voorstellen dat het metaal onder zijn greep barst.

'Hoeveel mannen hebben je tot nu toe ten huwelijk gevraagd?' vraagt hij door opeengeklemde tanden.

Ik bijt op mijn onderlip en vraag me af hoe ik moet reageren. Als ik zijn vraag letterlijk neem, dan geen. Maar als hij bedoelt hoeveel mannen mijn vader de afgelopen twee jaar om mijn hand hebben gevraagd, dan zal hij het antwoord niet leuk vinden. Als dochter van een capo, werd ik als een behoorlijke vangst beschouwd. Ik heb natuurlijk elke keer nee gezegd. De helft van hen heb ik nog niet eens ontmoet, en de meeste van hen waren zakenpartners van vader. Mijn vader was niet blij toen ik systematisch elk van zijn partners afwees, maar Milene was toen nog minderjarig, dus hij kon haar nog niet als chantagemiddel gebruiken.

Langzaam til ik mijn rechterhand met drie vingers op en Mikhails oog wordt groter. Ik bijt harder op mijn lip, dan voeg ik mijn andere hand toe, met alle vijf de vingers gespreid.

'Acht?' hij haalt diep adem en sluit zijn oog.

Ik leun naar voren, sla mijn hand om zijn arm en plaats een kus op zijn strak samengeknepen lippen. Hij is sexy als hij boos is.

'Zorg ervoor dat je nooit een misser maakt en me een van hun namen vertelt,' zegt hij tegen mijn lippen, grijpt dan de achterkant van mijn nek en verslindt boos mijn mond, en ik voel mezelf weer nat worden. Doorweekt en klaar om te gaan. Ik schuif mijn hand langs zijn borst naar beneden tot ik zijn kruis bereik en zijn harde pik onder de stof van zijn broek voel. Tegen zijn lippen glimlachend streel ik hem lichtjes en geniet van het gesmoorde geluid dat zijn mond verlaat.

Mijn vingers vinden de bovenste knoop van zijn broek en zonder de kus te breken, maak ik hem los en trek ik de rits naar beneden. De parkeerplaats is leeg, iedereen is nog op het feest. Maar voor het geval dat, kijk ik even over Mikhails schouder voordat ik zijn pik eruit trek. Zijn lippen bewegen niet meer, maar als ik me naar voren beweeg op de stoel en mijn benen om hem heen sla, gromt hij.

Zijn handen landen aan de binnenkant van mijn dijen, dan bewegen ze zich langzaam naar boven langs mijn benen en pakken mijn kont vast. Hij trekt me een paar centimeter naar zich toe tot ik het topje van zijn pik bij mijn ingang voel. Als iemand me een maand geleden had verteld dat ik seks zou hebben op een parkeerplaats, nog geen vijftien meter bij tweehonderd mensen vandaan, dan had ik ze voor gek verklaard. Ik denk dat ik mezelf toen nog niet goed kende. Met Mikhails onderlip tussen mijn tanden, sla ik mijn handen om zijn nek en span ik mijn benen om hem heen aan. Er ontsnapt een kreun aan mijn mond als zijn harde lengte in me stoot en me op de best mogelijke manier uitrekt. Hij vult me volledig. Ik geef nog een kus op zijn mond, pak de zijkant van de stoel en leun achterover zonder mijn ogen van de zijne te halen.

Wat als er iemand langskomt? Ja, het zou waarschijnlijk een schandaal van gigantische proporties veroorzaken, maar het zorgt er alleen maar voor dat ik dit nog meer wil. Ik glimlach en spreid mijn benen wijder uit elkaar. Mikhail kijkt niet eens een beetje verontrust bij de mogelijkheid dat iemand ons zou kunnen betrappen terwijl hij zich terugtrekt en zich dan met zoveel kracht in me begraaft dat alle adem mijn longen verlaat. Ik kreun en gooi mijn hoofd achterover, terwijl ik de stoel met al mijn kracht vastgrijp en hij steeds weer in me stoot.

Mikhail

IK LEUN MET MIJN SCHOUDER TEGEN DE PILAAR EN KIJK NAAR Bianca en haar moeder terwijl ze schoenen passen in een winkel tegenover me.

Bianca besloot met haar te gaan winkelen en vroeg me of ik mee wilde gaan, maar omdat ik geen fan ben van haar familie, met uitzondering van Milene, heb ik geweigerd en heb ik Denis met haar meegestuurd. Er was sowieso een hoop werk te doen, dus ik was van plan om de ochtend in mijn kantoor door te brengen. Na amper een uur kon ik er niet meer tegen, heb ik mijn sleutels gepakt en ben naar het winkelcentrum gereden. Ik volg ze al bijna drie uur op veilige afstand, waarin ze meerdere winkels hebben bezocht en koffie zijn gaan drinken.

Ik kon het idee niet verdragen dat Bianca in het winkelcentrum door andere mannen zou worden belaagd, en ik er niet zou zijn om ze tegen te houden. Elke verdomde seconde dat ik achter mijn bureau zat, bleef ik me voorstellen dat een man mijn vrouw zou benaderen en openlijk met haar zou flirten. Het was niet het feit dat ik dacht dat ze het leuk zou vinden. Ik ken haar goed genoeg om er zeker van te zijn dat ze geen interesse zou hebben. Toch word ik gek van de gedachte dat een andere man met haar praat. Het is nog niet eens een maand geleden dat ik Sergei voorstelde om naar een psychiater te gaan, maar nu lijkt het erop dat ik degene ben die therapie nodig heeft.

Bianca en haar moeder verplaatsen zich naar een ander deel van de winkel en bekijken wat tassen die aan de muur hangen, dus ik zet een stap opzij om ze in mijn zicht te houden. Denis staat bij de uitgang, terwijl een paar passen aan zijn linkerkant een andere man in een pak staat, waarschijnlijk iemand van de beveiliging. De winkelbediende — een mannelijke werknemer — benadert Bianca en probeert een gesprek met haar te beginnen, maar ze lacht alleen en loopt weg. Ik knars op mijn tanden, blijf naar haar kijken, en probeer de drang te onderdrukken om de winkel binnen te lopen, haar over mijn schouder te gooien en haar mee te nemen.

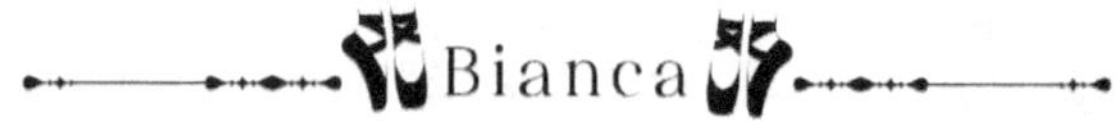

Bianca

'Je had geen scène hoeven te maken, weet je,' zegt mijn moeder terwijl ze een van de tassen probeert. 'Iedereen, en ik bedoel iedereen, had het over jullie twee en de manier waarop jullie zijn weggegaan. Het was onsmakelijk.'

Ik glimlach, pak een van de grotere tassen en begin hem te bewonderen. Als ze wist wat er daarna op de parkeerplaats is gebeurd, zou ze een hartaanval krijgen.

'Natuurlijk moest Magda meteen naar me toe komen om me te vertellen hoe dit soort dingen te verwachten waren, omdat je nu met een Rus samenwoont, en ze niet zo beschaafd zijn als mensen zouden moeten zijn. Ik haat die vrouw.' Ze legt de tas terug op het wandrek en draait zich naar mij. 'Ik denk dat Bruno een fout heeft gemaakt door ermee in te stemmen dat je met die man zou trouwen. Je bent te verfijnd en te teder voor hem. Weet je hoe mensen jullie twee noemen? *The beauty and the beast*. Het klopt wel. Jullie zullen wel seks hebben neem ik aan. Ik begrijp niet hoe je hem je kunt laten aanraken.'

Ik staar haar even aan en ga dan in mijn tas op zoek naar mijn telefoon. Mijn moeders kennis van gebarentaal is te beperkt om te begrijpen wat ik haar te vertellen heb. Zodra mijn hand de telefoon heeft, haal ik hem eruit, typ en laat haar het scherm zien.

We hebben elke dag seks en ik kan je verzekeren dat het de beste seks is die ik ooit heb gehad. Wat aanraken betreft, ik geniet er enorm van om mijn man aan te raken en nog meer als hij degene is die het aanraken doet. Vooral intiem. Mikhail heeft zeer bekwame vingers en een nog bekwamere mond. Maar ik hou er vooral van als hij me tegen de muur neemt, en ik kan daarna meestal niet meer lopen.

Haar ogen worden steeds groter terwijl ze leest, en dan duwt ze de telefoon in mijn hand alsof hij haar heeft verbrand. 'Je spreekt niet over zulke dingen tegen je moeder, Bianca.' Ze duwt op haar slapen en schudt haar hoofd.

Ik begin weer te typen, en als ik klaar ben, pak ik haar hand en sla de telefoon op haar handpalm, met het scherm naar boven gericht.

En vertel Allegra dat als ze over mijn man blijft liegen, ik iedereen zal vertellen dat ik weet dat ze implantaten in haar kont en borsten heeft. Ik heb foto's van het doktersrapport genomen dat ik op haar bureau heb gevonden. Nog één woord en ik zal ze naar al haar vrienden sturen. Vertel haar dat maar.

Ik wist dat die foto's ooit van pas zouden komen. Allegra heeft het beeld van een natuurlijke schoonheid gecultiveerd. Dus als haar vrienden erachter zouden komen dat ze een paar jaar geleden met veel meer dan een kleurtje uit Brazilië terugkwam, zou dat sociale zelfmoord zijn.

'Dat moet je wagen.'

'*Moet jij eens opletten,*' gebaar ik.

Mijn moeder kijkt me verbaasd aan. 'Je vindt hem echt leuk.'

Ik zucht. Het heeft geen zin om haar te vertellen dat ik verliefd ben op mijn man. Mijn moeder heeft er altijd al problemen mee gehad om emoties te begrijpen, en ik heb dat feit lang geleden geaccepteerd.

We besteden nog een paar minuten aan het bekijken van de portemonnees en gaan dan naar de volgende winkel, waar mam een paar jurken pakt en naar een kleedkamer gaat om ze te passen. Terwijl ik op haar wacht, haal ik mijn telefoon tevoorschijn en probeer de man te negeren die me vanaf dat we binnenkwamen van de andere kant van de winkel staat te bekijken. Ik ben het gewend dat mannen naar me kijken. Het gebeurt zo vaak, maar dat betekent niet dat ik het leuk vind. Dat ik er mooi uit zie betekent niet dat het goed is dat een willekeurige man naar mijn kont staart.

Ik scrol door mijn telefoon als ik een hand op mijn middel voel landen. Ik knijp in de handvatten van mijn tas en draai me om, klaar om de idioot ermee tegen zijn hoofd te slaan, maar ik zie Mikhail voor me staan.

'Ik denk dat ik mezelf de volgende keer moet aankondigen,

of lichamelijk letsel moet riskeren.' Zijn mond krult lichtjes omhoog.

Ik laat mijn telefoon in mijn tas vallen. '*Misschien.*' Ik grijns. '*Ik dacht dat je aan het werk was.*'

'Ik heb het geprobeerd.' Hij legt zijn hand achter in mijn nek. 'Ik bleef me maar voorstellen dat er mannen achter je aan zouden komen als bijen naar de honing. Ik kon me niet concentreren. Ik kon nergens anders aan denken. Het is gekmakend, Bianca.'

'*Dus je hebt me door het winkelcentrum gestalkt?*'

'Ja.'

'*Hoelang?*'

'Drie uur.'

'*Je hebt een probleem, weet je dat?*'

'Ja, dat weet ik.' Hij buigt zich voorover en fluistert: 'Er waren een paar mannen die naar je keken toen je eerder jurken aan het passen was. Toen je uit de kleedkamer kwam, kleedden ze je met hun ogen uit en moest ik ingrijpen.'

Mijn ogen worden groot. '*Leven ze nog?*'

'Ik heb ze naar buiten gegooid toen je niet keek. Ik zal de volgende keer niet zo aardig zijn.' Hij legt zijn hand op mijn kin en houdt mijn hoofd omhoog. 'Niemand mag naar mijn vrouw kijken zoals zij dat deden.'

Ik sluit mijn ogen voor een moment om mezelf in de hand te krijgen, omdat dit me serieus opwindt. Moet ik me zorgen maken over het feit dat ik zijn bezitterigheid sexy vind? Ik ben helemaal voor feminisme en emancipatie, en ik voel me nogal schuldig omdat alleen al de gedachte dat Mikhail mannen wegjaagt omdat ze naar me kijken een tintelend gevoel tussen mijn benen veroorzaakt.

'*En wat zou je doen als een van hen zou proberen om me aan te raken?*' gebaar ik. '*Of me zou proberen te kussen?*'

Mikhails lippen worden strakker, zijn oog staart naar me, terwijl hij zich bukt totdat zijn mond naast mijn oor komt. 'Als iemand je aan durfde te raken, dan zou ik hun hand afhakken. Zoals ik met die idioot op je Nonna's verjaardagsfeestje had moeten doen,' fluistert hij. 'En als iemand krankzinnig genoeg was om te proberen zijn mond dicht bij mijn vrouw te plaatsen, dan zou ik hem onthoofden.'

Ik zuig lucht naar binnen, terwijl ik voel dat ik nat word.

'Bianca, denk je dat deze kleur bij mijn haar past?' Mijn moeder komt de kleedkamer uit en verbazing verspreidt zich over haar gezicht als ze Mikhail ziet staan. 'Meneer Orlov. Is er iets gebeurd?'

'*Ja,*' gebaar ik snel voordat hij kan antwoorden. '*We moeten gaan. Ik bel je morgen.*'

Ik pak Mikhails hand en trek hem de winkel uit en naar de smalle gang rechts, waar ik de toiletten heb gezien.

'Wil je me uitleggen wat er net is gebeurd waardoor we weg moeten?' vraagt hij als we ver genoeg weg zijn om niet gehoord te worden.

Ik draai me om, om er zeker van te zijn dat er niemand in de buurt is, trek mijn rok omhoog en trek aan zijn hand zodat deze tegen mijn natte slipje drukt. Mikhail ademt scherp in terwijl hij me met zijn handpalm masseert, waardoor ik begin te jammeren. Zonder zijn hand te verwijderen, doet hij een stap naar voren en dan nog een, en leidt me naar achteren totdat mijn rug de muur raakt.

'Het lijkt erop dat je me hebt gemist.' Hij beweegt mijn slipje naar de zijkant en legt zijn vinger bij mijn ingang. 'Heb je me gemist, lammetje?'

Ik knik, leg mijn handen op zijn borst en schuif ze naar beneden totdat ze zijn kruis bereiken.

'Goed,' fluistert hij en drukt dan zijn mond tegen de mijne op hetzelfde moment dat hij zijn vinger diep in me steekt. 'Hier? Of thuis?'

Gebaseerd op het geluid van zijn stem en hoe hard zijn pik onder mijn hand is, houdt hij net zomin van de optie van thuis als ik.

'Hier,' fluister ik, niet helemaal gelovend wat ik zeg.

Mikhail pakt me bij mijn dijen en tilt me op. Ik sla mijn benen om zijn middel, mijn armen om zijn nek en trek een spoor van kusjes in zijn nek terwijl hij naar het damestoilet aan de linkerkant loopt. Na een snelle controle van de toilethokjes sluit hij de deur en draagt hij me naar het brede marmeren blad met wastafels.

Ik kronkel terwijl de blote huid van mijn achterste op het koude steen terechtkomt, maar het onaangename gevoel wordt snel vergeten, omdat ik te gefocust ben op het verwijderen van mijn slipje.

'Je hebt me zo gek gemaakt, Bianca.' Hij pakt mijn heupen en begraaft zich in één snelle beweging in me. 'Ik kan niet meer helder denken.'

Dit. Het gevoel dat hij me zo volledig vult, geeft me zin om van genot te gillen. Er is niets beter dan dit. Mikhails pik is enorm, net als de rest van hem, en ik geniet van het gevoel van mijn wanden die zich uitstrekken om zich aan zijn formaat aan te passen. Hij legt zijn hand achter in mijn nek, glijdt langzaam naar buiten en stoot dan weer in me. Ik snak naar adem. Glimlach vervolgens.

'Harder,' dring ik aan.

De hand aan de achterkant van mijn nek beweegt zich omhoog en pakt een handvol haar vast.

'Zoals dit?' vraagt hij en stoot weer in me.

'Ja.' Ik pak met al mijn kracht de zijkant van het marmeren blad vast, wikkel mijn benen om zijn heupen en leun achterover terwijl Mikhail me beetje bij beetje laat ontploffen. En een explosie heeft nog nooit zo goed gevoeld.

Toen Mikhail me vertelde dat we met de vrouw van de Pakhan gingen dineren, had ik een afstandelijke, perfect geklede Russische vrouw verwacht die me hoogstwaarschijnlijk de hele avond zou negeren. Nina Petrova is het tegenovergestelde van wat ik had verwacht, in haar gescheurde jeans, wijdvallende blouse en met een kleine zilveren neusring.

'Waag het niet, Roman. Ik meen het!' Nina prikt in de borst van haar man, staart hem met ogen die vuur spuwen aan en draait zich dan naar mij. 'Hij volgt me al twee maanden door het huis alsof ik over mijn voeten zal struikelen en van de trap zal vallen als een babyhert.'

Ze pakt mijn hand en leidt me door de grote hal naar de gang aan de rechterkant van het huis.

'We zijn in de keuken. Mikhail had gezegd dat Bianca een goed recept voor pasta heeft, dus misschien wil ze het met

Igor delen,' roept Nina over haar schouder. 'Als ik je ergens in de buurt van de oostvleugel zie, dan maak ik je af, Roman.'

Het is best grappig, dat kleine vrouwtje dat haar enorme man bedreigt. Petrov zegt niets terwijl hij op zijn stok leunt en toekijkt hoe we vertrekken.

'Vanaf dat ik hem heb verteld dat ik zwanger ben, is Roman ondraaglijk geworden met zijn gedrag als moeder de gans,' zegt ze, terwijl we door de gang lopen. 'Dus, jij en Mikhail… hoe gaat het met jullie twee?'

Ik lach een beetje en knik. Meestal hebben mensen die me voor het eerst ontmoeten de neiging om te zwijgen, alsof het geen zin heeft om een gesprek te beginnen. Nina is helemaal niet zo. Het is… vreemd verfrissend.

'Oké, probeer nu alsjeblieft een *open mind* te houden. Het is niet zo erg als het lijkt,' zegt ze en opent de dubbele deuren voor ons.

Het eerste wat ik hoor, is een diepe stem die in het Russisch schreeuwt, dan nog twee vrouwelijke stemmen die meedoen aan de schreeuwwedstrijd, gevolgd door een geluid van kletterend zilverwerk. Ik ga na Nina de keuken in, stop abrupt en staar.

Een enorme man van in de zestig, die een wit schort draagt en voor het fornuis staat, beweegt zich naar de zwarte rook die uit de oven komt en schreeuwt tegen het meisje dat aan de andere kant van het kookeiland staat. Achter hem slaat een ander meisje hem op zijn rug met een doek. En in de hoek staat een oudere vrouw met kort grijs haar tegen de kok te schreeuwen terwijl ze hem met een lepel vol saus bedreigt.

'We hebben een gast!' schreeuwt Nina en iedereen draait zich naar ons toe. 'Dit is Bianca, Mikhails vrouw. Wees aardig.'

Ze kijken me aan, knikken, en gaan verder met hun geschreeuw.

'Nou, het was het proberen waard. Sorry.' Nina haalt haar schouders op.

Ik pak de telefoon uit mijn tas, typ een bericht en laat het scherm aan Nina zien.

'Oh, we storen niet. Dit is een gewone dag in de keuken. Maak je geen zorgen. Laten we naar Varya gaan, zodat je het pastarecept voor haar op kunt schrijven, en zij kan controleren of we de ingrediënten hebben. Aangezien Valentina het vlees weer aan heeft laten branden, hebben we een reservegerecht nodig. Je kunt Igor instructies geven hoe hij het moet maken, is dat goed?'

Ik kijk haar verward aan. Hoe bedoelt ze dat ik de kok instructies moet geven? Ik betwijfel of hij bekend is met gebarentaal. Ik denk dat Nina de verwarde blik op mijn gezicht opmerkt, omdat ze afwijzend met haar hand zwaait.

'Maak je geen zorgen. Igor spreekt toch alleen Russisch. Wijs gewoon met je vinger. Het werkt voor mij — in ieder geval meestal.'

'Heb je met Dushku gesproken?' vraag ik Roman en ik neem een slok whisky.

'Ja. Hij zegt dat hij niets te maken had met de schietpartij, of met de jongens die je zijn gevolgd.'

'En je gelooft hem?'

'Ik weet het niet zeker.' Roman leunt achterover in zijn stoel en knarst met zijn tanden. 'Alles hieraan is klote. Al die jongens waren Albanezen, maar geen van hen werkte voor Dushku. Het waren gewoon wat willekeurige bendeleden. Waar ik zeker van ben, is dat dezelfde persoon ze allemaal heeft ingehuurd.'

'Misschien is het een valstrik om ons de Albanezen te laten aanvallen. Wij hebben het product, de Albanezen kopen het. Als we een oorlog met hen beginnen en het aanbod afsnijden, dan zullen de Albanezen het ergens anders moeten zoeken.'

'Ieren?' Hij trekt zijn wenkbrauwen op.

'Nee. Italianen.'

'Het slaat nergens op. Waarom heeft de Don met een staakt-het-vuren ingestemd en met het huwelijk om La Cosa Nostra en de Bratva te verenigen als ze sowieso van plan waren om een deal met de Albanezen te sluiten?'

'Om wat tijd te winnen.' Ik pak mijn telefoon en blader door de foto's. 'Ik vond het vreemd dat Bianca's broer niet op de bruiloft was. Ze zijn hecht met elkaar. Het klopte niet. Toen ik haar vroeg waar hij was, zei ze dat Bruno hem had weggestuurd om wat zaken te regelen en hij nog steeds niet terug is. Raad eens waar hij is.'

'Oh, ik heb het gevoel dat ik het antwoord niet leuk zal vinden.'

Ik open de foto die onze contactpersoon in Mexico me vanmorgen heeft gestuurd en geef de telefoon door aan Roman.

'De klootzak,' zegt hij, naar het scherm starend.

'Yep. Bruno's zoon en Mendoza, onze hoofdleverancier.'

'Het lijkt erop dat de Italianen de Albanezen erin hebben geluisd, of dat op zijn minst hebben geprobeerd, zodat we ons tegen elkaar zouden keren. Hoogstwaarschijnlijk hopen ze ertussen te springen en aan te bieden om de drugs aan de Albanezen te leveren op het moment dat onze zakelijke transacties zijn beëindigd.'

'Ja. Maar ik denk dat dit alles door toedoen van Bruno is. Hij vindt het leuk om de kont van de Don te likken. Ik geloof dat hij van plan was om hem pas te informeren nadat hij de gebeurtenissen in gang had gezet.'

'Nou, we gaan geen oorlog voeren met de Albanezen, dus Bruno zal straks veel product hebben en geen koper.'

'Ik weet zeker dat Don Agosti niet blij zal zijn als Bruno achter zijn rug om gaat,' zeg ik. 'Vooral omdat de Don zelf akkoord is gegaan met het verdrag tussen ons.'

'Weet je, ik heb me altijd afgevraagd waarom Bruno zijn dochter voor het huwelijk aanbood.'

'Hij wilde exclusieve *inside info* over de Bratva. Bianca heeft me dat zelf verteld.'

'Oh, echt?'

'Ja. Ze heeft nee gezegd. Ik heb een stil alarm aanstaan op de deur van mijn kantoor. Bianca heeft nooit geprobeerd om naar binnen te gaan, Roman.'

'Weet je het zeker?' Hij kijkt me zijdelings aan. 'Absoluut zeker?'

'Absoluut. Hoezo, twijfel je aan mijn oordeel?'

'Natuurlijk doe ik dat. Je bent hopeloos verliefd op haar, iedereen kan dat zien.'

Ik kijk naar het glas in mijn hand. Het licht weerkaatst in de donkerbruine vloeistof ongeveer op dezelfde manier als in Bianca's ogen.

'Dat ben ik,' zeg ik en drink het drankje op.

Roman glimlacht en schudt zijn hoofd. 'Shit! Als iemand

me had verteld dat een vrouw jou, in minder dan een maand om haar vinger zou hebben gewonden, dan zou ik ze voor gek hebben verklaard.'

'Dat moet jij zeggen. Vertel me nog eens hoeveel tijd het Nina heeft gekost om je alles te laten doen wat ze wil?'

'Veel meer dan een maand.'

'Na een week was je al in haar ban, Roman.'

'Oké, twee weken.' Hij haalt zijn schouders op. 'En hoe zit het met Bianca?'

'Wat is er met haar?'

'Voelt ze hetzelfde?'

'Ik weet het niet. Bianca is moeilijk te lezen.'

'Vrouwen zijn over het algemeen moeilijk te lezen, Mikhail. Soms heb ik het gevoel dat ze van een andere verdomde planeet komen.'

'Ik denk dat ze graag tijd met me doorbrengt.' Ik haal mijn schouders op. 'We zijn vorige week naar het winkelcentrum geweest.'

'Ik wist het.' Roman slaat met zijn hand op de stoel. 'Ze heeft je meegesleurd om een of andere tienerfilm te kijken. Geef het maar toe!'

'Niet helemaal. We hadden seks op het toilet.'

'Mikhail Orlov. Heeft seks gehad in het toilet.' Hij trekt zijn wenkbrauwen op. 'In een *winkelcentrum!*'

'Ja,' zeg ik en hij barst in lachen uit.

Ik negeer hem en ga verder. 'Ze zei ook dat ze wilde dat ik haar mee uit zou nemen om met haar te dansen.'

'Jij? Dansen? Wat is het volgende, vliegende eenhoorns?' Roman zucht. 'Heb je je vrouw verteld wat je voor de Bratva doet?'

'Ze weet dat ik verantwoordelijk ben voor de distributie.'

'Dus je hebt het haar niet verteld.'

Ik kijk naar mijn glas. 'Nee.'

'Ze zal er vroeg of laat achter komen, dat weet je.'

'Dat zal ze niet. Ik zal ervoor zorgen dat ze er nooit achter komt.'

'Mikhail…'

'Mijn oog interesseert haar niet. Of de littekens. Ik weet niet waarom, maar het is zo. Ze heeft nooit gevraagd wat er is gebeurd, ook al weet ik dat ze het zich af moet vragen. Maar ik kan haar niet vertellen wat ik voor de Bratva doe… Ik denk niet dat ze dat aankan.'

'Nou, shit.' Hij drukt op zijn slapen. 'Oké, ik zal met Maxim praten, misschien kan hij het overnemen…'

'Nee. Informatie verkrijgen is mijn werk. En los daarvan, wie kan een betere ondervrager zijn dan iemand die de meeste marteltechnieken zelf heeft ervaren?'

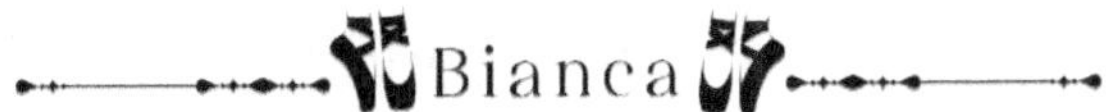

Bianca

'Oh, mijn god, dit is geweldig.' Nina kreunt en reikt met haar vork weer naar de pan.

De grote kok, die aan de andere kant van de tafel staat, pakt de pan bij het handvat en schuift hem naar zich toe, zegt iets in het Russisch en wijst achter zijn rug.

'De baby wil het.' Nina pakt het andere handvat van de pan en begint hem naar zich terug te trekken.

De kok laat de pan los, gooit zijn handen in de lucht en loopt weg.

'De baby werkt elke keer. Igor begrijpt niet veel, maar dat woord kent hij.' Nina grijnst, neemt nog een vork vol pasta en stopt hem in haar mond.

Ik kan niet anders dan lachen, pak een andere vork en doe met haar mee.

Achter me schraapt iemand zijn keel en ik draai me om en zie Mikhail een stoel pakken en naast me gaan zitten.

'Is dit ons avondeten?' Hij trekt een wenkbrauw op. 'Wat we met z'n vieren zouden moeten eten? In de eetkamer?'

Ik leg de vork neer. *'Nina begon ermee. Ik moest meedoen. Het zou onbeleefd zijn om de vrouw van de Pakhan alleen te laten eten.'*

'Oké…' Hij buigt zijn hoofd een beetje en leunt naar me toe. 'Mag ik proeven?'

Ik glimlach, doe een beetje pasta op de vork en breng hem naar zijn mond. Nina kijkt vanaf de andere kant van de tafel met grote ogen en open mond naar de hele uitwisseling.

'Allemachtig,' mompelt ze, maar Mikhail negeert haar opmerking.

'Heb jij het gemaakt? Ik dacht dat ze je hadden uitgenodigd voor het avondeten, niet om het avondeten te maken.'

'Nou, technisch gezien heeft Igor het gemaakt,' zegt Nina. 'Bianca heeft hem instructies gegeven en ik heb met de vertaling geholpen.'

'Ik vraag me af hoe dat heeft gewerkt.'

'Ik wees. En Nina prikte Igor in zijn ribben toen hij het niet volgde.'

Mikhail steekt zijn hand op om met zijn vinger over mijn wang te strelen en zijn lippen vormen een glimlach. Het is een kleintje en hij is na een seconde verdwenen, maar mijn hart slaat nog steeds een slag over. Hij heeft een mooie glimlach.

De keukendeur aan de andere kant van de kamer gaat

open en de Pakhan komt binnen, zijn gezicht staat somber. Hij zegt iets in het Russisch en Mikhail vloekt.

'Er heeft brand gewoed in een van de magazijnen. Ik moet gaan.' Hij kust me boven op mijn hoofd en staat op. 'Ik zal Denis bellen om je op te halen en naar huis te brengen.'

'Stuur me een bericht zodat ik weet dat je in orde bent. Alsjeblieft.'

'Dat zal ik doen.' De blik die hij me geeft, is deels verrassing en deels voldoening, en dan is hij weg.

Het is bijna drie uur 's nachts als Mikhail terugkomt. Ik spring op van de bank zodra ik de deur open hoor gaan en met de deken om me heen haast ik me naar hem toe. Hij is met roet bedekt. Er zitten zwarte vegen op zijn handen en gezicht, maar hij ziet er ongedeerd uit.

'Waarom slaap je niet?'

'Ik was bezorgd.'

'Lena?'

'Die slaapt. We hebben weer pannenkoeken gegeten,' gebaar ik en begin zijn overhemd los te knopen. De mouw is op één plek gescheurd, maar als ik zijn bovenarm inspecteer, vind ik geen verwondingen.

'De broek. Dan de douche.'

Hij klaagt niet dat ik hem commandeer, kust me zachtjes op de lippen en, terwijl hij het geruïneerde pak op de vloer laat liggen, gaat hij naar de badkamer. Ik gooi zijn shirt en broek in de vuilnisbak en ga achter hem aan.

In de badkamer trek ik mijn kleren uit en stap onder de douche waar Mikhail zijn haar al wast. Ik pak de zeep van de plank, schuim mijn handen in en breng ze naar zijn gezicht. Hij kijkt even naar me en buigt dan zijn hoofd. Er zit een grote zwarte vlek op zijn rechterwang, dus begin ik daar. Het gaat er vrij gemakkelijk af, en ik ga naar zijn voorhoofd en dan zijn nek. Er zit geen roet op zijn borst, maar ik beweeg mijn handen daar toch heen en streel zijn huid in een cirkelvormige beweging.

Mikhail zet een stap naar voren en legt zijn handen op de tegels aan weerszijden van mijn hoofd, waarbij hij me tussen zijn lichaam en de douchemuur opsluit. Ik schuif mijn hand naar beneden en pak zijn harde pik vast, van de manier genietend waarop zijn ademhaling versnelt.

'Nog niet,' zegt hij in mijn oor en terwijl hij me bij mijn heupen pakt, draait hij me om, zodat ik naar de muur kijk.

Zijn handen bewegen langzaam langs mijn buik totdat ze tussen mijn benen stoppen, en ik voel zijn vinger bij mijn ingang plagen.

'Je bent het mooiste dat ik ooit heb gezien,' fluistert hij en steekt een vinger in me, voegt er dan een andere aan toe en ik snak stilletjes naar adem. 'En jij, mijn kleine zonnestraaltje, bent vanbinnen net zo mooi als vanbuiten.'

Als hij zijn vingers in me kromt en op de gevoelige plek bij mijn klit drukt, gaat er een rilling door mijn hele lichaam die zo hevig is dat ik mijn voorhoofd en handpalmen tegen de muur moet drukken om mezelf overeind te houden.

'Van mij,' zegt hij tegen mijn nek. Hij slaat zijn vrije arm om mijn middenrif en tilt me op zonder zijn vingers uit mijn vagina te halen.

Ik ben aan het hijgen, niet in staat om voldoende lucht in te ademen, terwijl Mikhail me naar zijn slaapkamer draagt met mijn rug tegen zijn borst gedrukt en mijn hoofd achterover op zijn schouder. Het verbaast me hoe gemakkelijk hij erin slaagt om met slechts één arm mijn hele gewicht te dragen, terwijl zijn andere hand nog steeds in me begraven zit en me plaagt.

Op het moment dat hij me neerzet en zijn vingers weghaalt, draai ik me om en duw hem op het bed, kruip dan over zijn enorme lichaam en ga op zijn pik zitten. Het voelt als thuis, en ik kom zodra hij me vult, wensend dat ik zijn naam op dat moment kon schreeuwen.

Ik blijf hem berijden en verwonder me over het gevoel van zijn handen op mijn middel en zijn pik die tegen mijn nog steeds tintelende wanden drukt. Mikhail kreunt en begint van onderaf tegen me aan te stoten, terwijl ik me zo hard aan zijn schouders vasthoud dat hij waarschijnlijk nagelafdrukken zal hebben. Als ik mezelf weer voel komen, krom ik mijn rug en sla ik een nauwelijks hoorbare kreet uit. Het volgende moment ontploft Mikhail in me.

Hij hijgt nog steeds als ik voorover leun. Ik druk zachtjes mijn neus tegen die van hem en begraaf mijn handen in zijn haar, in zijn niet bij elkaar passende ogen kijkend. Elke keer als hij in de buurt is, springt mijn hart van vreugde in mijn borst, waardoor ik me compleet voel in plaats van de gebrekkige, verloren persoon die ik altijd heb geloofd te zijn. Ik herinner me dat Marcus me ooit een ijsprinses noemde, omdat ik niet in het openbaar wilde knuffelen of zijn hand vast wilde houden. Hij liet het klinken als een grap, maar ik weet dat hij het meende.

Met Mikhail is het anders. Er is een onverklaarbare drang om hem aan te raken die me verteert wanneer hij in de buurt is, alsof mijn lichaam op de een of andere manier als een magneet tot hem aangetrokken wordt. Het maakt me een beetje bang. Dansen was het enige dat me geestelijk gezond hield, dus toen de blessure mijn carrière beëindigde, dacht ik dat mijn leven voorbij was. Ik wilde het zo graag terug, en ik had nooit gedacht dat ik meer zou willen dan dat. Tot nu.

Mikhail drukt zich op zijn ellebogen omhoog en houdt zijn hoofd schuin, terwijl hij naar me kijkt. 'Wat is er, dusha moya?'

Ik buig me voorover om mijn lippen op zijn voorhoofd te plaatsen, dan op zijn linkeroog, maar als ik me naar zijn rechter beweeg, draait hij zijn hoofd naar de zijkant en vermijdt mijn lippen.

Hij is erg gevoelig over zijn oog, maar nee, dat laat ik hem niet doen.

'Mikhail…' zeg ik hees, maar hij schudt alleen zijn hoofd.

'Doe dat alsjeblieft niet.'

'Waarom niet?'

'Omdat mijn oog afschuwelijk is. Ik wil je lippen er niet bij in de buurt hebben.'

Ik knarsetand en neem zijn gezicht in mijn handen. 'Dat is het niet,' fluister ik.

Mikhail kijkt me aan en lacht een beetje. Het raakt me recht in het hart — zijn onmogelijk trieste glimlach.

'Oké,' zegt hij en legt een vinger op mijn lippen. 'Stop alsjeblieft met jezelf pijn te doen vanwege mij. Je hebt beloofd dat je dat niet meer zou doen.' Nog een trieste glimlach. 'Kom hier, het is laat. Laten we gaan slapen.'

Hij is verliefd op me. Ik weet het zonder dat hij het zegt. Het is in elke daad die hij doet te zien. Waarom laat hij me dan niet van hem houden? Mijn duistere, gevaarlijke echtgenoot — zo sterk, zo onbreekbaar, en zo hartverscheurend alleen, zelfs met mij naast hem. Ik weet niet waarom hij me niet binnenlaat of waarom hij zich nog steeds voor me verbergt. Zelfs nadat ik hem meerdere keren naakt heb gezien, draagt hij nog steeds shirts met lange mouwen als ik overdag in de buurt ben. Begrijpt hij dan niet dat in mijn ogen niemand ooit met hem te vergelijken zal zijn? Hoe kan ik hem dat laten begrijpen?

Hij omhelst me, reikt naar het nachtlampje en zet het uit. Het is niet iets bijzonders, en ik weet niet waarom, maar dat hij de lamp uitdoet is voor mij de laatste druppel. Ik heb er genoeg van. Genoeg van iedereen die geschokt is door het feit dat ik hem leuk vind, genoeg van mensen die me vertellen dat er iets mis is met me, maar bovenal ben ik er klaar mee dat hij denkt dat hij niet goed genoeg is en mijn aanraking vermijdt. Ik ga rechtop zitten, pak de lamp, zet het verdomde ding weer aan, en draai me naar Mikhail om.

'*Dit stopt nu. Ik raak je aan waar en wanneer ik wil. Als ik je wil kussen, dan heb je niet het recht om je hoofd weg te draaien.*'

Mikhail drukt zichzelf op zijn ellebogen omhoog en kijkt me aan terwijl zijn mond een dunne lijn vormt. 'Schatje…'

'*Nee. Niks geen 'schatje'. Met lieve praatjes kom je deze keer nergens.*'

'Lieve praatjes?' hij trekt een wenkbrauw op.

'*Niet meer wegtrekken. Niet meer aantrekken en afstoten. Geen lange mouwen meer.*' Ik wijs met mijn vinger naar hem. '*Als ik je in een ander shirt met lange mouwen in huis zie, dan ruk ik het van je af.*'

Mikhail is er erg goed in om de emoties van zijn gezicht te houden, maar ik zie de verrassing in zijn oog flitsen terwijl hij zijn hoofd kantelt en naar me kijkt.

Het maakt me niet uit of ik hem pas een maand geleden heb ontmoet. Het kan me niet schelen dat ons huwelijk als een zakelijke deal zonder mijn inspraak in de zaak werd geregeld. Het. Maakt. Me. Niet. Uit. Hij is van mij, en ik vecht tegen alles en iedereen die hem bij me weghoudt, zelfs als het Mikhail zelf is.

'En ik mag je overal kussen. Begrepen? Ik zal het voor je uittekenen, als dat nodig is. Overal. Ja, je oog is naar de klote. Ik wil hem toch kussen.' Ik knars met mijn tanden en staar hem aan. *'En je gaat het me laten doen.'* Ik prik hem met mijn vinger in het midden van zijn borst en ga dan verder. *'Omdat ik verliefd op je ben. Op elk deel van jou. Je chagrijnige persoonlijkheid inbegrepen. Je dealt er verdomme maar mee.'*

Ik haal diep adem, sla mijn armen over elkaar en kijk naar hem terwijl hij zonder te knipperen naar me staart. Hij is zo stil dat ik me even afvraag of hij gestopt is met ademen, en dan schiet hij plotseling op me af, en ik lig ineens op mijn rug met Mikhails lichaam uitgestrekt over het mijne. Hij zegt nog steeds niets, drukt alleen zijn handpalmen aan weerszijden van mijn gezicht en buigt zijn hoofd tot onze neuzen elkaar raken. Zijn rechterduim volgt de contouren van mijn wang en kin, en komt dan op mijn lippen tot stilstand.

'Vertel het me nog eens,' fluistert hij, terwijl hij me nauwlettend in de gaten houdt, als een havik, alsof hij op zoek is naar bedrog. Ik kijk hem recht in de ogen en houd zijn blik vast, bereid hem te laten zien dat wat ik zeg waar is.

'Ik ben… heel erg verliefd… op jou,' zeg ik, en het volgende moment stort Mikhails mond zich op de mijne.

Zijn armen slaan zich om mijn rug terwijl hij rolt, en ze nemen me met hem mee totdat ik boven op hem lig, nooit de kus verbrekend. Hij trekt me zo strak tegen zich aan dat het moeilijk is om te ademen.

'Ya lyublyu tebya vsey dushoy, solnyshko,' zegt hij in mijn oor. *'Ya ne pozvolyu nikomu zabrat' tebya.'*

Ik glimlach en leun naar voren om zijn linkerwenkbrauw te

kussen. Dan beweeg ik naar de rechterkant van zijn gezicht en ga met mijn vinger langs de lijn van het dikste litteken, vanaf de bovenkant van zijn voorhoofd, helemaal tot aan zijn kin.

'Je bent... zo stoer... echtgenoot.' Ik kus zijn rechterwenkbrauw en dan de hoek van zijn rechteroog. Hij beweegt zich niet. Ik kus hem weer.

'En jij bent zo gek, dusha moya.' Hij zucht.

'Alleen... op jou... Mikhail.'

Hij legt zijn vinger op mijn lippen. 'Genoeg. Stop met jezelf pijn te doen.'

Ik glimlach en schuif mijn hand langs zijn borst. 'Dwing... me maar.'

IK LEES HET BERICHT VAN ONZE CONTACTPERSOON IN MEXICO en bel Roman meteen.

'Angelo Scardoni is het product aan het verplaatsen,' zeg ik op het moment dat hij opneemt. 'Wat wil je dat ik doe?'

'Heb je een verwachte aankomsttijd van het moment dat ze de grens oversteken?'

'Ergens donderdagavond.'

'Zoek een goede plek om ze te onderscheppen nadat ze zijn overgestoken. Blaas ze op.'

'Weet je het zeker?'

'Bruno heeft mijn magazijn in brand gestoken. Anton ligt nog in het ziekenhuis met derdegraadsbrandwonden. Ik wil dat het product weg is.'

'Oké.'

'En zorg ervoor dat ze weten dat wij het waren,' zegt Roman en hij beëindigt het gesprek.

Ik stop mijn telefoon terug in mijn zak, pak een stoel en

plaats hem voor een man die met zijn handen en benen vastgebonden in het midden van de kamer zit. Zijn handpalmen
zijn naar boven gericht en laten de rode, met blaren bedekte
huid zien.

Ik ga zitten, leun achterover en kijk naar de Italiaanse klootzak die voor me zit. Begin twintig, een beetje overgewicht, en
draagt jeans en een designer T-shirt. Hij ziet er niet uit als een
loopjongen. Waarschijnlijk iemands neef —op zoek naar een
manier om in rang te stijgen door de taak van het afbranden
van het magazijn van de Bratva op zich te nemen. Idioot. En
gebaseerd op de manier waarop zijn ogen me aanstaren —
enorm groot en knipperend — is hij doodsbang.

'Dus je houdt ervan om dingen in brand te steken, Enzo?'
Ik knik naar zijn verbrande handen. 'Je hebt wat meer oefening nodig.'

Hij mompelt iets wat ik niet begrijp, omdat hij een prop
in zijn mond heeft. Maakt niet uit, hij is er niet klaar voor om
me de informatie te geven die ik nodig heb. Nog niet. Ik geef
hem maximaal een kwartier.

'Een verbrande huid doet verrekte veel pijn. Bij de lichtste
aanraking al zal de pijn je helemaal tot aan je ruggengraat door-
boren. Ik laat het wel even zien.' Ik leun naar voren om mijn
duim lichtjes in het midden van Enzo's handpalm te drukken.

Hij springt zo hard in de stoel omhoog dat hij bijna opzij
valt, en er klinkt een piepend geluid door de lap in zijn mond,
als een dier dat in een valstrik gevangenzit.

'Weet je, ik haat het echt om mensen te martelen,' zeg ik.
'Het is tijdrovend en het geeft een troep en uiteindelijk praat
iedereen. Het zou leuk zijn als we het rommelige deel konden overslaan, want bloed is lastig om weg te spoelen. Weet
je hoeveel van mijn pakken deze maand al in de prullenbak

zijn beland? Vier.' Ik leun met mijn ellebogen op mijn knieën en kijk hem aan. 'Ik vind dit pak leuk, Enzo. Ik zou het op prijs stellen als je me gewoon vertelt wat ik moet weten, en ik je kan laten gaan. Zo eenvoudig is het.'

Ik pak een van de kleinere messen die op de metalen tafel naast me liggen en onderzoek nadrukkelijk het lemmet. Als ik me naar Enzo wend en de punt van het mes boven zijn hand-palm houd, begint hij als een gek tegen de boeien te vechten. Hij schudt zijn hoofd, probeert iets te zeggen, maar ik ne-geer zijn gespartel en snijd in een lange diagonale lijn over zijn handpalm in zijn verbrande huid. Hij slaagt erin om te schreeuwen, zelfs met de prop in zijn mond gedrukt. Ik leun weer achterover in mijn stoel, neem een slokje uit de waterfles die ik op tafel heb staan en wacht tot hij kalmeert.

Enzo stopt na een minuut of zo met spartelen, zakt in zijn stoel in elkaar en ademt zwaar door zijn neus. Ik wacht nog een paar minuten en dan pak ik een doos lucifers van de andere kant van de tafel.

'Tot nu toe hebben we dus aanraken en het mes getest.' Ik pak een lucifer, steek hem aan en houd hem voor Enzo's gezicht. 'Denk je dat dat pijnlijk was?'

Hij knikt met zijn hoofd en begint te huilen.

'Het is niets vergeleken met een open vlam die de huid aanraakt die al verbrand is.'

Er verschijnt een natte plek op Enzo's spijkerbroek ter-wijl hij naar de brandende lucifer kijkt. Zijn ogen zijn bloed-doorlopen. Ik laat de lucifer los en hij valt in de plas pis op de vloer tussen Enzo's voeten, zijn hand op een paar centi-meter missend.

'Nou, het lijkt erop dat mijn zicht niet is wat het ooit is geweest.' Ik zucht. 'Gelukkig hebben we een hele doos.'

Ik pak de doos met lucifers weer, haal er nog een uit en kijk dan naar Enzo.

'Of misschien kunnen we nu praten? Zeg eens, Enzo, hoeveel tijd denk je dat er is verstreken sinds ik hier ben? Een uur? Meer misschien?' Ik steek de lucifer aan en hef mijn hand omhoog. 'Het is acht minuten geleden. De tijd verstrijkt langzaam als je pijn hebt. Dus, dit is wat we gaan doen. Ik verwijder de prop. Jij gaat praten. Als ik denk dat je liegt of iets weglaat, dan stop ik de prop terug en blijft hij nog twee uur zitten. Je wilt niet twee uur lang met mij in dezelfde kamer zijn, Enzo.'

Ik leun voorover tot mijn gezicht recht voor het zijne hangt.

'Zie je, ik ben pas aan het opwarmen. We hebben elkaar alleen maar een beetje leren kennen en ik heb even gekeken wat je pijngrens is. Die is echt laag, Enzo. Dit betekent dat ik waarschijnlijk met je nagels zou beginnen, en dan verder zou gaan met je vingers en tanden. Ik neem aan dat het de twee uur zou duren die ik net heb genoemd, en ik weet zeker dat als ik daarna de prop eruit haal je alles zult vertellen. Maar dan heb je geen vingers of tanden meer over. Ik denk dat je de deal die ik aanbied moet aannemen.'

Hij snuift en knikt.

'Goede keuze.' Ik blaas de lucifer uit en sta op om Enzo's prop te verwijderen.

Hij begint te praten zodra zijn mond vrij is.

Tien minuten later verlaat ik de kamer en terwijl ik door het lege magazijn loop, haal ik mijn telefoon tevoorschijn om Roman te bellen.

'De brandstichter heeft gepraat. Het was Bruno. Hij heeft

alles opgezet,' zeg ik. 'En ze hebben de drugs van Diego Rivera genomen, niet van Mendoza.'

'De klootzak. Toen ik Diego vroeg om de hoeveelheden voor ons te verdubbelen, zei hij dat hij al te weinig had.'

'Van wat Enzo zei, lijkt het erop dat de politie Manny Sandoval heeft vermoord en Diego Rivera zijn zaken heeft overgenomen. Zo kreeg hij meer van het product.'

'Fuck!' vloekt hij. 'Er is daar altijd wel wat aan de hand.'

'Ja. En we hebben nog een probleem.' Ik knijp in de brug van mijn neus en zucht. 'We kunnen het transport niet op-blazen, Roman.'

'Waarom niet, verdomme?'

'Bruno heeft besloten om samen met het product een cadeau bij Dushku af te leveren. Er zit een meisje in de truck.'

'Neem je me in de zeik? Dat is niet de stijl van Dushku.'

'Het was als een verrassing bedoeld.'

'Je schoonvader is een zieke klootzak.'

'Ja. Wat nu?'

'Stuur iemand achter ze aan. Als ze voor de nacht stoppen, haal je het meisje eruit en blaas je het ding op.'

'Oké.'

Ik stop de telefoon terug in mijn zak, stap in de auto en start de motor.

'Ik hou niet van clubs, Bianca.'

'*Alsjeblieft? Ik heb het Milene beloofd.*' Ik trek een droevig gezicht. '*En je hebt gezegd dat je me mee uit dansen zou nemen, weet je nog?*'

Milenes vriendin, Caterina, wilde ergens heen voor haar verjaardag. Mijn zus heeft Oeral voorgesteld, een van de Bratva clubs. Ik heb tegen haar gezegd dat het niet verstandig is, zelfs niet met de wapenstilstand tussen de twee partijen. Maar ze bleef erbij dat als Mikhail en ik erbij zouden zijn, er niets zou gebeuren. Als vader erachter komt, dan is ze de lul.

'Ik heb misschien gezegd,' zegt hij en haalt zijn hand door mijn haar. 'Wanneer?'

'*Vanavond.*' Ik lach. '*Ik heb al met Sisi afgesproken om voor Lena te zorgen. Ze kan hier elk moment zijn.*'

'Dus je wist zeker dat ik ja zou zeggen.' Hij bukt zich tot onze hoofden op hetzelfde niveau zijn. 'Roman had gelijk. Je hebt me om je vinger gewikkeld.'

'*Is dat erg?*' vraag ik en kijk toe terwijl hij mijn hand in de zijne neemt en het topje van mijn pink op zijn lippen legt.

'Nee.' Hij kust mijn vinger. 'Wie komen er nog meer?'

'*Milene en Caterina. En Andrea, de kleindochter van de Don. Misschien haar zus, Isabella ook nog.*'

'Rossi's nieuwe vrouw?' Hij trekt zijn wenkbrauw op. 'Ik zal Pavel bellen om het hem te laten weten. We hebben meer beveiliging nodig.'

Te harde muziek, te veel mensen, te veel alcohol. Toen ik jonger was hield ik nooit van clubs, en nu verafschuw ik ze gewoon. Iedereen weet dat, en zodra Pavel het nieuws verspreidt dat ik met Bianca naar Oeral kom, zal dit me blijven achtervolgen.

Ik leid de meiden naar de tafel in de hoek en draai me om, om te controleren of alle vier de bewakers die door Pavel zijn geregeld op hun plaats staan. In combinatie met de bodyguards van Andrea en Isabella zijn er zeven mannen die over vier meiden waken. Als ik het meer dan genoeg vind, pak ik Bianca's hand en trek haar naar de zijkant aan het einde van de bar, waar meer licht is.

'Dus, wat vind je ervan?'

'*Ik vind het geweldig.*' Ze kijkt me stralend aan. '*Heel chique.*'

'Pavel overdrijft graag.' Ik leg mijn hand achter in haar nek en kantel haar hoofd omhoog. 'De enige reden dat ik naar deze club ben gekomen, is omdat jij het me hebt gevraagd. Ik haat ze. En die afkeer wordt met elke seconde vele malen groter.'

Bianca vernauwt haar ogen naar me terwijl ze haar hand optilt om de vorm van een vraagteken op mijn borst te maken. Ik vind het heerlijk als ze dat doet.

'Omdat ik elke man zie die naar je kijkt, en er zijn er hier minstens vijftig van,' zeg ik, dan buig ik mijn hoofd om in haar oor te fluisteren. 'Ik ben bang dat iemand je van me probeert af te pakken, en ik heb de drang om ze allemaal te doden voordat ze de kans krijgen om het te proberen.'

Zuchtend klimt Bianca op de barkruk die achter haar staat, pakt dan mijn gezicht tussen haar handen en trekt me naar zich toe totdat ik tussen haar benen sta. Ze raakt met haar neus de mijne aan en begint mijn gezicht met haar handen te strelen terwijl ze zonder te knipperen mijn blik vasthoudt. Ze begint met mijn kin, beweegt zachtjes over mijn wangen en stopt dan haar vingers in mijn haar. Ik sluit mijn ogen en laat mezelf in de warmte van haar aanraking verdrinken, waarbij ik de mensen om ons heen vergeet. Er landt een kus aan de rechterkant van mijn kin, net op het dikste litteken. Ik vind het nog steeds onverwacht, de manier waarop ze met zo veel genegenheid mijn geruïneerde gezicht aanraakt. Nog een kus, deze keer op het puntje van mijn neus, en ik voel mijn lippen in een glimlach veranderen. De volgende kus landt op de hoek van mijn mond, dan op mijn linkerwang. Ik houd mijn ogen dicht, wachtend op wat er komt. De linkerwenkbrauw. Dan mijn rechterwang. Weer op het puntje van mijn neus. Mijn mond wordt nog breder.

'Je bent…' klinkt een zacht gefluister vlak naast mijn oor, 'zo knap… als je lacht.'

Ik knijp mijn armen strakker om haar heen en streel met mijn wang langs de hare. Mijn dwaze zonnestraaltje.

'Niemand…' nog een fluistering, 'kan in… jouw schaduw staan.'

Haar handen wikkelen zich om mijn nek en ik voel haar adem bij mijn oor terwijl ze haar mond nog dichterbij beweegt. 'Ik hou van je… Mikhail.'

Ik duw mijn gezicht in Bianca's nek, haal diep adem en inhaleer haar geur. Ze heeft geen idee wat het met me doet als ik haar mijn naam hoor zeggen. Elke keer breekt het me en maakt het me. Elke aanraking van haar laat mijn ingewanden smelten.

'Als je wist hoe gek ik op je ben,' zeg ik in haar nek, 'dan zou je doodsbang zijn, Bianca.'

Ze trekt zich een beetje terug, zodat ze me in de ogen kan kijken, glimlacht en duwt haar neus tegen de mijne. 'Nooit,' zegt ze en ze drukt haar lippen op de mijne.

Hoofdstuk
18

Bianca

E TELEFOON LIGT AL VIJF MINUTEN OP HET AANRECHT voor me, met een open berichtvenster. Ik heb nummers uitgewisseld met Nina toen we laatst naar het huis van de Pakhan waren, en ik ben al enkele dagen van plan om haar een bericht te sturen, maar ik weet niet zeker of ze mijn vragen wil beantwoorden. We zijn niet echt vriendinnen, maar ik heb niemand anders om het te vragen, behalve Mikhail. Ik ben er vrij zeker van dat hij het me zou vertellen als ik het hem direct vroeg, maar als mijn vermoedens juist zijn, dan wil ik hem er niet toe dwingen om erover te praten. Ik pak de telefoon en begin te typen.

19:09 Bianca: Hé. Het is Bianca. Ben je druk?

19:11 Nina: Nou, ik denk niet dat met mijn hoofd boven het toilet hangen sinds zes uur 's ochtends betekent dat ik het druk heb. Lol. Het is niet leuk, dat is zeker. Je weet dat ze zeggen dat ochtendmisselijkheid maar twee maanden duurt? ZE HEBBEN GELOGEN! Ik kots al sinds de 3e week en het 'ochtend' gedeelte is ook niet waar. Willen jullie koffie komen drinken of zo? Hoe gaat het met Grumpie?

Ik kijk naar de laatste regel en lach.

19:14 Bianca: Mikhail is nog steeds aan het werk. Weet hij dat je hem Grumpie noemt?

19:14 Nina: Natuurlijk weet hij dat. Hij komt hier niet vaak, maar als hij dat doet, dan zit hij meestal in de hoek te piekeren.

19:15 Bianca: Ja, dat doet hij vaak. Ik wilde je eigenlijk iets vragen. Het gaat over Mikhail. Maar als je het niet prettig vindt om antwoord te geven, zeg het me dan.

19:16 Nina: Tuurlijk. Ga je gang.

19:16 Bianca: Weet jij wat er met hem is gebeurd?

Er gaan een paar minuten voorbij voor Nina reageert.

19:18 Nina: Ja. Roman heeft het me verteld.

19:18 Bianca: Hij is gemarteld, hè? Ik heb de littekens gezien, en die zijn niet het gevolg van een ongeluk of zoiets; ze zijn te precies, bijna klinisch. Zijn rug is met zweepsporen bedekt. Kun je me alsjeblieft vertellen wie mijn man heeft gemarteld? En waarom?

19:20 Nina: Het was de oude Pakhan. Romans vader.

Ik staar geschokt naar haar antwoord. Heeft Romans vader dat gedaan? De telefoon begint in mijn hand te rinkelen. Het is Nina. Ik neem op.

'Ik weet dat je niet kunt antwoorden, maar ik denk dat het beter is als ik het je vertel in plaats van het te typen. Het… is een heel naar verhaal, Bianca.'

Nina's stem is laag en verstikt, zo anders dan haar gebruikelijke vrolijke toon, die me vertelt dat wat ze ook gaat zeggen waarschijnlijk erger zal zijn dan ik me had kunnen voorstellen.

'Ik weet alleen wat Roman me heeft verteld en hij is niet op de details ingegaan. Ik zal je vertellen wat ik weet. Je kunt voor 'ja' op de telefoon tikken, oké?'

Ik tik met mijn nagel op de microfoon.

'Beloof me dat je Mikhail niet zult vragen om erover te praten. Nooit. Alsjeblieft.'

Ja, het is zeker erger dan ik dacht. Ik tik weer op de telefoon.

'Mikhails vader regelde de financiën van de oude Pakhan. Op een dag was er veel geld van de rekening van de Pakhan verdwenen. Een paar miljoen. Hij concludeerde dat Mikhails vader er iets mee te maken had, dus nam hij zijn hele familie mee naar een van de oude magazijnen. Hij heeft Mikhails moeder vermoord. Toen heeft hij zijn mannen bevolen om… zijn zus te verkrachten. Mikhail en zijn vader keken toe.'

Oh mijn god. Mijn benen trillen en ik heb het gevoel dat ik over ga geven, dus ik ga op de keukenvloer zitten en leg mijn voorhoofd op mijn knieën.

'Dus, toen Mikhails vader nog steeds niet kon zeggen waar het geld was, besloot de Pakhan dat hij een betere stimulans nodig had,' zegt Nina, en door het geluid van haar stem, weet ik dat ze huilt. 'Ik weet niet wat hij met Mikhail heeft gedaan om zijn vader aan het praten te krijgen, maar op basis van wat je me hebt verteld, kan ik ernaar raden. Roman zei dat hij en Maxim Mikhail en zijn gezin de volgende dag vonden.

Iedereen behalve Mikhail was dood. Hij was pas negentien, Bianca.'

Er klinkt een zoemend geluid in mijn oren, als een tv zonder signaal, dat alle andere geluiden om me heen laat verdwijnen. Mijn zicht vervaagt van de tranen, dus als ik opsta, stoot ik mijn heup tegen het aanrecht, maar ik negeer de pijn en haast me naar de logeerkamer. Ik voel me onmogelijk koud, dus ik ga in bed onder de dikke deken liggen, nog steeds met de telefoon tegen mijn oor.

'Roman heeft die dag zijn vader vermoord, toen hij hem vond terwijl hij Varya probeerde te wurgen,' vervolgt ze. 'Hij kreeg de details van de twee mannen die met de oude Pakhan in het magazijn waren geweest. Hij heeft hen ook allebei vermoord. Zelfs na al die jaren kan hij het zichzelf niet vergeven dat hij hen heeft gedood en Mikhail de mogelijkheid heeft ontnomen om het zelf te doen.'

Er is een snuivend geluid aan de andere kant, dan rinkelt er iets, gevolgd door een gefluisterde vloek.

'Ik voel me weer ziek, ik weet niet zeker of het komt doordat ik dit heb verteld of door de zwangerschap. Waarschijnlijk beide. Ik moet weer verder met kotsen. Als je nog iets wilt weten, stuur me dan een bericht en ik zal het aan Roman vragen. Vraag het alleen... niet aan Mikhail.'

Ik tik op de telefoon en laat hem op de deken vallen, dan begraaf ik mijn gezicht in het kussen. En huil.

De deur naar de slaapkamer gaat een paar uur later open, maar ik houd mijn hoofd onder de deken en doe alsof ik slaap. Als ik Mikhail me zo laat zien, dan weet hij meteen dat er iets is gebeurd. Ik hoor zijn stappen het bed naderen en even later voel ik een lichte kus op mijn hoofd. Hij fluistert een paar woorden in het Russisch en dan is hij weg. Ik huil nog een uur nadat hij is vertrokken, me afvragend hoe iemand die zoiets als Mikhail heeft meegemaakt, zo teder en liefdevol kan zijn.

Als ik naar de badkamer ga om te douchen is mijn gezicht nog steeds rood en zijn mijn ogen opgezwollen. Het is nu tenminste donker, en de zwelling zou morgenochtend verdwenen moeten zijn.

Het licht is uit als ik onze slaapkamer binnenkom. Mikhail ligt op zijn zij te slapen, met zijn rug naar de deur gekeerd. Ik ga op mijn tenen naar het bed, kruip onder de deken en leg mijn hoofd op het kussen, terwijl ik mijn gezicht in Mikhails nek begraaf.

'Ik dacht dat je sliep,' zegt hij.

Ik streel met mijn hand langs de lengte van zijn rug, voel de ribbels terwijl ik naar beneden ga, ga dan naar zijn buik en het brede stuk vervormde huid waar hij werd verbrand, en ten slotte naar het lange dunne litteken op zijn borst.

'Ik hou van je.' Mijn stem is zo zwak, maar ik weet dat hij me hoort, want hij omhelst me om mijn middel en drukt me tegen zijn borst.

'Ik ben er over een uur,' zeg ik tegen Maxim en ik beëindig het gesprek.

Als ik de fitnessruimte verlaat, kijkt Bianca op van haar koffie en volgt me met haar blik terwijl ik naar de keuken loop. Ik heb mijn T-shirt in de fitnessruimte laten liggen en het voelt vreemd om voor iemand te staan met mijn borst en rug zo nonchalant tentoongesteld. Ik denk niet dat iemand me in meer dan een decennium zonder shirt heeft gezien. Ze kijkt over de rand van haar beker naar me, haar blik gaat van mijn buik en beweegt zich over mijn borst, maar er is geen terughoudendheid in haar ogen. Haar blik dwaalt over mijn lichaam en gebaseerd op de manier waarop de hoek van haar lip opkrult, vindt ze het leuk wat ze ziet.

Ik open de koelkast om een fles water eruit te halen als er een plotselinge aanraking is aan de onderkant van mijn rug, een vinger die een rond patroon over mijn huid naar boven trekt, en dan weer langs mijn ruggengraat naar beneden. Nog een vinger op mijn rechterbiceps, die naar mijn voorhoofd en dan langs mijn borst naar beneden gaat. Wanneer ze de tailleband van mijn trainingsbroek bereikt, schuift ze haar hand naar binnen om mijn pik vast te pakken en leunt ze tegen mijn rug aan.

'Verdomme, schatje… Ik moet over een uur bij de Pakhan zijn.'

Bianca's hand glijdt in mijn boxershort en wikkelt zich om mijn harde lengte, en tegelijkertijd voel ik haar tong op mijn rug, langs mijn ruggengraat likken. Ik sla door. Een grom ontsnapt uit mijn borst terwijl ik me omdraai en haar om haar middel grijp. Ik gooi haar over mijn schouder in de brandweergreep en ren naar de slaapkamer.

Op het moment dat ik haar neerleg, pakt Bianca de tailleband van mijn trainingsbroek en trekt hem samen met mijn boxershort naar beneden. Een ondeugende grijns verspreidt zich over haar gezicht terwijl ze me op het bed duwt en dan over mijn lichaam kruipt om haar mond tegen de mijne te drukken. Ze bijt op mijn lip, beweegt zich dan naar beneden, kusjes op mijn hals en borst gevend en ze stopt als ze mijn buik bereikt.

'*Het lijkt erop dat onze rollen deze keer zijn omgedraaid,*' gebaart ze grijnzend.

'Oh? Hoe dat zo?'

'*Ik heb mijn kleren nog aan. En jij bent degene die helemaal naakt is,*' gebaart ze en ze gaat met haar vingertop langs mijn buik naar beneden en streelt mijn volledig rechtopstaande pik. '*Totaal overgelaten aan wat ik met je wil doen.*'

Ik vraag me af of ze zich realiseert hoe waar haar uitspraak is. Ze zou een pistool tegen mijn slaap kunnen duwen en de trekker overhalen, en ik zou geen vinger uitsteken om haar te stoppen. Terwijl ik toekijk, buigt en likt ze mijn eikel, en er is een enorme hoeveelheid controle voor nodig om mezelf niet meteen te laten komen. Weer een lik, die om mijn pik cirkelt, en dan neemt ze hem langzaam in haar mond. Ik adem in en pak haar vlecht die over haar schouder is gevallen.

Terwijl ik het uiteinde van de vlecht tussen mijn vingers houd, wikkel ik het om mijn hand, één keer, twee keer, en dan een derde keer totdat ik de onderkant van haar nek bereik. Dan trek ik eraan, totdat Bianca mijn pik met een plop uit haar mond laat glijden en naar me kijkt. Ik verstevig mijn greep op haar haar en kijk toe hoe ze haar delicate nek buigt. Ze lijkt zo breekbaar, maar het maakt niet uit. Niemand zal haar ooit nog aan durven raken, want nu heeft ze haar eigen monster om over haar te waken. Terwijl ik mijn vrije hand op de zijkant van die kwetsbare nek leg, streel ik met mijn duim over haar kin.

'Ik moet met mijn pik in je zitten, schatje,' zeg ik en knijp lichtjes in haar haar. 'Nu meteen.'

Bianca lacht, reikt onder haar rok en het volgende moment klinkt er het geluid van scheurend materiaal. Haar hand komt weer tevoorschijn en ze houdt een geruïneerd kanten slipje vast dat ze opzij gooit. Ik houd mijn hand in haar haar terwijl ze zich op mijn pik laat zakken en op me begint te rijden, nog steeds met haar zijdezachte blouse en mooie rok aan. Er verlaat een klein geluidje haar lippen dat op een schreeuw lijkt, terwijl haar wanden rond mijn lengte beginnen samen te trekken en mijn controle breekt. Ik laat Bianca's haren los, grijp haar middel en stoot haar op mijn pik. Bianca snakt naar adem, haar handen knijpen in mijn onderarmen, en dan hijgt ze terwijl ik van onderaf in haar stoot. Haar ogen houden mijn blik vast terwijl haar lichaam trilt met haar tweede, nog intensere orgasme, en mijn zaad haar begint te vullen. Het is het mooiste dat ik ooit heb gezien.

'Dit zal de eerste keer in mijn leven zijn dat ik te laat ben voor een bespreking met Roman.' Ik kijk op Bianca neer die mijn shirt dichtknoopt. 'Je hebt een slechte invloed op me.'

Ze haalt haar schouders op en maakt de laatste knoop vast.

'Je kwam zonder shirt de keuken in lopen. Wat had je dan verwacht?'

Zeker niet dat ze me zo zou bespringen.

'Ik zou weleens helemaal kunnen stoppen om in huis shirts te dragen als ik dan hetzelfde resultaat kan verwachten.'

'Doe dat. En dan zullen we zien.'

'Afgesproken.' Ik leun naar voren en kus haar. 'Ik moet gaan. Ik ben niet voor morgenochtend terug.'

Ik draai me om, om te vertrekken, maar stop als ik haar mijn naam hoor zeggen. Het raakt me in mijn borst wanneer ze dat doet, omdat ik weet dat het haar pijn doet, maar ze blijft het doen, wat ik ook zeg.

'Wees voorzichtig.'

'Dat zal ik doen.' Ik kus haar voorhoofd. 'Stuur me een bericht als Lena terugkomt van de kinderopvang.'

Ze knikt, legt haar hand op mijn borst en maakt met haar vingertop de vorm van een hart.

'Ik hou ook van jou, schat.' Ik neem haar gezicht in mijn handen en raak met mijn neus die van haar aan. 'Je kunt je niet voorstellen hoeveel.'

Het kost ons zes uur om alles te organiseren en alle mannen op hun plek te zetten. Dimitri, Yuri en drie van de soldaten staan bij een tussenstop te wachten, terwijl Denis, Ivan en Kostya met nog twee soldaten bij de tweede tussenstop wachten. We weten niet zeker bij welke van die twee stops Bruno's chauffeur ervoor zal kiezen om te overnachten, dus we hebben onze troepen moeten splitsen, waardoor we onderbezet zijn. Pavel moest achterblijven om de clubs in de gaten te houden, en nu Anton nog in het ziekenhuis ligt, moest ik Sergei als back-up meenemen om de transportwagen te volgen.

Als je Sergei meeneemt op een missie dan kun je altijd een ramp verwachten. Vorig jaar werd hij van de buitendienst verbannen nadat hij het hele Ierse magazijn had opgeblazen, waarbij er niks anders dan as was achter gebleven. Ik heb geen idee wat Roman dacht toen hij hem een paar maanden geleden het veld in had gestuurd toen we met de Italianen in gevecht waren. De man is een verdomde tikkende bom. Als ik het niet zou weten, zou ik nooit kunnen raden dat ze halfbroers zijn.

Niemand, behalve Roman en Maxim, weet wat Sergei heeft gedaan voordat hij naar de Bratva kwam, maar ik heb mijn vermoedens. Iedereen in onze kring moet bedreven zijn met een pistool en een geweer. Sergei is in elk wapen bedreven waarmee hij ooit in contact is gekomen. Een sluipschuttersgeweer, zware aanvalsgeweren, zelfs granaatwerpers. Hij is ook een specialist in allerlei explosieven. Zelfgemaakt en professioneel gemaakt. Een militair getrainde moordmachine, die waarschijnlijk deelnam aan geheime operaties.

'Onthoud wat we overeen zijn gekomen,' zeg ik. 'De jongens ontfermen zich over de chauffeur. Jij plaatst explosieven onder de vrachtwagen en wacht tot ik het meisje eruit heb gehaald. Wijk niet van het plan af. En blaas de vrachtwagen niet op terwijl ik nog binnen ben, Sergei.'

'Je bent gespannen vanavond.'

'Ik wil dit zo snel mogelijk achter de rug hebben. Mijn vrouw zit thuis op me te wachten en ze zal willen dat ik heel blijf.'

'Ik kan nog steeds niet geloven dat je getrouwd bent.'

'Nou, misschien moet je het eens proberen.'

Hij kijkt een paar ogenblikken naar de weg voor ons voordat hij antwoordt. 'Heb ik al geprobeerd. Dat liep niet goed af.'

Ik verstijf. Ik wist niet dat Sergei getrouwd is geweest. 'Wat is er gebeurd?'

'Ik heb haar vermoord.' Hij leunt achterover in de stoel en steekt een sigaret op. 'Direct nadat ze probeerde mijn keel door te snijden.'

'Shit, Sergei.'

'Yep. Met mijn eigen mes. Ongelooflijk, niet?' Hij blaast een rookwolk uit en concentreert zich op de vrachtwagen een paar meter voor ons.

Ik kijk naar hem en zie de donkere kringen onder zijn ogen. 'Je slaapt niet. Weer niet.'

'Ik zal slapen als ik dood ben.'

De vrachtwagen doet zijn richtingaanwijzer naar rechts aan en neemt de afslag. Sergei belt Dimitri.

'Hij is van de snelweg af en komt jouw kant op. Aankomsttijd over ongeveer zeven minuten,' blaft hij. Dan gooit hij de telefoon op het dashboard, en leunt achterover in zijn stoel, zijn mond vormt een zelfvoldane glimlach. 'Ik heb de actie gemist, weet je?'

Ik ken die glimlach. We zijn de lul.

'Fuck!' Ik ram de koevoet weer onder de vrachtdeuren van de vrachtwagen en begin ze op te tillen, maar het mechanisme dat voorkomt dat hij weer naar beneden glijdt, werkt niet.

'Sergei! Ben je klaar?'

Zijn stem komt van onder de vrachtwagen vandaan. 'Nog eentje.'

'Je hebt er genoeg troep onder gelegd om het hele verdomde gebied op te blazen. Laat het rusten en kom hierheen, de deur zit vast.'

Sergei rolt onder de vrachtwagen vandaan en komt naast me staan.

'Houd het daar, ik haal het meisje,' zegt hij. Hij doet de zaklamp op zijn telefoon aan en springt in de vrachtwagen.

Ik hoor zijn voetstappen dieper naar binnen bewegen, dan het geluid van dozen die verplaatst worden.

'Is ze daar?' vraag ik.

'Ik kan haar niet vinden. Weet je zeker dat ze… oh, fuck!'

Er zijn nog meer ritselende geluiden en dingen die verplaatst worden.

'Sergei?'

'Ik heb haar. Verdomme, ze is er slecht aan toe.' Zijn stappen komen dichterbij. 'Hou de deur open.'

Ik duw tegen de koevoet, til de deur omhoog, pak de onderkant en til hem boven mijn hoofd zodat Sergei het meisje naar buiten kan dragen. Hij houdt een slap vrouwelijk lichaam in zijn armen, duikt onder de gedeeltelijk verhoogde deur door en springt van de vrachtwagen. De gelaatstrekken van de vrouw zijn niet te zien, omdat haar verwarde haar over haar hele gezicht zit. Wat ik kan zien is haar gescheurde korte broek en shirt, en een dunne arm die slap hangt. Ze is vel over been.

'Ik bel Varya en zeg haar dat ze de Doc moet laten komen.' Ik laat de deur van de vrachtwagen dichtvallen. 'We kunnen ze bij het onderduikadres ontmoeten.'

'Nee. Ik neem haar mee naar mijn huis.'

'Wat? Ben je gek geworden?'

'Ik zei dat ik haar met me mee zal nemen.'

Er is een vreemde blik in Sergei's ogen te zien, alsof hij klaar is om zijn kostbare lading tegen iedereen te verdedigen die dicht in de buurt komt. Roman gaat door het lint als hij dit hoort.

'Wat jij wil. Zet haar in de auto, blaas de vrachtwagen op en laten we hier weggaan.'

Ik bel onderweg naar de auto Dimitri en zeg hem de jongens te halen en weg te gaan. Ik verwacht dat Sergei het meisje op de achterbank zet en voorin gaat zitten, maar in plaats daarvan slaat hij gewoon zijn armen om haar heen, gaat achterin zitten en wiegt haar heen en weer. Ik schud mijn hoofd, start de auto en rijd de onverharde weg op die naar de snelweg leidt.

'Klaar?' Ik kijk in de achteruitkijkspiegel en zie Sergei naar het meisje in zijn armen staren. 'Jezus, Sergei! Pak die

verdomde afstandsbediening en blaas de verdomde vrachtwagen eens op.'

Zijn hoofd schiet omhoog, zijn ogen vernauwen zich en
hij grijnst naar me. Een gigantische knal doorboort de nacht.
Mijn ogen worden groot. Had hij hem op een timer gezet?
De klootzak had ons alle drie op kunnen blazen als het met
het meisje een paar minuten langer had geduurd.

Ik pak mijn telefoon en bel Bruno Scardoni's nummer.

Na twee keer overgaan neemt hij op. 'Wat?'

'Liefste schoonvader.' Ik lach. 'De Bratva doet je de
groeten.'

Ik verbreek het gesprek en bel Roman. 'Het is geregeld.'

'Ging alles zoals gepland?'

'Min of meer.' Ik zucht.

'Shit. Wat heeft hij gedaan? Het is Sergei, ik weet het
gewoon.'

'Hij wil het meisje mee naar zijn huis nemen.'

'Nou, geweldig. Echt geweldig. Zeg hem dat hij… weet
je, het kan me niet schelen. Moet ik Varya daarheen sturen?'

'Ja. En de Doc. Het meisje leeft nauwelijks.'

'Verdomd geweldig. Ik heb je hier morgenochtend om
acht uur nodig.'

Ik gooi de telefoon op de passagiersstoel en rijd naar
Sergei's huis.

Bianca

Ik zit rechtop in bed en kijk toe hoe Mikhail zich klaarmaakt om naar het huis van de Pakhan te gaan.

'Wanneer ben je terug?'

'Ik weet het niet.' Hij bukt voorover om me te kussen. 'Ik stuur je een bericht als ik klaar ben.'

'Oké. Ik ga Lena wakker maken. Ze komt te laat.'

'Dat hoef je niet te doen. Ik zal haar klaarmaken.'

'Ik wil het doen. En ik ben beter in haar haren doen,' gebaar ik en ik streel zijn wang.

Als Mikhail weg is, ga ik naar Lena's kamer, pak de schattige roze broek en het bijpassende shirt met roze ruches uit haar dressoir en ga dan naast haar op het bed zitten. Het kost me twee minuten met haar neus wiebelen voor ze eindelijk wakker wordt.

'Bianca, nog vijf minuten!'

Ik zucht, haal een paar verwarde haren van haar gezicht

en leun met mijn rug tegen de muur. We kunnen nog vijf minuten wachten.

Sisi arriveert als ik Lena's kapsel met meerdere vlechten afmaak. Lena haast zich om haar rugzak te pakken en loopt naar de deur, maar dan draait ze zich om en haast zich naar me terug.

'Bianca, Bianca.' Ze leunt naar voren, kust me op de wang en rent dan zwaaiend naar Sisi toe. 'Tot straks, mama.'

Terwijl ik haar zie vertrekken, verspreidt zich een gevoel van warmte in mijn borst.

Ik ben net klaar met douchen als mijn telefoon ergens gaat. Ik verstijf. Niemand belt me, nooit. Het heeft geen zin om iemand te bellen als ze niet kunnen praten. Ik ren de badkamer uit, haast me naar de woonkamer en ga op zoek naar mijn telefoon. Net als ik hem onder het kussen op de bank vind, stopt hij met rinkelen, dus ik controleer de gemiste oproepen en zie Allegra's nummer. Er moet iets gebeurd zijn als ze me belt. Ik bel terug terwijl ik terug de slaapkamer in loop om wat kleren aan te trekken.

'Bianca,' zegt ze op het moment dat het gesprek verbinding maakt. 'Ik wil dat je meteen hierheen komt. Snel. Het is Milene.'

De lijn valt dood, en een gevoel van angst verzamelt zich in mijn maag. Wat is er met Milene gebeurd? Waarom heeft ze me niets verteld?

Ik probeer haar weer te bellen, maar ze neemt niet op, dus trek ik de eerste kleren aan die ik vind, pak mijn telefoon en tas en ren het appartement uit. Als ik op de stoep aankom, ga ik op zoek naar een taxi, te afgeleid door alle mogelijkheden van wat er met Milene gebeurd zou kunnen zijn om de auto op te merken die recht voor me stopt.

'Bianca!' Ik hoor mijn vaders stem uit de auto komen. 'Laten we gaan.'

Hij opent de passagiersdeur, en zonder erover na te denken, stap ik in de auto. Het geluid van de deurvergrendeling laat mijn hoofd omhoogschieten en ik kijk naar mijn vader, die me met kwaadaardigheid in zijn ogen aankijkt.

'Cara mia,' snauwt hij en geeft me zo'n harde klap dat ik een black-out krijg.

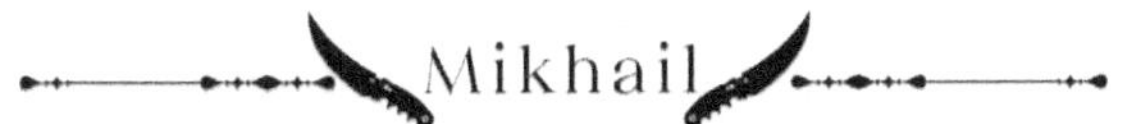

Mikhail

Ik parkeer mijn auto voor Romans huis als mijn telefoon pingt met een inkomend bericht. Denkend dat het Bianca moet zijn, open ik het bericht en ik word ijskoud. Het is een foto van Bianca die in een oude fauteuil zit, haar handen zijn achter haar rug vastgebonden. Ze kijkt omhoog, waarschijnlijk naar de persoon die de foto nam, haar gezicht is een masker van woede. Een grote rode kneuzing bedekt het grootste deel van haar wang, haar lip is gespleten, en er loopt een dun straaltje bloed uit haar mondhoek.

De telefoon in mijn hand gaat over en het laat het nummer van Bruno Scardoni zien.

'Ik ga je vermoorden, Bruno,' zeg ik op het moment dat

ik de oproep aanneem. 'Ik zal ervoor zorgen dat het langzaam en pijnlijk is.'

'Ik zal je het adres sturen. Je komt alleen of ik ga haar pijn doen.'

Het bericht met een adres ergens in de buitenwijken arriveert nadat hij het gesprek heeft beëindigd. Ik zet de auto in zijn achteruit en trap het gaspedaal in.

Het kost me bijna een uur om het vervallen huis aan de rand van Chicago te bereiken. Het is een afbrokkelende structuur die omringd is door overwoekerd gras en onkruid. Er staan twee auto's naast geparkeerd, vlak voor een deur die aan zijn scharnieren hangt. Er staan aan weerszijden twee mannen, en een andere man staat naast een van de auto's.

Ik stuur een kort bericht naar Denis, waarin ik hem instrueer om meteen hierheen te komen, dan pak ik mijn pistool van onder mijn stoel en ga naar het huis.

Bianca

Ik kijk naar mijn vader terwijl hij met een pistool in zijn hand achteroverleunt op de gescheurde bank tegenover me. Hij zal me niet vermoorden. Dat weet ik zeker. Bruno Scardoni mag dan een klootzak zijn, maar hij zou zijn eigen dochter niet vermoorden, toch? Ik heb geen idee wat er aan de hand is, maar het is duidelijk dat er iets is gebeurd. Iets groots, want ik heb mijn vader nog nooit in deze staat gezien. Het pak dat hij draagt, is aan gort. Zijn meestal zorgvuldig gekamde gladde haar is een puinhoop, en hoewel zijn houding ontspannen is, trilt de hand op zijn knie enigszins terwijl zijn duim in een snel patroon op zijn been tikt. Ik herken zijn signalen. Hij is boos, maar gebaseerd op de blik in zijn ogen, is hij ook bang.

Niet goed.

'Ik had alles gepland. Het was perfect,' zegt hij, naar de muur achter me kijkend. 'Elk detail. Het was uitmuntend! Trek de Bratva in een oorlog met de Albanezen, en neem dan hun zaken over. De schutter op de bruiloft heeft me vijftigduizend gekost, en de idioten die die klootzak van een man van jou hadden moeten vermoorden, honderdvijftig meer. Stomme idioten.'

Ik staar hem geschokt aan. Onze hele familie was op de bruiloftsreceptie! En ik zat in de auto met Mikhail toen die kerels ons achterna zaten, ze hadden ons allebei kunnen vermoorden. Boeit hem dat überhaupt?

'Ik was er zo zeker van dat alles zoals gepland zou verlopen, totdat je man gisteravond mijn lading opblies. Vijftien miljoen. Weg. De Don weet het waarschijnlijk al. Ik ben de lul.'

Hij kijkt op me neer en er vormt zich een krankzinnige glimlach op zijn gezicht. 'Maar ik ga niet alleen ten onder. Ik ga die klootzak vermoorden, al is dat het laatste wat ik doe.'

Het geluid van een naderende auto bereikt mijn oren, en ik verstijf. Nee. Alsjeblieft, God, nee. Ik trek harder aan de boeien die ik al dertig minuten probeer los te maken. Mijn rechterpols is al rauw. Ik moet het touw nog wat losser maken en dan kan ik mijn hand lostrekken.

Er klinkt een schot voor het huis. Nog twee volgen elkaar snel op.

'Vuile klootzak.' Mijn vader staat op van de bank en loopt naar me toe.

Ik leun achterover in de fauteuil om mijn handen voor zijn zicht te verbergen. Hij stopt aan mijn rechterhand en richt zijn pistool op mijn slaap net op het moment dat Mikhail door de deur naar binnen stormt. Onze blikken kruisen elkaar, en voor een moment kan ik alleen maar kijken hoe hij daar bevroren staat, aan de buitenkant schijnbaar zelfbeheerst. Zijn donkerblauwe oog concentreert zich op het pistool dat op mijn slaap gericht is.

'Heb je mijn mannen vermoord?' snauwt mijn vader.

'Ja. Laat Bianca gaan. Dit is tussen ons tweeën, Bruno.'

'Ik denk het niet. Ik denk dat ik haar liever toe laat kijken. Het is toch allemaal haar schuld. Is het niet, cara mia?' Hij kijkt met zo veel haat op me neer dat mijn adem in mijn longen stokt. 'Je kon gewoon niet, voor één keer in je leven, doen wat ik tegen je had gezegd. Ik was zo blij toen ik hoorde dat ze je met de beul van de Bratva lieten trouwen. Oh, de plannen die ik had. Weet je wat ik me afvraag… weet je waarom ze hem de beul noemen?'

'Bruno, niet doen,' zegt Mikhail.

'Oh, heb je het haar niet verteld?' Mijn vader lacht, pakt mijn kin met twee vingers vast en draait mijn hoofd zodat ik weer naar Mikhail kijk. 'Kijk naar je man, cara. Weet je wat hij voor de Bratva doet?'

Mikhail staart me aan, zijn lichaam is gespannen en zijn kaak staat strak, maar hij zegt niets. Ik weet al dat hij de drugs distribueert, dus ik begrijp niet waarom hij niets zegt.

'Hij martelt mensen, Bianca. Ze noemen het graag een informatie-extractie, maar in werkelijkheid betekent het dat hij ze slaat, snijdt en al het andere dat nodig is om ze aan het praten te krijgen. Kijk goed naar hem en zie de echte man voor wie je je familie hebt verraden.'

Ik kijk naar Mikhail, ik wil dat hij iets zegt, mij vertelt dat mijn vader liegt. Dat doet hij niet. In plaats daarvan maakt hij van zijn hand een vuist, tilt hem langzaam op naar zijn borst en maakt een cirkelvormige beweging, waarbij zijn donkerblauwe oog de hele tijd verdrietig naar me kijkt. Een gebaar dat '*Het spijt me*' betekent.

Ik sluit mijn ogen en haal diep adem. De wereld waarin we leven is een klote wereld. Ik heb het altijd geweten, en ik zou mezelf alleen maar voor de gek houden door te geloven dat Mikhail iets anders kon zijn dan weer een product van die criminele wereld. Elk kledingstuk dat ik bezit, elke maaltijd die ik ooit heb gegeten, is met bloedgeld betaald. Ik ben geen hypocriet en zal niet doen alsof. Keur ik geweld goed? Nee. Zou ik iemand kunnen martelen om de informatie te krijgen die ik nodig had? Waarschijnlijk niet.

Ik open mijn ogen en kijk recht in zijn blauwe blik. Zal ik minder van Mikhail houden om wat hij doet? Nee. Een verknipte wereld creëert verknipte mensen. Ik ben waarschijnlijk ook een van hen, omdat ik mijn realiteit accepteer voor wat die is.

'*Ik hou van je,*' zeg ik geluidloos tegen Mikhail en zie hem verstijven terwijl hij zich op mijn lippen concentreert.

'Mijn God, je bent verliefd op hem,' zegt mijn vader vol ontzag en barst dan in lachen uit. 'Maar maak je geen zorgen, je bent mooi. We zullen makkelijk genoeg een ander monster voor je vinden om mee te trouwen.' Hij wendt zich tot Mikhail. 'Haal het magazijn eruit en laat het pistool vallen.'

Nee, nee, nee. Ik kijk naar Mikhail terwijl hij het magazijn ontgrendelt en het dan samen met het pistool op de grond voor zich gooit.

'Er liggen handboeien op de radiator in de hoek.' Mijn vader knikt naar de andere kant van de kamer en drukt nog steeds het pistool tegen mijn hoofd. 'Doe jezelf de boeien om.'

Paniek borrelt in mijn maag terwijl ik toekijk hoe Mikhail naar de radiator loopt, op de grond gaat zitten en de ene kant van de handboeien om zijn rechterpols doet en de andere om de pijp sluit. Mijn vader gaat hem vermoorden.

'Bruno, alsjeblieft. Laat Bianca gaan. Je kunt met mij doen wat je wilt, maar laat je dochter gaan.'

'Ik weet het niet…' Hij laat het pistool zakken en zet een paar stappen richting Mikhail. 'Ik denk dat ik haar moet laten toekijken hoe ik je vermoord. Misschien maakt het haar redelijker.'

Ik negeer de brandende pijn en trek met al mijn kracht aan mijn boeien, waarbij ik mijn hand naar links en rechts draai. Op hetzelfde moment dat ik mijn hand los voel glijden, doorboort een schot de lucht. Mijn hoofd schiet omhoog en ik kijk met afgrijzen toe hoe het bloed van een wond zich op Mikhails schouder begint te vormen.

'Je dacht toch niet dat ik je zo gemakkelijk zou laten sterven, of wel? Ik heb hier nog een paar kogels en ik zal ervoor zorgen dat alleen de laatste fataal is.' Vader zet nog een stap in de richting van Mikhail en hij houdt zijn hoofd opzij. 'Wat zal ik nu kiezen? Een been misschien? Of de andere schouder? Je kunt me tips geven, het is immers je specialiteit.'

Ik spring overeind en ren naar Mikhails pistool op de vloer bij de deuropening.

'Bianca!' schreeuwt mijn vader. 'Wat denk je in

vredesnaam dat je aan het doen bent? Laat het liggen. Je zult jezelf bezeren, idioot!'

'Ga weg en vlucht!' schreeuwt Mikhail tegelijkertijd. 'Verdomme, nu, Bianca!'

Ik negeer ze allebei. Ik vlucht niet en ik ga zeker iemand bezeren. En ik zal het niet zijn. Ik kijk omhoog naar mijn vader, die drie meter voor Mikhail staat, neem het pistool in één hand, steek het magazijn erin, en span het pistool aan. Het kost me niet meer dan een paar seconden, ik heb zo vaak met Angelo geoefend. De blik in mijn vaders ogen terwijl hij me op ziet staan en het pistool op hem ziet richten, is onbetaalbaar.

Voor een paar ogenblikken staan we daar gewoon naar elkaar te kijken, mijn pistool op mijn vaders borst gericht terwijl hij naar me kijkt.

'Je hebt het lef niet, cara mia.' Hij glimlacht en draait zich naar Mikhail toe.

Nee, ik denk niet dat ik het lef heb om mijn vader te vermoorden. Ik haal diep adem, richt op zijn dij en haal de trekker over.

Bruno Scardoni schreeuwt en zijn pistool valt uit zijn hand. Hij valt op de grond en houdt zijn bloedende dij vast.

Ik zet nog een paar stappen, tot ik recht voor hem sta.

'Die is voor mij,' zeg ik hees, dan mik ik weer — deze keer op zijn schouder — en schiet. Zijn lichaam schokt en hij valt achterover op de vloer. 'Die is voor… mijn man.'

Ik negeer mijn vaders gehuil en schop zijn pistool naar de andere kant van de kamer.

'Bianca, geef me het pistool, schatje.'

Ik kijk naar Mikhail en zijn uitgestrekte arm, loop naar hem toe en leg het pistool in zijn vrije hand.

Mikhail

'Bianca, kijk me aan, solnyshko.'

Ze kijkt me aan en ik zie dat ze huilt.

'Mag ik hem vermoorden, schatje?' Ik kijk naar Bruno die op de vloer ligt te hijgen. Als Bianca hier niet was, dan zou hij al dood zijn, maar ik zal hem niet in haar bijzijn doden tenzij zij dat wil.

Ze schudt haar hoofd, trekt dan haar T-shirt uit en maakt er een prop van. Ze hurkt alleen in haar beha en jeans gekleed voor me neer en drukt hem tegen mijn bloedende schouder. Mijn hand is nog steeds aan de radiatorpijp geboeid, en mijn schouder schreeuwt van de pijn, maar ik ga geen risico's nemen door haar in de buurt van die klootzak te laten komen om de sleutel te zoeken. In plaats daarvan sla ik mijn vrije arm om haar heen, houd haar tegen mijn borst, en zorg ervoor dat het pistool in mijn hand haar huid niet raakt.

De deur slaat tegen de muur en Denis rent met getrokken pistool naar binnen, en kijkt om zich heen.

'Ogen naar de vloer,' blaf ik. Niemand ziet mijn vrouw halfnaakt, behalve ik, speciale omstandigheden of niet.

'De sleutel voor de boeien.' Ik beweeg met mijn hoofd naar Bruno. 'Bind iets om zijn been en bel Maxim om hem op te halen en bij de Don af te leveren.'

Denis vindt de sleutels van de handboeien in een van Bruno's zakken en haast zich om de boeien voor me open te maken.

'We moeten je naar het ziekenhuis brengen, baas,' fluistert hij.

'Nee. Laten we naar Doc gaan. Ik ga niet naar een ziekenhuis met een schotwond, tenzij het nodig is. We nemen jouw auto.'

'Waarom moet het altijd mijn auto zijn bij het vervoeren van passagiers die overgeven of bloeden?' mompelt Denis terwijl hij Maxim belt.

Ik leg een vinger onder Bianca's kin en til haar hoofd op. 'Gaat het, *dusha moya*?'

Ze pakt mijn hand en legt hem op het shirt dat ze tegen mijn schouder drukt, pakt mijn gezicht met haar handen vast en kust me.

'*Nee. Maar dat komt nog wel,*' gebaart ze en ze kust me weer.

'We moeten een aantal regels afspreken. Als ik zeg dat je moet vluchten, dan doe je dat, Bianca. Is dat duidelijk?'

'*En jou achterlaten om gedood te worden?*

'Ja.'

Bruno had haar kunnen vermoorden. Ik had niet gedacht dat hij dat zou doen, maar ik zou nooit haar leven riskeren, zelfs als er een één procent kans was dat ze gewond zou raken.

'*Dat kan ik je niet beloven. Het spijt me.*'

'Bianca, schat, als je het me niet belooft, dan sluit ik je op in het appartement en zet ik twee mannen voor de deur. Ik ben zo boos op je voor wat je net hebt gedaan. Stel me hierbij niet op de proef, alsjeblieft.'

'*Oké.*'

'Oké, wat? Oké, je belooft dat je doet wat ik zeg?'

Ze grijnst een beetje, slaat haar armen om mijn middel en legt haar hoofd op mijn borst.

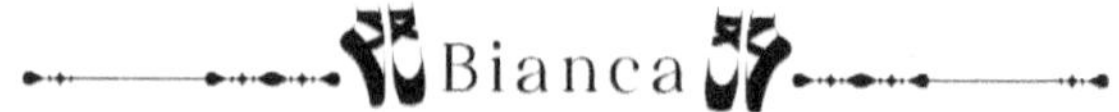

Bianca

Ik weet niet waarom, maar ik til mijn hoofd van Mikhails borst op en kijk naar mijn vader, die daar een dozijn passen of zo achter Mikhail op de grond ligt. Even lijkt het alsof hij nog steeds bewusteloos is, maar dan gaan mijn ogen naar zijn rechterhand die in zijn jas zit. De scène ontvouwt zich als in slow motion. Zijn hand komt uit zijn jas, houdt een pistool vast, hij heeft een krankzinnige blik in zijn ogen en een brede glimlach op zijn gezicht. Hij richt het pistool op Mikhails rug. Ik stap om Mikhail heen en begin naar mijn vader toe te rennen. Iemand schreeuwt. Een sterke arm wikkelt zich om mijn middel, draait me om, en mijn rug zit tegen de brede borst van Mikhail gedrukt. Twee schoten exploderen bijna gelijktijdig ergens achter me. Ik voel Mikhail ineenkrimpen en hij stapt naar voren, nog steeds mijn lichaam tegen het zijne vastklampend. Er landt een kus op mijn hoofd.

'Probeer nooit meer een kogel op te vangen die voor mij bedoeld is,' fluistert hij in mijn oor.

Zijn arm wordt losser om me heen terwijl Denis opkijkt van het onbeweeglijke lichaam van mijn vader. Dan draait hij zich om en rent naar ons toe. Ik adem uit, dankbaar dat alles voorbij is en sla mijn armen om Mikhail heen. Zijn shirt is nat. Ik trek mijn rechterhand weg — rood. Doodsangst bouwt zich op in mijn buik als ik naar Mikhail opkijk, die naar voren strompelt, maar Denis slaagt erin om hem op te vangen.

'Haal mijn auto!' schreeuwt Denis. Hij slaat een arm om Mikhails schouders en sleept hem naar de voordeur. 'Nu, Bianca!'

Ik begin te rennen.

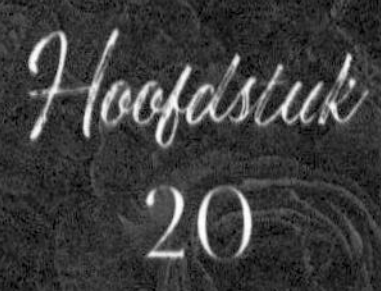

IK VOEL IEMANDS HAND OP MIJN SCHOUDER EN OPEN MIJN ogen. Nina zit op een stoel naast me en kijkt naar me.
'Nog nieuws?' vraagt ze, maar ik schud alleen mijn hoofd.

Ze hebben Mikhail geopereerd toen we gisteren in het ziekenhuis aankwamen. Het duurde vier uur. De dokter zei dat de kogel zijn long heeft geraakt, maar alles zou in orde moeten zijn en ze zullen hem vandaag van de intensive care af laten gaan. Ik zat op de verpleegster te wachten om me te laten weten naar welke kamer ze hem zouden verplaatsen, om vervolgens te worden geïnformeerd dat hij inwendige bloedingen had gekregen, en ze hem met spoed moesten opereren. Dat was zes uur geleden.

'Denis heeft wat kleren voor je meegenomen,' zegt Nina en ze reikt naar mijn hand. 'Een handdoek en ook wat toiletartikelen. Je moet douchen en je omkleden. Dan moet je iets eten.'

Ik wikkel mezelf in het jasje dat Denis me heeft gegeven en schud mijn hoofd. Ik verlaat deze stoel niet voordat iemand me komt vertellen dat Mikhail in orde is.

'Er is twee deuren verderop een lege kamer. We zijn over tien minuten terug. Roman blijft hier en hij zal ons roepen als er nieuws is. Als Grumpie je zo ziet, zal hij meteen van je scheiden, dat weet je toch?'

Ik kijk omhoog naar de Pakhan, die een paar meter naar rechts staat, en hij knikt. 'Ik ben hier en ik zal je komen halen als de dokter naar buiten komt.'

Ik haal mijn benen van onder me vandaan en sta langzaam op. Ik heb geen idee hoeveel uur ik in dezelfde positie heb gezeten, en mijn benen voelen stijf aan alsof alle bloedvoorziening ernaartoe is gestopt. Het kost me minder dan tien minuten om te douchen, mijn tanden te poetsen en de jeans en het T-shirt aan te trekken die ik in de tas heb gevonden. Ik verzamel de toiletartikelen om ze terug in de tas te stoppen als ik onderin een opgevouwen grijze hoodie zie liggen. Ik haal hem eruit en begin weer te huilen. Het is de hoodie die ik van Mikhail heb gestolen. Denis heeft hem waarschijnlijk ingepakt, denkend dat hij van mij was. Ik heb het niet koud, maar ik trek hem toch aan en ga terug naar de wachtkamer.

Nina kijkt me aan als ik binnenkom en lacht, maar haar lach bereikt haar ogen niet. 'Shit, schat. Is die van Grumpie?'

Ik knik en probeer te voorkomen dat de tranen weer beginnen te lopen.

Nina snuift en geeft me een knuffel. 'Het komt wel goed met hem, je zult het zien.' Ze snuift weer. 'Kom op. Laten we iets te eten voor je zoeken.'

Een uur later komt de dokter uit de operatiekamer en hij vertelt ons dat de operatie goed is verlopen. Hij zegt dat we naar huis moeten gaan en in de ochtend terug moeten komen, omdat Mikhail niet eerder van de intensive care zal worden gehaald, maar ik schud alleen mijn hoofd en ga terug naar mijn stoel. Ik ga nergens heen.

Aan de andere kant van de gang beginnen Roman en Nina ruzie te maken, maar ik vang alleen het deel op waarin hij dreigt haar zelf naar huis te dragen als ze niet weggaat. Een kwartier later arriveren er twee mannen in pak. De oudere met bril benadert Roman en geeft hem de laptop die hij bij zich had. Ze gaan aan de andere kant van de gang zitten, en bespreken iets. De andere man volgt Nina terwijl ze voor me komt staan en mijn hand in de hare neemt.

'Ik moet gaan. Roman heeft gedreigd me aan het bed vast te binden als ik niet naar huis ga om wat te slapen, maar ik kom morgenvroeg terug. Als je iets nodig hebt, stuur me dan een berichtje, oké?'

Ik knijp in haar hand en knik.

'Maxim en Roman zullen bij je blijven.' Ze knikt naar hen beiden. 'Maxim heeft met de verpleegster geregeld om je in Mikhails kamer te laten rusten totdat ze hem binnenbrengen. Probeer wat te slapen.'

Ik denk niet dat het me zal lukken, maar ik knik toch weer.

De verpleegster komt een paar minuten nadat Nina is vertrokken en neemt me mee naar de kamer waar ik eerder heb gedoucht. Ik val neer op de bank naast het raam, pak mijn telefoon en stuur een bericht naar Sisi om naar Lena te vragen. We hebben haar niet verteld wat er is gebeurd.

Ik scrol door mijn telefoon en door een twintigtal

appjes van Milene waarin ze naar Mikhail vraagt en of ik iets nodig heb. Ook vraagt ze of ik morgen naar vaders begrafenis kom. Ik laat haar weten dat Mikhails toestand ongewijzigd is, negeer het gedeelte over de begrafenis en gooi de telefoon op de stoel naast me. Als het aan mij ligt, hoop ik dat mijn vader in de hel brandt.

De verdomde automaat zit vast. Ik probeer er een paar keer met mijn hand tegenaan te slaan, maar er gebeurt niets. Zuchtend laat ik de machine voor wat hij is en ga naar de cafetaria aan de andere kant van het gebouw. Ik heb helemaal geen honger, maar ik begon me in het afgelopen uur duizelig te voelen, waarschijnlijk vertelt mijn lichaam me dat ik geen ander voedsel heb gehad dan de salade die Nina me gisteren liet eten.

Als ik bij de schuifdeur naar de cafetaria kom, zie ik mijn reflectie in het glas. Mijn haar zit zo in de war dat het lijkt alsof ik ben aangevallen. Mijn gezicht is zo wit als een doek, afgezien van de donkerbruine wallen onder mijn ogen, en even twijfel ik of ik naar binnen moet gaan met al die mensen daar. Ik zie eruit als een wrak, maar dan besluit ik dat het me niets kan schelen. Ik kies het kleinste broodje dat ik kan vinden en een limonade, en tegen de tijd dat ik terug ben, heb ik ze allebei op. Als ik de hoek om ga, komt er een verpleegster de kamer uit en ze bereikt me in een paar stappen. Ik herinner me haar van gisteravond toen ze me een deken kwam brengen.

'We hebben net je man naar de kamer gebracht. Hij is

nog steeds verdoofd, maar hij zal snel wakker worden, dus roep me als hij bijkomt, oké?'

Als ik niets zeg, lacht ze en knijpt geruststellend in mijn arm. 'Het komt wel goed met hem, lieverd, maak je geen zorgen. Je moet proberen met hem te praten, het zal helpen om hem wakker te maken.'

Roman en Maxim staan een paar meter verderop in de gang naar me te kijken. Ik draai me naar de open deur die slechts een paar stappen voor me is, maar mijn benen weigeren om in beweging te komen. Ik weet niet waarom, maar ik ben bang om naar binnen te gaan. Ik haal diep adem, dan nog een keer, en uiteindelijk dwing ik mijn voeten die paar stappen te zetten en de kamer binnen te gaan.

Mikhail ligt met zijn hoofd opzij, een wit laken bedekt hem tot op zijn borst. Er staat een infuusstandaard aan de zijkant van het bed, en er zijn verschillende andere buizen en draden. Sommige zitten aan een kleine monitor erboven vast, en voor een moment ben ik gefixeerd op de pulserende lijn die zijn hartslag laat zien.

Ik pak een stoel uit de hoek, zet hem aan de zijkant van het bed en ga langzaam zitten. Ik wil zijn hand tegen mijn gezicht houden, maar ik ben bang dat het hem pijn zal doen, dus ik ga dichterbij zitten en leg mijn hoofd op het bed naast zijn kussen. Een tijdlang lig ik gewoon naar hem te kijken en haat het hoe stil hij is, totdat ik de moed verzamel om mijn hand uit te steken en op zijn wang te leggen. Iemand heeft zijn ooglap verwijderd. Dat zal hij niet leuk vinden.

De verpleegster zei dat praten zou helpen om hem wakker te maken. Ik weet niet zeker hoe en of het me zal lukken, maar ik zal mijn best doen.

Mikhail

Ik word wakker met een vaag geluid dicht bij mijn oor. Ik probeer mijn ogen te openen, maar het lukt niet, dus concentreer ik me op het geluid. In het begin is het als een trilling in mijn hoofd, maar langzaam verandert het in een stem. Het is zo zwak, nauwelijks gefluister, en ik moet me concentreren om de woorden te begrijpen.

'Je hebt me... zo laten schrikken.'

De lucht ruikt naar een ziekenhuis, maar ik weet niet hoe ik hier ben gekomen. Mijn hoofd voelt zwaar.

De stem fluistert verder. 'Als je... genoeg bent opgeknapt... Dan ga ik... je wurgen.'

Mijn geest wordt langzaam weer helder, en ik begin me dingen te herinneren. Dat ik het huis binnen ben gegaan en Bruno zag die zijn pistool op Bianca's hoofd had gericht. Bianca die op haar vader afrende terwijl hij zijn pistool op mij had gericht. De paniek die me verteerde toen ik besefte wat er gebeurde. Mijn solnyshko, die probeerde om tussen mij en de kogel te komen. Ik weet niet wat ik gedaan zou hebben als de kogel haar in plaats van mij had geraakt.

'Ik hou van je... word alsjeblieft...wakker.'

De laatste woorden gaan verloren. Hoelang praat ze al? Ik dwing mijn ogen open.

'Niet meer praten,' zeg ik hees.

Bianca's hoofd schiet omhoog vanaf mijn kussen. Ze leunt over me heen en pakt met haar handen mijn gezicht vast. Mijn zicht is wazig en er is niet veel licht in de kamer, maar ik zie nog steeds de wallen en roodheid rond haar ogen en dat haar haar rommelig zit. Ik heb Bianca nog nooit zo gezien. Ze snuift, geeft me een kus op mijn mond en begint te gebaren, maar ik kan de vormen die haar handen maken niet ontcijferen.

'Ik zie geen reet, schat.' Ik zucht en reik naar haar hand. 'Kom hierheen.'

Ze schudt haar hoofd, maar ik trek haar naar me toe. 'Kom naast me liggen. Het is goed.'

Ze is eerst terughoudend, maar klimt dan voorzichtig omhoog om op de rand van het bed te liggen en tegen mijn zij aan te kruipen.

'Heb je Lena verteld wat er is gebeurd?'

Ik voel het puntje van haar vinger lichtjes op mijn borst drukken en de letters tekenen.

N-E-E.

'Goed.'

De deur van de kamer gaat open en Roman komt binnen. Hij kijkt even naar ons en komt dan naar het bed toe.

'Wat is de schade?' vraag ik.

'Beschadigde long en een inwendige bloeding. Ze hebben je opgelapt. De dokter zegt dat je over een maand weer zo goed als nieuw bent.'

'Wanneer kan ik naar huis?'

'Over twee weken.'

Ik kijk naar hem op. 'Ik blijf geen twee weken in een ziekenhuis liggen.'

'Je blijft zo lang als ze zeggen dat je moet blijven,' blaft Roman en hij wijst met het handvat van zijn stok naar me. 'En je zult verdomme precies doen wat ze zeggen dat je moet doen. Dat is een bevel.'

'Hoe zit het met werk?'

'Ik neem het over totdat je terug bent. Je bent de komende twee maanden vrij.'

Dat kan hij niet menen. 'Twee maanden?'

'Hou verdomme je kop. Je was bijna dood,' gromt hij. 'Als ik je eerder aan het werk zie, dan ruil ik je qua positie met Pavel en krijg je de clubs. Heb je me begrepen, Mikhail?'

Ik knars met mijn tanden. 'Ja, Pakhan.'

'Perfect. We verwachten jullie voor het diner als je weer beter bent. En gebruik je vrije tijd om met je vrouw op huwelijksreis te gaan of zoiets. Je krijgt niet nog eens twee maanden vakantie.' Hij draait zich om, om te vertrekken en kijkt dan over zijn schouder. 'Sergei is gisteren langsgekomen toen hij hoorde dat je was neergeschoten.'

Ik trek mijn wenkbrauwen op. 'Hier? Waarvoor?'

'Yep. Hij stormde naar binnen, vroeg naar je, zei me een bericht door te geven en ging toen weg.'

'Wat voor bericht?'

'Hij wil dat je hem de lijst stuurt van mensen die erbij betrokken waren toen je werd neergeschoten, zodat hij ze kan doden. Hij zei dat hij dit weekend vrij is.'

Ik zucht en schud mijn hoofd.

Bianca

Ik steek mijn hand uit en strijk over de vijf dagen oude stoppels op Mikhails gezicht. Het is vreemd. Ik heb hem alleen maar gladgeschoren gezien. Zijn littekens zijn veel minder zichtbaar met gezichtshaar. Hij ziet er anders uit. Ik kijk op en zie hem naar me kijken.

'Vind je het leuk?' vraagt hij.

Ik glimlach en ga weer met mijn hand over zijn gezicht.

'Wil je dat ik het laat zitten?'

Hij vraagt dit terloops, maar hij let goed op mijn reactie. Ik weet wat hij bedoelt. Hij houdt niet van gezichtshaar, dat heeft hij me ooit eens verteld. Maar als ik ja zeg, laat hij het staan, omdat hij denkt dat ik zijn littekens liever verborgen heb. Hij snapt het nog steeds niet. Ik vind dat hij de mooiste man is die ik ooit heb gezien.

'*Ik vind het leuk,*' gebaar ik en hij knikt en laat het scheermes naar de gootsteen zakken, '*maar ik heb liever dat je gladgeschoren bent.*'

Zijn hand die het scheermesje vasthoudt is onbeweeglijk.

'Weet je het zeker?' vraagt hij, en er is twijfel in zijn oog te zien.

Ik pak zijn gezicht met mijn handen, kantel zijn hoofd naar beneden en kus hem. 'Ik weet het zeker, Mikhail,' fluister ik tegen zijn lippen.

'Oké, schat.'

'*Wil je dat ik het doe?*' Ik heb nog nooit een man geschoren, maar zijn rechterarm zit in een mitella vanwege zijn schouder, en ik weet niet zeker of hij het alleen met zijn linkerhand kan. '*Ik zal voorzichtig zijn. Je gaat jezelf waarschijnlijk snijden.*'

Mikhail kijkt een paar seconden naar me en lacht dan. 'Het maakt toch niet uit, schat.'

Ik vernauw mijn ogen naar hem, pak zijn kin tussen mijn vingers en knijp lichtjes. '*Voor mij zou het ertoe doen.*'

'Oké, oké.' Hij lacht, doet het deksel van het toilet dicht en laat zich er langzaam op zakken. 'Ik ben helemaal van jou.'

'*Precies.*' Ik knik, pak zijn scheermes en scheerschuim van de wasbak en help mijn man om weer zijn oorspronkelijke knappe zelf te worden.

Nadat ik klaar ben, draai ik me om, om de scheerspullen terug te zetten wanneer ik het slot van de badkamerdeur achter me hoor. Ik draai me om en zie Mikhail naar me grijnzen.

'Nee,' zeg ik.

'Ja.'

'*Je bent vijf dagen geleden neergeschoten. Twee keer. We doen niets waarvoor een afgesloten deur nodig is.*'

'Kom hier.'

'*Nee.*'

Hij reikt naar voren met zijn hand, haakt een vinger aan de tailleband van mijn jeans en trekt me naar zich toe totdat ik tussen zijn benen sta. 'Draai je om.'

Ik zucht en gehoorzaam.

'Ik hou ervan als je doet alsof je volgzaam bent,' fluistert hij in mijn oor en hij begint mijn spijkerbroek los te knopen.

Ik open mijn mond om hem te vertellen wat ik van zijn uitspraak vind, omdat ik met mijn rug tegen zijn borst gedrukt niet kan gebaren, maar als zijn hand in mijn jeans glijdt, slik ik de woorden in.

'Nu al nat?' vraagt hij, en ik voel zijn vinger bij me naar binnengaan. 'Dat vind ik fijn. Dat vind ik heel fijn, Bianca.'

Hij bijt in mijn schouder en voegt er nog een vinger aan toe, waardoor ik naar adem snak.

'Wat denk je, hoeveel tijd zal het me kosten om je te laten komen, hè?' Hij maakt een langzame ronddraaiende beweging rond mijn klit. 'Vijf minuten.'

Ik sluit mijn ogen en knik.

'Dat betwijfel ik, schatje,' fluistert hij en knijpt dan

lichtjes in mijn klit. 'Je zult het niet langer dan twee minuten volhouden.'

Ik leun achterover op zijn borst en spreid mijn benen iets meer. De dingen die deze man met zijn hand kan doen… het is waanzinnig.

'Ogen, Bianca.'

Ik open ze en kijk naar onze reflecties in de spiegel boven de wasbak — Mikhails hand zit tussen mijn benen en hij heeft een wolfachtige glimlach op zijn gezicht. Hij haalt zijn vinger weg en ik wil schreeuwen, maar dan duwt hij hem weer helemaal naar binnen en drukt hij met zijn duim op mijn klit, en ik ben meteen de weg kwijt.

'Amper anderhalve minuut, schat.' Hij kust mijn schouder weer. 'We proberen het later nog eens. Kijken of we je dan in minder dan een minuut kunnen laten komen.'

Stoute, stoute man van me.

EPILOOG

Zes weken later.

'I**K HEB EEN VERRASSING VOOR JE,**' gebaar ik en ik leg mijn handen op Mikhails borst.

'Oh? Wat is het?'

Mijn lippen vormen een zelfvoldane glimlach, ik pak zijn das vast, doe een stap achteruit en trek hem naar me toe. Mikhails wenkbrauw komt omhoog, maar hij volgt me en zet voor elke twee stappen van mij een stap naar voren, terwijl hij me toestaat om hem door de woonkamer naar de fitness-ruimte te leiden. Zonder zijn stropdas los te laten, draai ik de knop om en trek hem naar binnen, op zijn reactie wachtend als hij de opzet ziet die ik heb voorbereid. Hij stopt op de drempel om naar de jaloezieën te kijken die ik helemaal naar beneden heb getrokken over de plafondhoge ramen. Het enige licht in de kamer komt van de twee lampen die ik uit de woonkamer heb gehaald en in tegenovergestelde hoeken heb neergezet. Zijn lippen gaan omhoog als hij de stoel ziet die ik in het midden van de kamer heb gezet, maar hij geeft geen commentaar. Met mijn vinger naar hem gekruld, lok ik hem naar mijn geïmproviseerde theater en leid hem mee tot we bij de stoel zijn.

'*Ga zitten*,' gebaar ik en ik druk zachtjes tegen zijn borst.

Mikhail laat zich op de stoel zakken en buigt zijn hoofd opzij, zijn lippen getuit alsof hij mijn intenties probeert te lezen.

'*Doe je ogen dicht. En niet gluren.*'

'Oké.' Hij glimlacht en leunt achterover in de stoel.

Ik geef een lichte kus op zijn lippen en ren dan naar de hoek, waar ik mijn tule rok en balletschoentjes onder een handdoek heb verstopt. Het kost me minder dan twee minuten om mijn jurk uit te trekken en de schoentjes, een kort topje en een rokje aan te trekken. Ik was eerst van plan om een maillot te dragen, maar het zou later in de weg zitten. Na een paar seconden van twijfelen doe ik mijn slipje uit en gooi hem op mijn jurk. Met een blik over mijn schouder naar Mikhail, glimlach ik in afwachting terwijl ik het PA-systeem op maximaal volume instel. In de pauze die ik heb opgenomen voordat mijn afspeellijst begint, neem ik een open vierde positie aan, met één arm uitgestrekt in een zachte boog.

De openingsgeluiden van Chopins 'Nocturne No. 9' vullen de kamer en Mikhails oog schiet open. Ik glimlach, blaas een kus naar hem toe en begin. Ik doe een pirouette, strek langzaam mijn been in een *developpé*, mijn openingsreeks van het *Zwanenmeer*, en ga dan verder in een reeks verschillende soorten choreografieën. Mikhails oog kijkt naar me zonder te knipperen, en volgt elke beweging die ik doe. Ik ben gewend geraakt aan mannen die naar me kijken, zowel op het podium als daarbuiten, maar niemand heeft ooit naar me gekeken zoals Mikhail dat doet. Alsof ik iets kostbaars ben, en hij bang is dat ik zou kunnen verdwijnen als hij even van me wegkijkt. Zo'n gekke man, mijn man. Niemand kan me dwingen om hem los te laten. Nooit. Ik voer een *arabesque* en een paar kleinere stappen uit totdat ik recht voor hem sta. Doe dan een *fouetté*, gewoon om ervoor te zorgen dat hij ziet dat ik geen slipje draag, en stop op hetzelfde moment als Chopins stuk eindigt.

Er zijn een paar seconden van stilte, waarin hij alleen met een kleine glimlach op zijn lippen naar me kijkt. Hij denkt waarschijnlijk dat dit alles was wat ik heb voorbereid, en als het geluid van John Legends 'All of Me' de kamer vult, komt zijn wenkbrauw weer omhoog. Ik glimlach, stap naar voren en ga tussen zijn benen staan. Het eerste couplet verloopt terwijl we elkaar aanstaren zonder elkaar aan te raken, maar als het koor zingt, plaats ik mijn linkerhand op zijn rechterwang en, zonder het oogcontact te verbreken, verwijder ik met mijn vrije hand zijn ooglapje.

'*All of me*,' fluister ik en geef een kus op zijn lippen. '*All of you*… schatje.'

Hij kijkt me aan terwijl zijn hand naar de achterkant van mijn nek reikt en gaat met zijn vingers door mijn haar. Ik doe zijn stropdas af en knoop zijn shirt los. Mikhail zegt geen woord, kijkt alleen naar me terwijl zijn greep op mijn haar mijn hoofd onbeweeglijk houdt. Het is alsof hij mijn gezicht in het zicht wil houden.

Als het refrein weer begint, trek ik zijn shirt uit en buk me om mijn lippen op zijn met littekens bedekte rechterooglid te drukken. '*All your*… *imperfections*.'

Hij haalt diep adem en neemt mijn gezicht tussen zijn grote, ruwe handpalmen, zijn aanraking zo ongelooflijk teder.

Ik glimlach en maak met mijn vinger een hartvorm op zijn borst.

Ik kan niet geloven dat ik hem bijna kwijt was. De nachtmerries van die dag kwellen me nog steeds, en ik word midden in de nacht wakker met paniek die mijn borst samenknijpt. Voorover leunend druk ik mijn lippen tegen de zijne terwijl mijn handen naar zijn blote rug gaan, zonder acht te slaan op zijn oudere littekens. Maar als ik het verhoogde ronde teken onder mijn vingers voel, huiver ik en trek ik hem steviger tegen me aan.

Er is niet veel licht in de kamer, maar zelfs met mijn enigszins wazige zicht, zie ik de tranen zich in Bianca's ogen vormen.

'Schatje? Wat is er aan de hand?'

Ze perst haar lippen op elkaar en drukt haar voorhoofd tegen het mijne terwijl haar vinger een patroon rond de reeds geheelde schotwond op mijn rug volgt.

'Bianca, kijk me aan, schatje.'

Ze tilt haar hoofd op en ik neem haar kin tussen mijn vingers. 'Het gaat goed met me. Kun je het alsjeblieft proberen te vergeten?'

Haar hand rust onderin bij mijn nek en ze knikt, maar ik weet dat ze liegt omdat er een traan ontsnapt en over haar wang rolt. Ik kan het niet aan. Ik heb jarenlang geloofd dat er niets was dat ik niet kon verdragen, maar Bianca zien huilen vanwege mij… dat kan ik niet aan.

'Wil je dat ik je geruststel, mijn kleine lammetje?' vraag ik terwijl ik mijn hand langs het midden van haar borst en buik laat gaan, en dan onder haar tule rokje reik om mijn vingers tegen haar vagina te drukken.

Ze haalt diep adem en knikt, en ik schuif mijn vinger in haar. Ik sta op van de stoel, begin met mijn rechterhand mijn broek los te knopen, zonder mijn linkerhand uit haar te halen. Als ik mijn broek uit heb, pak ik de tailleband van haar rok en trek die omhoog en over haar hoofd, draai haar dan om en druk haar rug tegen me aan en pak haar met mijn vrije hand om haar middel vast.

'Ben je er klaar voor?' vraag ik en snuffel aan haar nek.

Ze knikt, en ik span de arm om haar heen aan, til haar dan op en ga de fitnessruimte uit. Bianca knijpt in mijn onderarm, drukt haar benen tegen elkaar, en ze hijgt terwijl ik haar draag. Ik zorg ervoor dat ik langzaam ga, en plaag haar binnenste helemaal tot we bij de slaapkamer komen, en tegen de tijd dat we bij het bed zijn, is ze al klaar aan het komen.

'Nog niet, schat.' Ik zet haar naast het bed neer en haal langzaam mijn vinger uit haar, maar in plaats van te gaan liggen, klimt ze op de rand van het bed en drukt haar handpalmen op mijn borst.

'Ik wil...' fluistert ze, 'je zo veel vertellen.'

'Je hoeft niets te zeggen, Bianca.' Ik druk mijn lippen tegen de hare, glij dan met mijn handen langs haar rug en grijp haar onder haar kont. Ik was van plan om in het bed van haar te genieten, maar ik ben van gedachten veranderd, dus ik trek haar omhoog totdat haar benen zich om mijn middel wikkelen en ik draai me om, om haar met haar rug tegen de muur te laten leunen. Ik laat haar langzaam op mijn keiharde pik zakken en hou van de manier waarop haar adem stokt als ik haar opvul.

'Zelfs halfblind kan ik alles zien, schatje.' Ik glijd naar buiten en stoot weer in haar. 'Elk.' Stoot. 'Klein.' Stoot. 'Dingetje.'

Bianca jammert en ze spant haar armen om mijn nek aan terwijl ze op het ritme ademt waarop ik in haar stoot. Meestal doet ze haar ogen dicht als ze komt, maar deze keer houdt ze ze wijd open, mijn blik vasthoudend terwijl ze trilt en hijgt. Ik explodeer in haar als nooit tevoren, dan druk ik mijn mond op die van haar, trek haar lichaam tegen dat van mij en houd haar vast lang totdat we allebei van de high zijn bekomen.

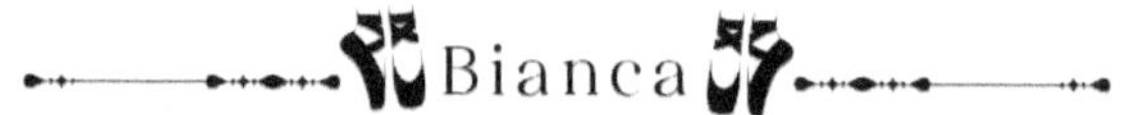

Bianca

Shit. Er klopt iets niet.

Ik probeer het deeg wat meer te bewerken, maar het plakt nog steeds aan mijn vingers. Na de bloem van mijn handen aan het schort geveegd te hebben, pak ik de telefoon uit de achterzak van mijn jeans en open het berichtenvenster. Ik heb Lena piroshki voor het avondeten beloofd, en ik moet dit deeg goed krijgen, verdomme.

19:22 Bianca: Ik heb iets verkloot, het deeg ziet eruit als kauwgom. Kun je bij Igor navragen of hij je de juiste hoeveelheden heeft gegeven?

19:24 Nina: Probeer gewoon meer bloem toe te voegen. Hij geeft me elke keer als ik het vraag verschillende hoeveelheden en ik begin me af te vragen of hij het expres doet. Hij wil niet dat iemand zijn piroshki recept krijgt. Ik zal Roman vragen hem een beetje bang te maken, misschien bezwijkt hij dan.

19:25 Bianca: Niet doen. Lol. Ik zal proberen meer bloem toe te voegen. Is er nog nieuws?

19:26 Nina: Roman is net terug van Sergei's huis. Hij zei dat het huis eruitziet alsof het door een orkaan is getroffen. Sergei heeft alles vernield.

19:27 Bianca: Waarom? Ik heb hem nog nooit ontmoet, maar van wat ik van Mikhail heb gehoord, is hij een beetje… losgeslagen.

19:29 Nina: Dat is het understatement van de eeuw, schat. Het lijkt erop dat het meisje dat hij in huis had, is verdwenen en toen is hij gek geworden. Wil je langskomen?

Ik ben net mijn antwoord aan het typen als ik een lichte aanraking aan de basis van mijn nek voel, gevolgd door een kus.

'Dusha moya…'

Ik glimlach en draai me om, maar Mikhail slaat zijn arm om mijn middel en houdt mijn rug tegen zijn borst gedrukt. Hij besnuffelt mijn nek terwijl zijn rechterhand op het aanrecht voor me komt te rusten, met een enkele gele roos. Alle adem verlaat mijn longen als ik naar de delicate bloem staar, de stengel gewikkeld in een breed geel zijden lint geborduurd met goud.

'Ik heb het je nooit verteld,' fluistert hij in mijn oor, 'dat ik altijd je grootste fan ben geweest. Dat ben ik nog steeds.'

'Mikhail?' stamel ik, mijn ogen zijn nog steeds op de bloem gefocust.

'Ik heb op een avond een poster gezien — volgens mij in een etalage — bijna een jaar geleden. Ik herinner me dat ik er langsliep en vervolgens terugliep om de foto beter te bekijken. Die toonde een groep dansers. Ze hadden allemaal op één na gele kostuums aan en toen ik ze bekeek, vroeg ik me af waarom van hen allemaal, de ene danseres die een zwarte outfit droeg helderder straalde dan de rest.' Een kus landt aan de zijkant van mijn nek. 'Als een zon.'

Hij draait me naar zich toe, pakt mijn gezicht met zijn hand vast en drukt een zachte kus op mijn lippen. 'Daarna heb ik geen show meer van je gemist. Ik hou van je, mijn kleine zon. Mijn solnyshko.'

Ik sla mijn armen om zijn middel en begraaf mijn gezicht in zijn borst. 'Ik hou ook van jou… mijn Mikhail.'

www.ingramcontent.com/pod-product-compliance
Lightning Source LLC
Chambersburg PA
CBHW020909160726
47993CB00005B/1889